BERND LEIX

Zuckerblut

BLUTIGE STERBEHILFE Im jungen Grün des Frühlingswaldes hinter dem Karlsruher Schlossgarten entdecken zwei Joggerinnen die Leiche einer erwürgten Frau. Gibt es Zusammenhänge zu einem Stadtplan mit seltsamen Markierungen, den Kriminalhauptkommissar Oskar Lindt kurz zuvor anonym erhalten hat und der auf mehrere Todesfälle bei vermögenden älteren Menschen hinweist? Die Spurensuche im Umfeld eines privaten Pflegedienstes und einer dubiosen Rechtsanwaltskanzlei ergibt zwar vage Verdachtsmomente, aber kaum verwertbare Ergebnisse. Auch eine humanitäre Kinderhilfsorganisation ist mit im Spiel, doch nirgends finden sich Beweise. Der erfahrene Kommissar gerät durch das drohende Scheitern seiner Bemühungen in eine schwere persönliche Krise, als ein Zufall überraschend Bewegung in die Ermittlungen bringt ...

© privat

Bernd Leix ist Schwarzwälder durch und durch. 1963 wurde er in Klosterreichenbach geboren, hat Forstwirtschaft studiert, lebt in Freudenstadt und arbeitet dort als Personalratsvorsitzender des Landratsamtes. Als Revierförster betreute er viele Jahrzehnte die Wälder rings um das Klosterstädtchen Alpirsbach. Zuvor war er einige Zeit im von Kriminalität durchdrungenen Karlsruher Hardtwald tätig. Deshalb machte er die badische Fächerstadt häufig zum Schauplatz seiner Krimis um den behäbigen, Pfeife rauchenden Kommissar Oskar Lindt. Doch der Mordermittler aus der Großstadt gerät bei seinen Ermittlungen immer öfter in die dunklen Wälder des Schwarzwaldes. »Teuchel-Mord«, der zwölfte Oskar-Lindt-Krimi, führt direkt unter die riesigen alten Tannen des Erholungswaldes der sonnigen Höhenstadt Freudenstadt.

BERND LEIX

Zuckerblut

OSKAR LINDTS ZWEITER FALL

GMEINER

Die automatisierte Analyse des Werkes, um daraus Informationen insbesondere über Muster, Trends und Korrelationen gemäß § 44b UrhG (»Text und Data Mining«) zu gewinnen, ist untersagt.

Bei Fragen zur Produktsicherheit gemäß der Verordnung über die allgemeine Produktsicherheit (GPSR) wenden Sie sich bitte an den Verlag.

Immer informiert

Spannung pur – mit unserem Newsletter informieren wir Sie regelmäßig über Wissenswertes aus unserer Bücherwelt.

Gefällt mir!

Facebook: @Gmeiner.Verlag
Instagram: @gmeinerverlag

Besuchen Sie uns im Internet:
www.gmeiner-verlag.de

© 2005 – Gmeiner-Verlag GmbH
Im Ehnried 5, 88605 Meßkirch
Telefon 0 75 75 / 20 95 - 0
info@gmeiner-verlag.de
Alle Rechte vorbehalten
10. Auflage 2025

Lektorat: Claudia Senghaas, Kirchardt
Satz: Mirjam Hecht
Umschlaggestaltung: U.O.R.G. Lutz Eberle, Stuttgart
unter Verwendung eines Fotos von pixelquelle.de
Druck: Custom Printing Warschau
Printed in Poland
ISBN 978-3-89977-647-8

Handlung und Personen sind frei erfunden.
Sollte es trotzdem Übereinstimmungen geben,
so würden diese auf jenen Zufällen beruhen,
die das Leben schreibt.

1

›Herrn
Kriminalhauptkommissar
Oskar Lindt
– persönlich –
Polizeipräsidium – Mordkommission
Beiertheimer Allee
Karlsruhe‹,
stand handgeschrieben auf einem mittelgroßen, braunen Briefumschlag, der versteckt im Stapel der Eingangspost auf Lindts Schreibtisch lag.

Meistens erledigte er seine Bürogeschäfte zügig, aber an manchen Tagen, vor allem, wenn kein aktuelles Tötungsdelikt aufzuklären war, hatte er mit einem massiven Anfall von Lustlosigkeit zu kämpfen. Am liebsten wäre er nach draußen gegangen, um bei einem Spaziergang den Frühlingstag an der frischen Luft zu genießen, doch vor einer Stunde hatte es begonnen, Bindfäden zu regnen und sein großer schwarzer Stockschirm stand zuhause.

Zudem war er am Freitag der letzten Woche in der Fußgängerzone einem Ermittler vom Dezernat für Wirtschaftsstraftaten begegnet, der gerade aus der Tür einer Rechtsanwaltskanzlei trat, geschäftig eine schmale Aktenmappe aus edlem Leder unter den Arm geklemmt.

»Hoppla Oskar, frei heute?«

»Nein, nein«, konterte Lindt schnell, »wir ermitteln immer, bei uns geht die Arbeit nie aus.«

»Ach ja, man sieht's. Aber hast du dich jetzt auf Kaufhausdiebstähle spezialisiert?«

Der nach teurem Rasierwasser duftende, sonnenstudiogebräunte Kollege im eleganten Maßanzug hatte grinsend auf die kleine ›Karstadt‹-Tüte in der Hand des Kommissars gezeigt und war davongeeilt, ehe der noch etwas entgegnen konnte.

Obwohl er sich wegen seiner unzähligen, niemals notierten Überstunden ganz und gar kein schlechtes Gewissen machte, auch tagsüber eine persönliche Besorgung zu erledigen, wurmte ihn die Begegnung doch.

›Da haben die im Wirtschaftsdezernat beim Kaffee wieder was zu ratschen‹, ging es ihm durch den Kopf, als er daran zurückdachte.

Abwechselnd schaute Lindt nach dem Wetter und dann wieder zu den Aktenstapeln auf dem Schreibtisch. Seine Stimmung verbesserte sich nicht. ›Erst mal etwas zum Ablenken‹, dachte er.

Er griff in die unterste Schreibtischschublade, holte den Vorrat an Pfeifentabak hervor und füllte die kleine rechteckige Tabaksdose auf, die er in seiner Jackentasche ständig bei sich trug.

Anschließend schaffte er Platz auf seinem Schreibtisch und zog den langen hölzernen Pfeifenständer, den er neben dem Telefon platziert hatte, zu sich her. Nacheinander nahm er alle neun Pfeifen heraus, reinigte sie gründlich, versah sie mit neuen Neun-Millimeter-Filtern und stellte sie wieder an ihren Platz.

›Auch ein Zufall, meine Pfeifen und unsere Dienstpistolen haben dasselbe Kaliber‹ und als er eine halbe Stunde lang borstige Pfeifenreiniger durch die Rauchkanäle gezogen hatte, war seine üblicherweise gute Laune schon fast wieder zurückgekehrt.

Schnell säuberte er seine Schreibunterlage von den Überbleibseln der Aktion, wusch sich gründlich die Hände, um die klebrigen Teer- und Nikotinreste zu entfernen, stopfte eine lange gebogene Pfeife und nahm umgehend den Papierberg der Eingangspost in Angriff.

Er zeichnete drei Schreiben der Staatsanwaltschaft ab, las den Bericht über die Razzia in einem illegalen Spielclub und ging die neuesten Fahndungsmeldungen durch.

Briefe, die von außen kamen, wurden normalerweise schon in der zentralen Poststelle geöffnet und dann auf die jeweils zuständigen Abteilungen verteilt. Der Kommissar wunderte sich deshalb über den geschlossenen Umschlag, den er nun in der Hand hielt.

›Wer schickt denn persönliche Post an mich hierher ins Präsidium?‹ Er tastete das Kuvert ab.

›Für eine Briefbombe ist es auf jeden Fall zu dünn.‹ Lindt lächelte kurz über seine Bedenken, es könnte ihm jemand etwas Explosives zuschicken. Außerdem wurde die gesamte Post schon in der Zentrale mit Metalldetektoren überprüft. Für besonders verdächtige Sendungen hatten sie seit neuestem sogar eine Durchleuchtungsmöglichkeit.

Allerdings konnte er sich durchaus einige Personen vorstellen, die meinten, eine alte Rechnung mit ihm begleichen zu müssen. Die meisten dieser Kandidaten befanden sich aber noch immer auf Staatskosten im mehrjährigen Zwangsurlaub.

›Kommt schon was zusammen in fast fünfunddreißig Dienstjahren.‹ Einige spektakuläre Fälle hatte er gemeinsam mit seinen Mitarbeitern lösen können.

Lindt suchte auf dem Umschlag vergeblich nach einem Absender und genauso vergeblich auf seinem Schreibtisch nach einem Brieföffner. Automatisch griff er nach dem Schweizer Taschenmesser in seiner Hosentasche.

Er schlitzte das Kuvert auf. ›Sieht schon gebraucht aus‹, dachte er. Er erkannte den Rest eines Poststempels und die Stelle, wo die dazugehörige Briefmarke geklebt hatte.

Der Brief musste wohl direkt beim Polizeipräsidium eingeworfen worden sein. Lindts Adresse war von Hand auf ein ausgeschnittenes Stück von kariertem Papier geschrieben und dann mit einer dicken Portion Alleskleber auf dem Umschlag befestigt worden.

›An der Stelle war sicher auch schon mal eine andere Adresse aufgeklebt‹, dachte sich der Kommissar und drehte den Brief so lange hin und her, bis dabei der flache Inhalt herausrutschte.

Ein Stadtplan kam zum Vorschein. ›Wer meint denn, dass ich nach so vielen Dienstjahren noch eine Straßenkarte von Karlsruhe brauche?‹ Er war sich sicher, nahezu jede Adresse im Stadtbereich auch ohne Plan zu finden.

Lindt drückte das Kuvert auseinander, um nachzuschauen, ob noch etwas drin war, konnte aber nichts mehr entdecken. ›Ein Ansichtsexemplar vom Verlag vielleicht? Zur Überprüfung? Nein, eher nicht.‹

Er nahm den Stadtplan und begann, ihn aufzuklappen. Eine völlig normale Karte, allerdings nicht mehr ganz aktuell, stellte er fest, und schon öfter gebraucht. An den Knickstellen waren bereits leichte Risse entstanden.

Lindt entfaltete den Plan vollends und betrachtete ihn intensiv. Er schaute sich die Rückseite an, fand aber nichts Außergewöhnliches und dreht ihn wieder nach vorne.

»Verstehe ich nicht«, sagte er zu sich selbst, denn außer ihm war keiner im Büro. Jan Sternberg feierte Überstunden ab und Paul Wellmann verhörte gerade einen Verdächtigen in der Justizvollzugsanstalt Bruchsal.

Lindt fuhr mit der flachen Hand über das Papier, um es zu glätten. Dabei bemerkte er eine winzige Unebenheit. Irgendetwas klebte darauf. Er wollte den vermeintlichen Schmutzpartikel schon mit dem Fingernagel abkratzen, stutzte aber, als er einen kleinen rotbraunen kreisrunden Fleck bemerkte. Er hielt den Plan hoch, um flach über die Oberfläche peilen zu können und entdeckte dabei noch vier weitere leicht erhöhte Stellen. Überall waren die Flecke zwei bis drei Millimeter im Durchmesser und von rötlich brauner Farbe.

Der Kommissar griff in eine Schublade und zog eine große rechteckige Lupe hervor. Er schaltete, obwohl es mitten am Tag war, die Schreibtischlampe ein und zog sie nahe heran, um die Oberfläche des Stadtplans gut auszuleuchten.

»Könnte das möglicherweise …?« Er hob und senkte die Lupe, bis die Flecke ganz scharf waren. Je einer fand sich in der Ost- und in der Südstadt, in den Stadtteilen Rüppurr und Mühlburg und der fünfte Fleck klebte westlich des Hauptbahnhofs.

Die Oberfläche der kleinen Kleckse hatte eine ganz leicht raue Struktur, die braun-rötliche Farbe aber war es, die Lindt veranlasste, den Plan schleunigst wieder zusammenzufalten. Mitsamt Umschlag steckte er ihn in eine durchsichtige Hülle und verließ eilig sein Büro.

Ohne anzuklopfen trat er in die Räume der Kriminaltechnik ein und steuerte geradewegs auf die Tür von Ludwig Willms zu.

»Grüß dich, Oskar!« Willms stand an einem Stehpult neben dem Fenster und blickte erstaunt zur Tür, als Lindt eintrat. »Der Leiter der Mordkommission kommt selbst? Welche Ehre für uns. Normalerweise sind dir doch die Treppen zu viel und du schickst einen Mitarbeiter vorbei.«

»Keiner da und außerdem keine Zeit für Sticheleien: Hier – sieh dir das doch mal an. Zieh bitte Handschuhe an. Meine Fingerabdrücke sind leider schon drauf.«

»Also …«, vorwurfsvoll warf der schlanke durchtrainierte KTU-Chef einen Blick über den nicht vorhandenen Rand der Brille hinweg in Richtung seines alten Freundes.

»Die Grundregeln, wie mit Beweismaterial umzugehen ist, brauche ich dir doch wohl nicht mehr beizubringen.«

Der Kommissar reichte ihm die Hülle mit Briefumschlag und Stadtplan und brummte leicht genervt: »War ja in der normalen Post.«

Willms schob seinem Kollegen die Schachtel mit den Einmalhandschuhen hin. »Zieh wenigstens jetzt welche an, damit es nicht noch mehr Fingertatzen gibt.«

Im Nebenraum steuerten sie einen großen Metalltisch an. Mit mehreren Lampen beleuchtete der Kriminaltechniker die Fläche, nahm Plan und Kuvert aus der Hülle und breitete beides aus.

»Hier, das hat mich stutzig gemacht.« Lindt zeigte auf die kleinen Flecke. »Da und da und auch dort. Insgesamt fünf Stück. Ich habe sie mit meiner Lupe angeschaut. Von der Farbe her, dachte ich, könnte es auch …«

Willms hatte eine stationäre Vergrößerungseinrichtung, die an einem Gelenkarm befestigt war, herangezogen und betrachtete die Kleckse nacheinander.

»Blut? Meinst du Blut? Hm, nicht ausgeschlossen. Müssen wir untersuchen.«

»Wie lange braucht ihr dazu?«

»Kommt drauf an, was du alles wissen willst, Oskar. Die reine Analyse, ob es sich tatsächlich um Blut handelt, hast du bis in zwei Stunden. Fingerabdrücke sichern wir dann auch gleich. Falls du aber Recht hast und wir noch die DNA bestimmen sollen, dauert es auf jeden Fall bis morgen Mittag. Eventuell brauchen wir das Labor vom Landeskriminalamt dazu.«

»Gut, dann fangt mal gleich an. Ach …«, Lindt drehte sich unter der Tür nochmals um. »Kannst du den Plan noch kurz auf den Kopierer legen? Es gibt zwar bisher keine Anhaltspunkte, die zu einem aktuellen Fall passen würden, aber ich muss das Ganze noch mal in Ruhe anschauen. Es war an mich persönlich adressiert und das bestimmt nicht ohne Grund.«

Aktuelle Fälle gab es im Dezernat für Tötungsdelikte eigentlich immer, aber in der Regel klärten sich die Umstände bereits nach kurzer Zeit. Beziehungstaten machten den größten Teil der Arbeit aus. Häufig waren die Täter schon von vornherein bekannt und auch geständig. Die Zahl der wirklich rätselhaften Angelegenheiten war sehr gering, dafür allerdings umso interessanter für die Öffentlichkeit.

Lindt hatte in seiner langen Dienstzeit bisher lediglich vier Morde nicht aufklären können. Diese Zahl hielt er auch selbst für ein achtbares Ergebnis. Einige spektakuläre Fälle hatten sich zwar über mehrere Jahre hingezogen, konnten letztendlich aber doch gelöst werden.

Momentan brachte Lindts Ermittlungsgruppe gerade einen Fall von fahrlässiger Tötung zu Ende, wobei für die Staatsanwaltschaft noch ein abschließender Bericht zu fertigen war.

Während einer Gaststättenschlägerei waren verschiedene Gegenstände durch die Luft geflogen. Der scharfkantige Hals einer abgebrochenen Bierflasche hatte den Wirt erwischt und unglücklicherweise die Halsschlagader des gänzlich unbeteiligten Opfers durchtrennt. Die Tat geschah in einer etwas abgelegenen Landgemeinde an der Grenze zum Nachbarkreis und als der Rettungsdienst vierzehn Minuten nach der Alarmierung dort eintraf, war der Blutverlust schon so hoch, dass der Mann auf dem Weg ins Krankenhaus starb.

Für den Kommissar und seine Mitarbeiter zwar ein tragischer Fall, aber trotzdem schnell erledigt. Nach einer Stunde Verhör waren die Tatumstände geklärt und der Flaschenhalswerfer ermittelt.

Der nun vor ihm liegende Stadtplan gab Oskar Lindt da weitaus mehr Rätsel auf.

›Wer schickt mir diesen Plan? Was sollen diese fünf markierten Punkte bedeuten? Wieso sind keine weiteren Erklärungen dabei – oder wenigstens ein Anruf? Wieso gerade an mich adressiert?‹ Diese Gedanken kreisten in seinem Kopf, als er sich wieder an den Schreibtisch setzte, um die Plankopie eingehend zu betrachten.

Lindt kannte die Karlsruher Innenstadt wie seine Westentasche. Mit einer kurzen Unterbrechung von zwei Jahren, in denen er am Bodensee war, hatte er sein gesamtes Berufsleben in dieser Stadt verbracht. Manchmal gab es auch Vorkommnisse irgendwo im Landkreis, so wie der verblutete Wirt, aber die überwiegende Zahl seiner Fälle spielten sich im Stadtgebiet ab. »Ist doch klar, da, wo die meisten Leute wohnen«, hatte Paul Wellmann erst vor kurzem einmal bestätigt.

Der Kommissar versuchte, sich aus dem Gedächtnis heraus vorzustellen, wie die Örtlichkeiten aussahen, die auf dem Stadtplan markiert waren. Hinfahren und in Augenschein nehmen? Später vielleicht.

Alle fünf Stellen lagen abseits großer Durchgangsstraßen in reinen Wohngebieten. Er war sich auch schon ziemlich sicher, dass an den gesuchten Orten keine größeren Geschäfte, Banken, Firmen oder Hotels lagen.

›Wohnhäuser, da stehen nur ganz normale Wohnhäuser.‹ Darüber war sich der Kriminalist nun mehr und mehr im Klaren. ›Also doch mal anschauen!‹

Er wollte schon aufstehen, als ihm eine Idee kam. Er griff nach einem langen Lineal, legte es auf den Stadtplan und verband mit dünnen Bleistiftstrichen die Punkte untereinander.

Ein unsymmetrisches Spinnennetz entstand. Lindt war mit dem Ergebnis seiner geometrischen Übung nicht zufrieden. Insgeheim hatte er gehofft, die Linien würden sich an einem gemeinsamen Punkt schneiden und so vielleicht auf einen bestimmten Ort hinweisen.

›Leider nicht, schade, wäre ja auch zu schön gewesen‹, dachte er und grübelte weiter über die Bedeutung der Punkte, als Paul Wellmann von der Vernehmung in der JVA zurückkehrte.

»Schau mal, Paul, da gibt uns jemand ein Rätsel zu knacken«, begrüßte er seinen langjährigen Mitarbeiter und zeigte ihm den Plan. Wellmann war fast in Lindts

Alter und vor einigen Jahren auch zum Hauptkommissar befördert worden. Seit über zwanzig Jahren arbeiteten die beiden eng zusammen. Es war ein harmonisches Verhältnis unter Kollegen, eigentlich schon freundschaftlich, was sie verband. Häufig redeten sie auch über private Angelegenheiten und wenn der eine etwas zu feiern hatte, war der andere mit dabei.

»Kannst du dir vorstellen, was diese fünf Markierungen bedeuten sollen? Mir fällt nichts Außergewöhnliches dazu ein. Alles Wohnhäuser, wenn ich die Orte richtig im Kopf habe.«

»Lass uns doch die Punkte mal anfahren. Vielleicht fällt uns etwas auf.«

Lindt nickte und griff nach der Jacke, als das Telefon auf seinem Schreibtisch klingelte.

»Wo? ... Ja, ich weiß ... Wir kommen sofort!«

Wellmann hatte nur Gesprächsfetzen mitbekommen, konnte sich aber schon denken, worum es ging.

»Weibliche Leiche im Wald hinterm Schlossgarten, nicht weit von der Majolika«, informierte ihn sein Kollege, als sie zum Wagen eilten.

2

Es hatte um die Mittagszeit zwar aufgehört zu regnen, aber nach wenigen Schritten durch das Unterholz am Tatort waren die Hosenbeine der beiden Hauptkommissare dennoch klatschnass. Von der Schutzpolizei war mit rot-weißem Band weiträumig abgesperrt worden und die Spurensicherung packte gerade ihre Gerätschaften aus. Zwei Studentinnen der nahe gelegenen Pädagogischen Hochschule hatten beim Joggen die leblose Frau im Dickicht entdeckt.

»Es sah erst so aus, als hätte jemand dort Altkleider und Schuhe weggeworfen«, berichteten sie. »Wir sind dran vorbei gelaufen, haben aber irgendwie noch mal zurückgeschaut und dann einen riesigen Schreck bekommen.«

Lindt betrachtete aus einigen Metern Entfernung den völlig bekleideten Körper einer vielleicht vierzigjährigen Frau, die halb verdeckt im Unterwuchs lag. Das helle Grün frisch ausgetriebener Ahornblätter nahm dem Anblick etwas von seiner Grausamkeit.

Er bemerkte eine Schleifspur, die im Waldboden bis zu den Schuhen der Toten führte. »Schaut mal dort vorne auf dem Weg, ob sich ein Reifenprofil findet«, wies er die Mitarbeiter der Spurensicherung an und zeigte in die entsprechende Richtung.

»Da mache ich mir keine großen Hoffnungen, Herr Lindt«, antwortete einer der Beamten im weißen Schutzoverall. »Vor dem Regen heute Morgen hatten wir fast eine Woche keinen Niederschlag. Der Boden war ganz trocken und hart, da werden wir kaum Abdrücke sehen.«

»Sucht trotzdem den ganzen Weg ab, vielleicht stoßt ihr doch auf eine Stelle, die was hergibt.«

»Der Waldweg ist ja ziemlich schmal«, mischte sich Paul Wellmann ein, »kaum zwei Meter breit, eigentlich nur für Spaziergänger – da wird sicher nicht viel gefahren.«

Lindt nickte und zeigte auf die Leiche: »Sieh mal dort am Hals, Paul.« Deutlich waren blaurote Stellen zu sehen.

»Sieht ganz nach Würgemalen aus«, bestätigte Wellmann die Einschätzung seines Chefs. »Mal sehen, was die Frau Doktor dazu meint, ach, da kommt sie ja schon.«

Gerade traf die Ärztin der Gerichtsmedizin ein und begann, den leblosen Körper in Augenschein zu nehmen.

»Mit großer Wahrscheinlichkeit ist die Tat nicht hier geschehen«, teilte sie nach einigen Minuten eine erste Einschätzung mit.

»Todeszeitpunkt und Ursache? Können Sie schon was sagen?«, wollte Lindt wissen.

»Hier vor Ort sehe ich nur die Hämatome am Hals, die Blutergüsse, die Ihnen ja auch schon aufgefallen sind. Sie haben wahrscheinlich Recht, alles deutet darauf hin, dass die Frau erwürgt worden ist.«

Sie legte die Stirn in Falten. »Ja und wann die Tat geschehen ist … allen Anzeichen nach irgendwann gestern Abend, aber Näheres erfahren Sie nach der Obduktion.«

Der Kommissar bedankte sich: »Also morgen im Lauf des Vormittags?«

»Das werde ich wohl schaffen – außer Sie beide helfen mit, dann sind wir vielleicht etwas schneller.«

Die Ärztin lachte, als sie das energische Kopfschütteln von Paul Wellmann bemerkte. »Muss nicht unbedingt sein – uns reicht dann Ihr Bericht.«

Oskar Lindt war weniger heikel, was die Atmosphäre in einem Sektionssaal anbelangte. Ab und zu schaute er den Gerichtsmedizinern bei einer Obduktion über die Schultern, doch jetzt wandte er sich wieder an die Spurensicherung: »Kümmern wir uns lieber um die Identität. Hat die Frau Papiere bei sich?«

»Nein, nichts zu finden bisher – alle Taschen durchsucht. Wir machen noch ein paar Fotos, vielleicht erkennt jemand das Gesicht im Fernsehen.«

»Gut, wenn die Bilder fertig sind, geben wir sie zusammen mit einer Pressemeldung gleich raus.«

Er stopfte erst einmal seine Pfeife und nahm sich dann noch eine Viertelstunde Zeit, um die Örtlichkeit und die Tote intensiv zu betrachten. Ein kleines Detail vielleicht, irgendeine Besonderheit oder etwas, was nicht ganz zum Fundort passte – er wusste in solchen Situationen nie genau, wonach er suchte, ging aber immer sehr konzentriert vor.

In Gedanken versunken musterte er die Kleidung der Frau. Jeans, Turnschuhe, ein hellblaues T-Shirt und darüber eine leichte roséfarbene Sweatshirt-Jacke mit Kapuze, wie es zurzeit Mode war. Die pflegeleichte Kurzhaarfrisur war mit blonden Strähnen durchsetzt. Schmuck konnte Lindt nicht entdecken. Weder Halskette, Ohrringe, ein Armband oder Fingerringe.

Die Hände, ja, die fielen ihm auf. Wie die gesamte Erscheinung zwar durchaus gepflegt, aber dennoch kräftig, deuteten sie nicht unbedingt auf reine Büroarbeit hin. Er rätselte, welchen Beruf die Tote wohl ausgeübt hatte.

›Verheiratet, Familie?‹, überlegte er. Der Gedanke, dass irgendwo Kinder vergeblich auf ihre Mutter warten könnten machte ihm zu schaffen. Allerdings passte keine aktuelle Vermisstenmeldung. Paul Wellmann hatte das schon abgefragt.

»Rotlichtmilieu?«, fragte sich Lindt, aber der äußere Eindruck deutet nicht darauf hin. ›Nein‹, dachte er, ›weder osteuropäisch noch asiatisch. Auch keine auffällige Kosmetik im Gesicht – ganz normal halt.‹

Er sinnierte über den Ausdruck. ›Normal, was ist das eigentlich? Wer ist normal? Blöder Begriff, aber dennoch irgendwie passend.‹

Er bahnte sich einen Weg durch die dichte Vegetation mit ihren frischgrünen Blättern und umschlug den Fundort, um alles nochmals aus einer anderen Perspektive zu sehen.

Von seinem Standort, einige Meter hinter dem Kopf der Toten, konnte er die Schleifspur bis zum Waldweg einsehen. Wer immer die Frau hier abgelegt hatte, wahrscheinlich war derjenige rückwärts gegangen und hatte das Opfer dabei unter den Armen gefasst. Die Spur im Bodenlaub müsste dann durch die Fersen verursacht worden sein. Der Kommissar konnte auch aus einiger Entfernung Schmutz an den Schuhabsätzen der Toten erkennen.

Der morgendliche Landregen hatte alles gründlich durchfeuchtet und langsam begann ein unangenehmer Duft, sich zu verbreiten.

Ein Motorengeräusch schreckte ihn auf. Er schaute hoch und sah auf dem schmalen Weg einen Leichenwagen langsam rückwärts heranfahren. Die Zweige der Büsche streiften links und rechts an der Karosserie. Zwei Bestatter öffneten die Heckklappe und zogen einen Metallsarg heraus. Lindt ging auf die beiden zu: »Den können Sie im Moment noch im Wagen lassen, bis die Spurensicherung fertig ist.«

»Wir haben es bald«, rief einer der Techniker herüber. Er hatte ein dreibeiniges Fotostativ aufgestellt und machte mit einer Spiegelreflexkamera Blitzlicht-Aufnahmen aus verschiedenen Perspektiven. »Ein paar Bilder noch, dann sind wir hier so weit. Aber falls wir die weitere Umgebung absuchen müssen, brauchen wir Unterstützung.«

Lindt überlegte kurz, ob er Hundeführer und Suchtrupps anfordern sollte, entschied sich dann aber dafür, nur den Weg noch genauer unter die Lupe zu nehmen.

»Ich glaube, eine großräumige Suche können wir uns sparen. So wie die Schleifspuren verlaufen und wie die Tote liegt, hatte unsere Ärztin wahrscheinlich Recht. Die Frau war bestimmt schon tot, als sie hierher transportiert wurde. Dort auf dem Weg hat man sie aus einem Wagen geladen und dann die paar Meter ins Unterholz geschleppt. Wenn ihr den weiteren Wegverlauf noch absucht, reicht mir das. Falls alles nicht schon vor, sondern während des Regens von heute Morgen passiert ist, könnte es ja doch Reifenspuren geben.«

»Auf der Strecke, die der Leichenwagen jetzt gefahren ist, habe ich bereits gesucht«, informierte ein anderer Polizeitechniker den Kommissar. »Da war nichts zu finden.«

Lindt drehte sich zu ihm um und musterte die Wegstrecke: »Warum ist der Weg hier denn so dunkel? Ist Sand eigentlich nicht heller gefärbt? Gelblich oder hellgrau?«

Auf der ganzen Länge, die einsehbar war, war der Sand auf der Wegoberfläche leicht mit schwärzlichem Material durchmischt.

Der Mitarbeiter der Spurensicherung nickte: »Wir nehmen eine Probe und geben sie mit ins Labor. Bin gespannt, was die dazu sagen.« Er kratzte mit einem Kunststoffspatel etwas Material in eine Tüte und begann dann, den weiteren Verlauf des Waldweges zu untersuchen.

Lindt schaute sich suchend um, konnte aber Paul Wellmann nirgends entdecken. »Wo ist denn mein Kollege hin?«, fragte er einen Streifenpolizisten, der als Posten an der Absperrung stand. »Der Paul? Der ist vorhin auf dem asphaltierten Weg dort weitergefahren«, bekam er als Antwort, doch da tauchte der markante dunkelrote Citroën XM in der Ferne schon wieder auf. Die in gerader Linie sternförmig vom Karlsruher Schloss ausgehenden Alleen waren weit hinaus einsehbar.

»Ich habe mir die Umgebung mal genauer angesehen«, berichtete Wellmann, als Lindt wieder zu ihm ins Auto stieg. »Die Waldwege führen alle bis zum Adenauerring. Dort an der vierspurigen Schnellstraße gibt es überall geschlossene Schranken oder Sperrpfosten. Wenn die Frau tatsächlich mit einem PKW hierher transportiert worden ist, dann müsste der den gleichen Weg genommen haben wie wir. Hier an der Schlossgartenmauer entlang ist die einzige Zufahrt. Die Straße ist öffentlich bis zur Majolika, dann geht die Allee als gesperrter Waldweg weiter.«

Zwischen den Bäumen konnte man die Gebäude der bekannten Porzellan-Manufaktur gerade noch erahnen.

»Dann muss er zurück auch diese Strecke genommen haben?«, fragte Lindt.

»Wenn er nicht auf der Fußgängerbrücke bei der Linkenheimer Allee den Ring überquert hat, kann er nur hier wieder rausgefahren sein. Auch der Fußweg, an dem die Leiche liegt, mündet nach ein paar Biegungen wieder in diesen Weg, wo wir jetzt stehen. Habe ich alles schon abgefahren. Da auf dem Plan kannst du es sehen.«

Wellmann griff nach hinten und holte eine Landkarte vom Rücksitz. Es war die Kopie des Stadtplanes mit den fünf rätselhaften Punkten, deren Lage sie ja ursprünglich anschauen wollten. Er zeigte auf den Verlauf des Waldwegenetzes. »Überall ist abgesperrt, der Wagen kann nur hier gefahren sein oder über die Fußgängerbrücke. Die Breite reicht dort gerade für einen PKW.«

»Wäre aber schon auffällig«, gab Lindt zu bedenken, »mit dem Auto über eine schmale Brücke. Hier sind doch immer Leute im Wald unterwegs, von denen müsste ein Fahrzeug in diesem Bereich bestimmt bemerkt worden sein, erst recht auf einem engen Fußweg. Die genaue Ortsbeschreibung geben wir auf jeden Fall mit in die Pressemeldung.«

Lindt griff nach seinem Handy und wählte die Nummer der Pressestelle im Polizeipräsidium. Er gab die Personenbeschreibung, die Örtlichkeit und alle anderen nötigen Einzelheiten durch.

»Bitte machen Sie einen Text daraus, mit Zeugenaufruf und wenn die Technik die Bilder fertig hat, dann gleich veröffentlichen«, wies er die Sachbearbeiterin an. »So, dass es für die Landesnachrichten im Fernsehen noch reicht. An die Radiosender kann es ja schon mal rausgehen, bevor die Fotos soweit sind.«

Er schaute zu Wellmann: »Die Obduktionsergebnisse und den Bericht der Spurensicherung bekommen wir zwar erst morgen Früh, aber falls sich jemand meldet, der die Tote kennt, müssen wir vielleicht auch heute Abend noch was unternehmen. Lass uns erst mal heimfahren. Ich ruf dich an, wenn sich was ergibt. Möglicherweise bekommen wir eine lange Nacht.«

Häufig erzählte Lindt seiner Frau von den aktuellen Fällen. Das war zwar hinsichtlich der Wahrung von Dienstgeheimnissen nicht so ganz in Ordnung, aber er hatte oft Probleme, abends abzuschalten.

»Lass uns mal den Fernseher einschalten«, meinte Oskar, »vielleicht kommt schon jetzt um sechs was in den Landesnachrichten.« Carla unterbrach das Salatwaschen, trocknete ihre Hände an der Küchenschürze ab und stellte das Landesprogramm ein. Ihr Mann war gerade dabei, die Hähnchenbrust, die er geschnetzelt hatte, anzubraten und mit Knoblauch und reichlich Curry zu würzen, als die Meldung kam.

›Sieht nicht mal allzu grausam aus, das Bild‹, dachte er, ›eigentlich, wie wenn die Frau schlafen würde.‹ Der Hals war aus gutem Grund verdeckt. Mit blauroten, blutunterlaufenen Würgemalen die Öffentlichkeit zu schockieren, hatte Lindt der Kriminaltechnik und der Pressestelle ausdrücklich untersagt.

»Etwa vierzigjährige unbekannte Frau … von zwei Studentinnen beim Joggen entdeckt … Karlsruher Kriminalpolizei geht von einem Gewaltverbrechen aus …«

Die Sprecherin verlas jetzt eine genaue Ortsbeschreibung: »Schmaler Waldweg zwischen Adenauerring und Schlossgartenmauer … in der Nähe der Majolika-Manufaktur …« und anschließend einen Appell, dass sich Zeugen beim Karlsruher Präsidium oder jeder anderen Polizeidienststelle melden sollten.

»Wenn sich wichtige Hinweise ergeben, muss ich vielleicht heute Abend noch mal weg.«

Carla Lindt nickte. Sie war es gewöhnt, dass sich die Arbeitszeiten ihres Mannes nach den Erfordernissen seiner Ermittlungen richteten.

Beim Essen hörten sie die aktuellen Meldungen im Radio und schalteten um Viertel vor acht nochmals die Landesnachrichten im Fernsehen ein. Bild und Text wurden wieder in der gleichen Aufmachung ausgestrahlt.

Lindts Telefon blieb vorerst stumm. Er hatte auch den Kollegen vom Kriminaldauerdienst, die Bereitschaft hatten, eingeschärft, ihn auf jeden Fall sofort zu informieren – »und wenn es mitten in der Nacht um halb drei Uhr ist. Aktionen nur nach Rücksprache mit mir.«

Es war ihm wichtig, die Ermittlungen persönlich zu führen. Nicht, weil er den fachlichen Fähigkeiten anderer misstraut hätte, aber er nahm die Verantwortung für die Aufklärung ›seiner‹ Fälle sehr ernst und wollte die Fäden jederzeit in der Hand halten. Außerdem stießen Lindts oft unkonventionelle Methoden, zum Ziel zu kommen, nicht bei allen seiner Kollegen und Vorgesetzten auf Zustimmung.

Auch nach der Sendung um zehn klingelte sein Handy nicht. »Jetzt müssen wir eben mal warten, ob sich morgen Früh jemand meldet, wenn das Bild in den Zeitungen erscheint.«

»Scheint auch nirgends vermisst zu werden, die Frau«, meinte er anschließend zu Carla. Sie nickte: »Vielleicht allein stehend, oder sie stammt von anderswo und wohnt in einem Hochhaus, wo keiner den anderen kennt. Da fällt es lange nicht auf, wenn einer fehlt. Aber am Arbeitsplatz, da müsste man es doch merken. Morgen – bestimmt!«

3

Lindt war schon kurz nach sieben im Büro, doch es hatte sich nichts Neues ergeben. Seine beiden Mitarbeiter Paul Wellmann und Jan Sternberg trafen kurz nacheinander ein und ließen sich über den aktuellen Stand der Ermittlungen informieren. Sternberg, der am Tag zuvor Überstunden abgebaut hatte, war direkt etwas enttäuscht: »Ausgerechnet, wenn ich mal frei habe, passiert was.«

Lindt winkte ab: »So ein toller Anblick ist eine Leiche nun auch wieder nicht, aber wenn du die Tote unbedingt sehen willst, können wir ja gleich zusammen in die Pathologie fahren und den Obduktionsbericht abholen.«

Sternberg überlegte kurz, ob seine Magennerven den Anblick aushalten würden, aber die Neugier siegte schließlich doch.

»Gut, ich halte hier solange die Stellung«, meinte Paul Wellmann, »mir reicht es eigentlich noch von gestern. Fahrt schon mal los, ich rufe im Klinikum an, dass ihr gleich kommt.«

Üblicherweise wurden die Opfer von Gewaltverbrechen direkt im forensischen Institut der Universität Heidelberg obduziert. Wann immer es ging, versuchte Lindt aber die Gerichtsmediziner zu überreden, ihre Arbeit im Karlsruher Städtischen Klinikum durchzuführen.

Lindt und Sternberg kannten von früheren Fällen den

Weg in den ›kalten OP‹, wie die Räume der Pathologie auch genannt wurden.

Die Ärztin, die am Tag zuvor am Fundort gewesen war, hatte gerade die letzten Untersuchungen abgeschlossen und war beim Diktieren des Berichts.

»Es hat sich alles bestätigt, was ich Ihnen gestern im Wald schon gesagt habe. Todeseintritt etwa fünfzehn Stunden vor dem Auffinden, also zwischen zweiundzwanzig Uhr und Mitternacht. Todesursache ist eindeutig Erwürgen und zwar mit bloßen Händen.«

Sie schlug die weiße Decke zurück, die über den Körper der Ermordeten ausgebreitet war und zeigte auf die Blutergüsse im Halsbereich.

»Hier … und hier … und das da … stammt alles ganz klar von zwei Händen, die den Hals umfasst und so lange zugedrückt haben, bis sich nichts mehr regte. Wäre ein Hilfsmittel benutzt worden, ein Seil zum Beispiel, oder vielleicht ein Draht, dann würden wir hier ganz anders geformte Spuren finden – ringförmig umlaufend und der Abdruck hätte die Form des benutzten Werkzeugs.«

»Haben Sie auch den typischen Schaum gefunden?«, interessierte sich Jan Sternberg.

Erstaunt blickte ihn die Ärztin an: »Da hat einer im pathologischen Unterricht aber gut aufgepasst. Ja, wir haben leicht rosafarbenen Schaum in der Luftröhre und in der Mundhöhle gefunden. Aber wissen Sie auch, wieso es zu einer solchen Ausscheidung kommt?«

Der Versuch, mit dieser Frage Sternberg aufs Glatteis zu führen misslang, denn er hatte zur Vorbereitung auf den demnächst anstehenden Kommissar-Lehrgang schon intensives Literaturstudium betrieben und sich dabei auch eingehend mit der forensischen Medizin befasst.

Lindt nickte ganz zufrieden, als sein Mitarbeiter souverän antwortete: »Vermehrte Bronchialsekretion, quasi als Gegenreaktion zum Verschluss der Stimmritze im Kehlkopf. Der Körper wehrt sich halt gegen den Tod.«

»Alle Achtung«, meinte die Ärztin anerkennend. »Da konnten Sie aber einen kompetenten Mitarbeiter an Land ziehen.«

»Ist doch klar, eigene Zucht natürlich«, witzelte der Kommissar. »Jan war schon während seiner Ausbildung längere Zeit bei uns. Da scheint doch was hängen geblieben zu sein.«

»Konnten Sie denn noch andere Spuren sichern?«, wollte Lindt anschließend wissen.

»Unter den Fingernägeln der Frau haben wir Proben genommen und lassen die auf fremde DNA oder irgendwelche Fasern untersuchen. Allerdings war mit bloßem Auge nichts sichtbar, keine Hautfetzen oder Gewebe. Wenn die KTU da was findet, dann höchstens Mikrospuren.«

»Wie steht es mit Fingerabdrücken?«

»Die Fingerabdrücke des Opfers, die haben wir natürlich abgenommen. Vielleicht helfen sie Ihnen bei der Identifizierung, aber fremde Abdrücke gab es keine.«

»Handschuhe«, fiel Jan Sternberg schnell ein, »also muss der Mörder Handschuhe getragen haben.«

»Genau richtig«, lobte die Gerichtsmedizinerin. »Wir können sogar auch sagen, welche Art von Handschuhen.« Sie bemerkte die staunenden Blicke der Beamten.

»Nicht gerade die Marke, aber immerhin wissen wir, dass es Einmalhandschuhe waren. Wahrscheinlich aus Latexmaterial, denn die meisten Sorten sind leicht gepudert, damit sie nicht so zusammenkleben. Reste dieses

Puders konnten wir am Jackenkragen der Frau feststellen.«

»Das sind doch medizinische Artikel, solche Handschuhe?«

»Ja, Herr Lindt, eigentlich schon.« Die Pathologin ahnte, in welche Richtung der Kommissar dachte. »Aber Sie können diese Artikel ja kartonweise in jeder Apotheke kaufen. Der Mörder muss also nicht unbedingt der Arzt auf Hausbesuch gewesen sein. Viele Leute benutzen solche Handschuhe für feine Arbeiten, bei denen die Hände nicht schmutzig werden sollen.«

»Na ja«, brummte der Kommissar, »vielleicht aber doch ein Täter aus dem medizinischen Umfeld, ein wichtiges Detail ist es jedenfalls ...«

Er lachte: »Oder es war jemand von der Polizei ...« Er griff in seine Jackentasche: »Ich habe immer welche dabei, um Beweisstücke anzufassen. Meistens benutze ich sie auch ...«

Dabei dachte er an den Rüffel von Ludwig Willms und den Stadtplan, den er unvorsichtigerweise ohne Handschuhe angefasst hatte.

»So wird der Kreis der Verdächtigen ganz schön groß«, fuhr die Ärztin schmunzelnd fort, »und wir können ihn auch nicht mehr wesentlich eingrenzen.«

Sie nannte noch ein paar Details: Es lag kein Sexualverbrechen vor, das hatte sie ebenfalls untersucht. Einige Druckstellen an den Armen und Beinen könnten durch den Transport des leblosen Körpers verursacht worden sein.

»Kofferraum«, warf Jan Sternberg ein.

»Durchaus möglich«, gab ihm die Ärztin Recht. »Aber es muss schon ein geräumiger Wagen gewesen sein. Allzu viel Druck wurde nicht ausgeübt.«

»Vielleicht ein Kombi?«, überlegte Lindt.

»Könnte sein, allerdings sind diese Druckstellen erst einige Stunden nach dem Eintritt des Todes entstanden. Die sehen ganz anders aus, als die Blutergüsse am Hals.«

»Also wurde die Leiche erst nach längerer Zeit abtransportiert«, konstatierte der Kommissar und fragte gleich weiter: »Gab es denn noch weitere Anhaltspunkte, die uns bei der Identifizierung helfen könnten, Zahnsanierungen oder Operationsnarben?«

»Da muss ich Sie leider auch enttäuschen. Nichts Besonderes, was ich gefunden habe. Die Narbe einer Blinddarm-OP und drei plombierte Zähne, aber im Mund keine Brücken oder Kronen. Insgesamt war die Ermordete gesundheitlich in sehr guter Verfassung. Kein Übergewicht, gut bemuskelt an Armen und Beinen, wahrscheinlich hat sie öfter Sport getrieben.«

Lindt hob bei den Stichworten Sport und Übergewicht leicht die Augenbrauen, was sein Gegenüber gleich bemerkte.

»Ja, ja, Herr Lindt, das kann man alles feststellen. Die Frau hat gut auf sich aufgepasst. Erstaunlich eigentlich, denn mit zirka vierzig hat man doch meist schon einiges durchgemacht. Ach ja, Kinder …, das habe ich auch noch festgestellt, Kinder hat unsere Unbekannte keine zur Welt gebracht.«

»Hat ihr auch nichts genutzt, die ganze Fitness«, knurrte Lindt halblaut, denn von zu viel körperlicher Aktivität und vor allem von übertriebenem Leistungssport hielt er nicht viel. »Verzeihung, das war natürlich eine blöde Bemerkung«, entschuldigte er sich gleich umgehend, als sich überraschend das Handy von Jan Sternberg bemerkbar machte.

»Hier Chef, für Sie. Der Paul ist dran. Ihr Gerät ist wohl gerade ausgeschaltet.« Er reichte das Telefon an den Kommissar weiter.

»Wie, die Eltern ... ach so, die haben sich gemeldet ... aus der Zeitung ... kommen aus Darmstadt ... sind schon hierher unterwegs ... gut, wegen der Identifizierung ... Tochter wohnt und arbeitet aber hier in der Stadt ... hast du die Adresse? ... Ja, wir fahren gleich hin. Schick auch die Spurensicherung.«

Lindt nickte seinem Mitarbeiter zu: »Komm, Jan, wir müssen weg. Vermutlich wissen wir jetzt, wer die Frau ist. Ihre Eltern haben das Bild in der Zeitung gesehen und sich gleich gemeldet. Wir fahren direkt dahin, wo sie gewohnt hat.«

Sie bedankten sich bei der Gerichtsmedizinerin und eilten zum Wagen, um die Wohnung des Opfers in Augenschein zu nehmen.

Gar nicht weit vom Klinikum entfernt hatten sie schnell die genannte Adresse in der Nordweststadt gefunden. In der Nähe des alten Flugplatzes war in den Sechzigerjahren viel gebaut worden. Ein Wohnblock mit sieben Stockwerken trug die richtige Hausnummer.

»Dort müsste der Eingang sein«, zeigte Sternberg auf ein überdachtes Türelement. An den Klingelknöpfen fanden sie nach kurzer Suche tatsächlich den Namen. ›Andrea Helmholz‹ war mit Filzstift auf ein Pappkärtchen geschrieben.

Lindt zeigte auf einen Knopf in der untersten Reihe, wo neben dem Namen noch groß ›Hausmeister‹ zu lesen war. »Lass uns mal dort klingeln.«

»Wollen Sie zu mir?« Ein hagerer älterer Mann im

grauen Arbeitsmantel kam um die Ecke. Er trug eine Schirmmütze aus Cord und hielt eine brennende Zigarette zwischen seinen vergilbten Fingern.

»Wenn Sie der Hausmeister sind …«, antwortete Lindt und zeigte seinen Dienstausweis. »Wir müssten in die Wohnung von Frau Helmholz. Sie haben doch bestimmt einen Generalschlüssel, oder …?«

»Was wollen Sie denn von der? Ich kann doch nicht einfach jemanden in eine Wohnung lassen.«

»Haben Sie denn einen Schlüssel?«

»Für Notfälle, Rohrbruch, Feuer oder so, da gibt es einen Generalschlüssel. Der hängt in einem Glaskasten in meiner Wohnung. Wenn ich ihn mal brauche, muss ich die Scheibe einschlagen und nachher alles ganz genau schriftlich begründen.«

»Also los, holen Sie ihn bitte. Es ist wirklich dringend. Vermutlich lebt Frau Helmholz gar nicht mehr. Haben Sie denn nicht unsere Mitteilungen im Fernsehen oder in der Zeitung gesehen?«

»Zeitung …«, stotterte der Hausmeister, »Zeitung kann ich mir schon lange nicht mehr leisten und mein alter Fernseher hat vor zwei Wochen den Geist aufgegeben. Aber im Radio, da habe ich von einer ermordeten Frau gehört. Dort hinter dem Schlosspark im Wald ist sie gefunden worden. Meinen Sie, dass es Frau Helmholz …, hier aus unserem Haus … das wäre ja …«

Schnell schloss er die Haustür auf und ging den beiden Kriminalbeamten voraus, um aus seiner Wohnung den Notfallschlüssel zu holen.

Sie benutzten den Aufzug, um in den ersten Stock zu kommen, obwohl es über die Treppe vermutlich schneller gegangen wäre. Lindt zog sich Handschuhe an und nahm den Schlüssel. »Bitte warten Sie hier«, bat er den Hausmeister.

Sternberg entsicherte seine Pistole.

Vorsichtig öffneten sie die Tür und traten ein.

Schnell war die kleine Wohnung kontrolliert. »Keiner da«, rief Sternberg, aber sehen Sie mal, Chef …«

»Oh ja, die Spurensicherung wird sich freuen«, nickte Lindt. »Da hat einer ganze Arbeit geleistet.«

»Ach du liebe Zeit, wie sieht's denn hier aus!« Der Hausmeister war entgegen der Anweisung doch nachgekommen und betrachtete das Chaos in den beiden Zimmern. Der Inhalt sämtlicher Schränke und Schubladen war auf dem Boden verstreut. Kleidungsstücke und Schuhe lagen mit Zeitungen und Büchern vermischt umher. Genauso Wäsche und Handtücher, dazwischen Kontoauszüge und Versicherungsunterlagen. Im Bad waren Waschmittelkartons ausgekippt und Klopapierrollen umher geworfen worden.

»Bloß nichts anfassen«, rief Lindt dem Hausmeister zu, »Sie sollten doch draußen warten.« Er warf einen Blick aus dem Fenster: »Könnten Sie bitte unsere Kollegen von der Technik hereinlassen, die sind unten gerade vorgefahren.« Vorsichtig rückwärts gehend verließ der Hausmeister die Wohnung wieder.

»Wer auch immer das hier verursacht hat«, meinte Sternberg, »wenn das, was er gesucht hat, in der Wohnung war, dann hat er es mit Sicherheit gefunden.«

»Glaube ich auch, Jan«, antwortete ihm Oskar Lindt. »Aber Krach hat er wohl weitgehend vermieden. Sieh mal, Geschirr und Töpfe sind fein säuberlich auf den Tisch gestellt worden.«

»Also kein Vandalismus, sondern es war jemand, der

gezielt gesucht hat. Meinen Sie, Chef, die Frau ist hier ermordet worden?«

»Durchaus möglich, fragt sich nur, wie sie dann unbemerkt weggeschafft worden ist …« Lindt schaute sich weiter um, erkannte aber gleich, dass er in diesem Fall der Spurensicherung den Vortritt lassen musste.

Mit wenigen Worten wies er die beiden Kollegen ein. »Ihr wisst ja, den Bericht so schnell es geht.«

»Ja, ja, möglichst gestern. Wie immer wird Unmögliches sofort erledigt und auf Wunsch kann gehext werden.«

Lindt schmunzelte. Er kannte die erfahrenen Beamten schon von vielen Einsätzen und verzieh ihnen diese kleine Schnoddrigkeit gern.

»Komm Jan, wir fahren. Hier sind wir doch nur im Weg.«

»Endlich hat er's kapiert«, grinsten die beiden Techniker in ihren weißen Overalls.

Im Aufzug wollte Sternberg wieder auf E wie Erdgeschoss drücken, um zur Haustüre zu kommen. Er stutzte. Es gab E 1 und E 2.

Sein Vorgesetzter bemerkte das Zögern und drückte kurz entschlossen E 2.

Nach kurzer Abwärtsfahrt stoppte der Lift. Die hintere Aufzugstür öffnete sich und sie befanden sich ein halbes Stockwerk unterhalb des eigentlichen Hauseingangs. Ein dunkler Flur führte zur Rückseite des Mietshauses. Durch eine schwere Stahltüre traten sie nach draußen auf einen Hinterhof, wo Fahrräder und Autos abgestellt waren.

»Unauffälliger kann es ja kaum gehen. Rein in den Aufzug, runter und dann nur ein paar Meter bis zum Kofferraum. Damit wäre die Frage des Leichentransports auch schon geklärt«, stellte Sternberg lapidar fest.

»Also, bitte Jan!« Lindt gefiel die Ausdrucksweise seines Mitarbeiters nicht. »Immerhin handelt es sich um einen Menschen und nicht gerade um einen Teppich, den sich jemand über die Schulter wirft.«

»Vielleicht ist die Frau aber trotzdem auf diese Art weggeschafft worden … falls da oben der Tatort war.«

»Ja, kann sein … vielleicht … aber es kann auch woanders passiert sein. Am Schloss der Wohnungstüre zum Beispiel habe ich keine Aufbruchsspuren bemerkt, also hatte der Täter wahrscheinlich einen Schlüssel. Den könnte er ja seinem toten Opfer abgenommen haben, um erst nach dem Mord die Wohnung zu durchsuchen.«

»Ach, so ein Schloss, Chef, das mache ich Ihnen doch in zwei Minuten auf. Dafür gibt es mittlerweile genügend Geräte auf dem Markt und wenn die Tür nicht verriegelt war, reicht sogar eine einfache Scheckkarte.«

»Okay, technisch gebe ich mich geschlagen, aber jetzt erst mal zurück zum Präsidium. Wir müssen überlegen, wie wir am schnellsten vorwärts kommen.«

»Sie meinen Anwohner befragen … ›Wer hat was gehört oder gesehen?‹ … ›Ist Ihnen etwas Außergewöhnliches aufgefallen?‹ … ›Kannten Sie die Tote?‹ und so weiter.«

»Genau«, antwortete der Kommissar, als sie losfuhren. »Wir müssen soviel wie möglich über die Frau erfahren. Wie es aussieht, hat sie ja alleine gelebt. Aber Freunde und Bekannte gibt es doch sicher. Die müssen wir finden. Dann der Arbeitsplatz: Wo war sie beschäftigt? Welchen Beruf hat sie ausgeübt? Kollegen befragen, Vorgesetzte und was weiß ich noch alles. Wahrscheinlich hätte uns der Hausmeister noch einiges verraten können, aber bestimmt erfahren wir das Wichtigste auch von den Eltern. Heute Nachmittag wollen sie kommen, müssen ihre Tochter ja identifiz…«

Handyklingeln unterbrach ihn.

Er schaute auf das Display des Geräts, das er gerade in die Freisprecheinrichtung gesteckt hatte. ›Willms – KTU‹ leuchtete auf.

»Oskar, kannst du mich verstehen? Ludwig hier. Du hast mir doch den Stadtplan mit den fünf merkwürdigen Punkten gebracht. Ja, du hattest Recht, es ist Blut und zwar ziemlich sicher von ganz verschiedenen Personen. Wir analysieren gerade die DNA. Bei der geringen Menge überhaupt nicht einfach. Aber das ist nicht der Grund, warum ich dich anrufe. Halt dich fest. Wir haben doch die Fingerabdrücke von deinem Mordopfer. Ja, aus der Gerichtsmedizin. Und genau diese Abdrücke finden sich auf dem Stadtplan. … bist du noch da, Oskar?«, tönte Willms' Stimme aus dem Lautsprecher.

»Ja, Ludwig, ich habe alles verstanden. Jetzt wird's aber wirklich interessant. Vielen Dank erst mal. Wir sind gerade auf der Rückfahrt ins Präsidium. Wir kommen dann gleich rüber.«

Lindt beendete das Gespräch und drückte während des Weiterfahrens sofort die Kurzwahltaste für die Handynummer von Paul Wellmann.

»Bist du im Büro, Paul? Gut, wir brauchen dringend Unterstützung, von mir aus sag auch Sonderkommission dazu. Kannst du noch ein paar Kollegen aus den anderen Abteilungen organisieren? Drei, vier Leute oder mehr, schau mal, wie viele du woanders loseisen kannst. Du weißt schon, die ganzen Befragungen. Von Tür zu Tür halt.«

Schnell informierte Lindt seinen Mitarbeiter über die aktuellen Ereignisse.

»Ja, Besprechungstermin nachher um halb zwölf. Jan und ich gehen vorher noch ins Labor.«

KTU-Chef Willms erwartete die beiden schon. Unter einem Aufsicht-Mikroskop hatte er den Stadtplan liegen. Er zeigte auf einen großen Monitor: »Hier könnt ihr alles genau sehen. Das Mikroskop ist über eine Datenleitung direkt mit dem Computer verbunden.«

Zuerst vergrößerte er einen der fünf rotbraunen Punkte. »Tolles Bild«, nickte Lindt anerkennend. »Ganz anders, als durch meine Lupe.« Deutlich war die raue, strukturierte Oberfläche der angetrockneten Blutstropfen zu erkennen.

»Wie ich schon am Telefon sagte«, erklärte Willms weiter, »einwandfrei Blut und wie es aussieht, auch von fünf verschiedenen Personen. Wir brauchen noch die kompletten DNA-Auswertungen, um ganz sicher zu sein, aber die Parameter, die wir schon haben, zeigen deutliche Unterschiede bei den einzelnen Proben – auch verschiedenes Alter.«

»Wie meinst du das, verschiedenes Alter?«

»Die Tropfen sind nicht gleichzeitig auf dem Stadtplan angebracht worden, sondern in gewissen zeitlichen Abständen. Mindestens Tage, wenn nicht gar Wochen.«

»Du sagst, sie sind angebracht worden – dann können wir also ausschließen, dass die Punkte rein zufällig auf den Plan gekommen sind? So als Spritzer etwa?«

»Das hast du schon gestern richtig vermutet, Oskar, als du mir die Karte gebracht hast. Es sieht so aus, als hätte jemand mit einem feinen Gerät, vielleicht mit einer

Pipette oder etwas Ähnlichem die Kleckse ganz gezielt und exakt angebracht. Sie sind auch alle gleich groß, haben fast denselben Durchmesser.«

Lindt war zufrieden, dass sich sein Verdacht bestätigt hatte. Die Flecke markierten also ganz bestimmte Stellen auf dem Stadtplan.

»Und nun zum nächsten Detail ...« Ludwig Willms bewegte sein Untersuchungsobjekt unter dem Mikroskop hin und her, bis er die gesuchte Stelle erreicht hatte. Er stellte scharf und auf dem Monitor war ein schwarz eingefärbter Fingerabdruck zu sehen.

»An dieser Stelle haben wir es am Deutlichsten. Da ist ein Riss im Papier mal mit einem Klebefilm repariert worden. Auf so einer Folie gibt es viel bessere Abdrücke, als auf glattem Papier. Identisch mit den Fingerabdrücken eures Mordopfers, eindeutig. Unsere neue Computertechnik hilft da enorm, Zeit zu sparen. In knapp zwei Stunden waren die ganzen Datenbanken abgeglichen und wir hatten das Ergebnis.«

»Gibt es auch noch Spuren von anderen Personen?«, fragte Lindt interessiert nach.

»Nichts Verwertbares, Oskar. Hier am Rand ...« Er bewegte den Stadtplan unter dem Vergrößerungsobjektiv wieder ein Stück weiter. »Leider nur ein Fragment. Wir haben es eingescannt, aber die Auswertung hat nichts ergeben. Auch sonst finden sich auf der Papieroberfläche noch einige Fingerspuren, sind aber alles nur sehr unvollständige Bruchstücke. Der Computer ist richtig heiß gelaufen beim Abgleich, aber leider ohne Erfolg.«

»Wenn die Spuren von jemandem stammen, der noch nirgends registriert ist, gibt es ja auch keine Identifikation«, warf Jan Sternberg ein, der bisher nur interessiert zugesehen hatte.

»Das ist natürlich völlig klar«, antwortete Ludwig Willms, »wenn wir einen passenden Abdruck zum Vergleich hätten, könnten die Fragmente auf dem Papier eventuell zur Identifizierung ausreichen, doch sicher bin ich mir nicht. Aber die weiteren Rätsel zu lösen, überlassen wir jetzt euch.«

»Da hast du ganz Recht«, antwortete ihm der Kommissar und stieß seinen Mitarbeiter mit dem Ellbogen an. »Also Jan, los geht's.«

Vier Beamte des Dezernates hatte Paul Wellmann zur vorübergehenden Mitarbeit im ›Mordfall Andrea Helmholz‹ gewinnen können. Gespannt folgten sie den Ausführungen von Oskar Lindt, der den Stand der Ermittlungen in allen Einzelheiten darstellte.

»Zuerst«, begann er die Arbeiten zu verteilen, »müssen wir die ganzen Hausbewohner abklappern. Sieben Stockwerke hat der Block und dann in drei Treppenhäusern vier Wohnungen auf jeder Etage. Vierundachtzig, wenn ich richtig gerechnet habe. Dazu noch das Haus gegenüber, von dem aus man den Hof einsehen kann. Wenn die Tat wirklich in der Wohnung geschehen ist, dann spricht viel dafür, dass die Tote nachher über Aufzug und Hintereingang zu einem dort parkenden Wagen gebracht wurde.«

Er teilte Jan Sternberg dazu ein, die vier unterstützenden Kollegen vor Ort einzuweisen. »Du kennst das Haus schon.«

»Wir beide«, wandte sich Lindt an Paul Wellmann, »fahren nachher mit den Eltern der Frau ins Klinikum zur Identifizierung.«

»Befragen müssen wir die beiden dann ja auch noch«, antwortete der. »Das wird nicht sehr angenehm werden.«

»Muss leider sein, Paul, da kommen wir nicht drum herum. Aber ich hoffe, dass wir etwas über Arbeitsplatz und soziale Kontakte herausbekommen.«

4

Gegen vierzehn Uhr traf das ältere Ehepaar aus Darmstadt beim Klinikum ein. Lindt schätzte sie auf Anfang siebzig. Schweigend gingen sie mit den beiden Hauptkommissaren durch zwei lange Gänge im Untergeschoss bis zur Pathologie. Auch den Beamten fehlten die Worte.

Das Blut wich aus den Gesichtern der Eltern, als das weiße Tuch zurückgeschlagen wurde und sie ihre Tochter erkannten. Die Frau begann heftig zu weinen, klammerte sich fest an ihren Mann und beide nickten nur tonlos: »Ja, sie ist es, es ist Andrea.«

Vorsichtig streichelte der Vater, der nun seine Tränen auch nicht mehr zurückhalten konnte, über die kalten Wangen der Toten. Wie elektrisiert zuckte er zurück, als er unter dem Rand des Leintuches die mittlerweile dunkel verfärbten Blutergüsse am Hals entdeckte. Fragend schaute er zu Lindt.

»Mit den bloßen Händen.« Auch dem Kommissar fiel das Sprechen sichtlich schwer.

»Warum, warum nur?«, kam fast unhörbar aus dem Mund der Mutter. »Sie hat doch immer nur gearbeitet, alte Leute gepflegt, anderen Gutes getan. Warum denn bloß?«

Paul Wellmann schob schnell einen Stuhl heran, auf dem sich die Frau zitternd niederließ.

Sie stand aber gleich wieder auf. »Es ist so kalt hier, so furchtbar kalt«, sagte sie zu ihrem Mann, »lass uns gehen. Wir können sie sicher bald zu uns nach Hause holen.«

»Ein paar Tage wird es leider noch dauern«, antwortete Lindt, als sie durch die tageslichtlosen Flure in Richtung Ausgang zurückgingen. »Wir müssen noch etwas abwarten, ob vielleicht weitere Untersuchungen nötig sind.«

»Könnten Sie uns bitte ins Präsidium begleiten«, fuhr er fort, »wir möchten Ihnen noch einige Fragen stellen.«

Der Mann nickte nur und sagte leise: »Natürlich, das muss wohl sein.«

Während Wellmann im Büro die Jacken des Ehepaares abnahm, stellte Lindt zwei Besucherstühle bereit und ging dann zur Kaffeemaschine. »Dürfen wir Ihnen eine Tasse anbieten?«, fragte er, füllte aber, ohne eine Antwort abzuwarten, Pulver in die Filtertüte.

»Wir müssen so viel wie möglich über Ihre Tochter wissen. Je mehr Sie uns sagen können, desto besser. Wie hat sie gelebt? Alleine? Mit wem war sie zusammen? Kennen Sie Freunde, Bekannte?«, fragte Lindt. »Ihre Arbeit … vorhin haben Sie etwas von Pflege gesagt.« Er schaute aufmerksam zu der Mutter der Ermordeten hin, die sich auf der Fahrt zum Präsidium wieder etwas gefangen hatte.

»Krankenschwester war sie. Seit ihrer Schulzeit wollte sie nie etwas anderes werden. Immer nur helfen«, antwortete die Frau und ihr Ehemann schloss sich an: »Der Beruf ging ihr über alles. Sie sagte immer, sie lebte hauptsächlich von der Dankbarkeit ihrer Patienten und bei denen war sie auch sehr beliebt.«

Der Vater erzählte weiter, dass ihre Tochter schon vor fünfzehn Jahren nach Karlsruhe gezogen war. Damals wegen eines Freundes.

»Die Beziehung hat leider nur zwei Jahre gehalten, aber seither haben wir nichts von einem neuen Partner mitbekommen.«

Auch über ihren Bekanntenkreis hatte sie nie viel erzählt. Aus Sicht der Eltern war ihr Beruf als Krankenschwester das Wichtigste im Leben der Tochter gewesen.

»Sie hat uns allerdings nur selten besucht, ein paar Mal im Jahr, zu Weihnachten und an unseren Geburtstagen. Dann kam sie immer mit der Bahn, denn ein Auto hatte sie nicht. Den kleinen Geschäftswagen des Pflegedienstes, bei dem sie gearbeitet hat, konnte sie aber auch mal privat benutzen.«

»Ach so«, unterbrach Lindt den Vater, »sie hat nicht in einem Krankenhaus, sondern in der ambulanten Pflege gearbeitet.«

Die Mutter nickte: »Da betreute sie dieselben alten und gebrechlichen Leute oft über einen langen Zeitraum. Sie hat uns gelegentlich von ›ihren‹ Patienten erzählt. Manche pflegte sie jahrelang. Viele waren bettlägerig, eine schwere Schufterei, aber das war ihr lieber als der hektische Krankenhausbetrieb.«

»Sie hätte schon oft die Möglichkeit gehabt, weiterzumachen, sich fortzubilden«, berichtete der Mann weiter. »Pflegedienstleitung oder wie man das nennt, aber das wollte sie nicht. Es hätte viel Büroarbeit und wenig Kontakt mit den Menschen bedeutet und gerade der war ihr doch so wichtig. Alle mochten sie …« Er schnäuzte sich geräuschvoll die Nase. »Wir können es nicht verstehen.«

»Möglicherweise«, fuhr Lindt fort, »ist das Verbrechen in der Wohnung Ihrer Tochter passiert. Kennen Sie sich dort aus? Hatte sie vielleicht Wertsachen zuhause?«

»Wertsachen?«, die Eltern sahen sich an. »Können wir uns eigentlich nicht vorstellen. Unsere Tochter hat sehr viel Geld für ihre Reisen ausgegeben. Die waren sicher nicht billig. Den Urlaub hat sie oft am Stück genommen, manchmal sogar noch zusätzlich unbezahlt und dann fuhr sie immer gleich für mehrere Wochen weg. Ein paar Mal im Jahr, immer mit dem Zug. Sie ist nie geflogen. Aber wir haben Postkarten aus ganz Europa von ihr bekommen.«

»Und immer ohne Begleitung«, fügte die Frau an. »Das hat uns oft zu schaffen gemacht. So ganz alleine unterwegs, aber seit ihr Freund damals – ach das sind ja schon mehr als zehn Jahre – also seit er sie verlassen hat, wollte sie sich einfach an niemanden mehr binden. Auch nicht bei einer Reise.«

»Hat sie in dem Zusammenhang etwas von Bekanntschaften erzählt?«, wollte Paul Wellmann wissen. »Von Leuten, die sie unterwegs getroffen hat?«

»Nein, nie! Wir haben sie ab und zu mal vorsichtig danach gefragt, aber bei diesem Thema hat sie immer abgeblockt«, antwortete der Vater. »Wir hätten uns für Andrea schon eine Familie gewünscht, Enkel natürlich, aber die Enttäuschung damals …«

»Lebt der frühere Freund Ihrer Tochter noch hier?«, fragte Lindt.

»Ach, Sie denken, der hätte etwas damit zu tun?« Die Mutter schüttelte energisch den Kopf. »Bestimmt nicht. Der kam ja auch aus Darmstadt, in Karlsruhe hat er früher nur gearbeitet. Seit einigen Jahren wohnt er wieder bei uns in der Nähe – mit Frau und drei Kindern im Haus seiner Eltern.«

Lindt bestellte einen Zivilwagen, um das Ehepaar zur Wohnung ihrer ermordeten Tochter zu bringen. Anschließend informierte er Jan Sternberg über Handy und bat ihn, die beiden dort in Empfang zu nehmen.

Lindt drehte sich zu Wellmann um. »Und wir beide, Paul, werden jetzt mal beim Arbeitgeber nachfragen. Da müsste doch auch jemand bemerkt haben, dass die Frau nicht zum Dienst gekommen ist.«

»Hier, Oskar«, zeigte er mehrere schriftliche Meldungen, die ein Bote vor einiger Zeit hereingebracht hatte. »Die Patienten haben ihre Pflegerin auf den Bildern in der Zeitung und im Fernsehen erkannt. Das sind alles Anrufe von Leuten, bei denen die Schwester Andrea jemanden in der Familie gepflegt hat. Auch eine Arbeitskollegin von ihr hat sich vor ein paar Stunden vom Büro der Firma aus gemeldet.«

Lindt überflog die Berichte kurz und beschloss dann, direkt zu dem privaten Pflegedienst zu fahren.

Nach einer Viertelstunde erreichten sie im Vorort Hagsfeld ihr Ziel. Direkt an einer viel befahrenen Durchgangsstraße gelegen, erkannten sie den Firmenparkplatz schon von weitem. Mehrere farbenfroh und auffällig lackierte Ford-Ka-Kleinwagen stachen sofort ins Auge. ›Pflegedienst Weinbrecht – Mit Herz und Verstand‹ war auf allen Seiten der Autos zu lesen.

»Ideale Werbung direkt an der Hauptstraße«, Paul Wellmann zeigte auf die Wagen. »Kaum zu übersehen, wenn man hier vorbeifährt.«

Ein lang gestrecktes zweistöckiges Gebäude stand zurückgesetzt auf einem großen Grundstück. Zwei getrennte Haustüren ließen vermuten, dass hier Büro- und Wohnräume unter einem Dach vereint waren. Sie klingelten an der linken Tür, die mit dem Firmenschild versehen war. Eine Frau in weißer Arbeitskleidung öffnete.

Lindt stellte sich und Wellmann vor: »Guten Tag, Kripo Karlsruhe, haben Sie bei uns angerufen?«

»Ja, wegen meiner Kollegin. Das Zeitungsbild …«, die Frau ging den beiden Kommissaren voran ins Büro. »Es könnte Andrea sein. Ziemlich sicher sogar, Andrea Helmholz, sie arbeitet hier bei uns als Krankenschwester. Im Moment hat sie frei. Nachdem ich die Zeitung gelesen hatte, habe ich ein paar Mal versucht, bei ihr anzurufen. Sie war aber nicht zu erreichen und da habe ich mich gleich bei der Polizei gemeldet.«

Lindt antwortete: »Sie haben leider Recht mit ihrer Vermutung. Es handelt sich um Ihre Kollegin, die gestern Morgen tot aufgefunden wurde. Wir wissen auch sicher, dass sie keines natürlichen Todes gestorben ist und genau deswegen sind wir jetzt hier. Erzählen Sie uns doch bitte alles, was Sie über Andrea Helmholz wissen.«

Erstaunlicherweise gab es fast nur Dienstliches zu berichten. Schon lange Jahre in der Firma, sehr engagiert und zuverlässig, bei den Patienten überaus beliebt, fachlich immer auf dem neuesten Stand, eine Spitzen-Arbeitskraft eben. Von Schwester Andreas Privatleben dagegen wusste ihre Kollegin fast nichts.

»Ich kenne gerade mal ihre Telefonnummer, die Adresse und glaube, dass sie aus Darmstadt stammt, wo ihre Eltern noch wohnen. Sonst rein gar nichts. Wenn wir im Kollegenkreis ab und zu gemeinsam essen gingen, konnte man sich mit ihr nur über Dienstliches unterhalten – kaum jemals etwas Persönliches. Ob sie ganz alleine lebte oder einen Freund hatte, keine Ahnung. Es ist aber auch nie jemand anderer bei ihr ans Telefon gegangen. Sie gab auf Fragen nach ihrem Privatleben immer nur ausweichende Antworten und irgendwann fragt man eben nicht mehr.«

»Dann gab es auch im Kreis der Mitarbeiter hier niemanden, mit dem sie engeren Kontakt gehabt hätte?«, fragte Lindt weiter. »Gemeinsame Unternehmungen oder Reisen etwa?«

»Nein, keiner, aber Reisen ... gut, dass Sie das ansprechen. Sie ist sehr viel gereist und war oft lange weg. Manchmal hat der Urlaub nicht gereicht, da nahm sie noch zusätzlich ohne Bezahlung frei. Erzählt hat sie uns aber überhaupt nichts – wo sie hinfuhr, was sie da gemacht hat, keine Ahnung. Sie schickte auch keine Ansichtskarten. Ach ja, eine Kollegin hat sie vor einem halben Jahr mal zufällig auf dem Hauptbahnhof alleine in einen Fernzug steigen sehen. Kurswagen bis Budapest, hat sie uns dann berichtet, aber von Andrea selbst konnte man rein gar nichts erfahren.«

»Was für ein Mensch war die Frau Helmholz denn?« Lindt wollte ein möglichst umfassendes Bild von der Persönlichkeit der Toten bekommen. »War sie launisch oder eher ausgeglichen? Gab es mal Ärger mit anderen Mitarbeitern? Welchen Eindruck machte sie?«

»Wir haben uns oft darüber gewundert, wie freundlich sie war. Nie mürrisch oder gereizt, auch immer hilfsbereit, mal ein paar Überstunden zu machen, wenn jemand ausfiel – alle mochten sie gern. Sie machte eigentlich ...«, die Krankenschwester überlegte kurz, »eigentlich einen richtig zufriedenen Eindruck. ›Die Andrea ruht in sich selbst‹, hat unser Chef mal ausgedrückt, wie wir alle sie erlebt haben.«

»Ach ja, Ihr Chef, der Herr Weinbrecht, wo finden wir den denn?«

»Der ist mit seiner Frau für ein paar Tage weggefahren.«

»Und Sie vertreten ihn?«

»Normalerweise arbeite ich auch in der Pflege, als Krankenschwester, wie Andrea. Wenn aber sonst keiner da ist, mache ich die Personaleinteilung für die Pflegetouren und nehme Telefonanrufe entgegen.«

»Also quasi die Verwaltung«, nickte Lindt.

»Nein, nein, das macht der Chef alles selbst. Abrechnungen mit den Krankenkassen oder Pflegeverträge für neue Patienten. Ich halte nur den Betrieb am laufen. Meistens fahren die beiden ja nur wenige Tage weg, das geht dann schon.«

»Zugang zu den Personalakten haben Sie wohl nicht?«

»Oh nein, so wichtige Unterlagen sind im hinteren Büro. Es ist auch immer abgeschlossen, da kommt niemand von uns ran. Auch die Frau Weinbrecht arbeitet dort, aber meistens für ihren Verein, den kennen Sie doch bestimmt: ›Kindernothilfe-Südost‹.«

Lindt runzelte die Stirn: »Habe ich schon mal gehört … aber ich weiß jetzt nicht mehr genau, in welchem Zusammenhang.«

»Doch, Oskar«, meldete sich jetzt Paul Wellmann zu Wort, der während der bisherigen Unterhaltung intensiv mitnotiert hatte. »Der Verein ist sehr bekannt. Die unterstützen Waisenhäuser in den ehemaligen Kriegsgebieten auf dem Balkan. Spenden sammeln, Hilfslieferungen, auch mal Benefizveranstaltungen. Da sind doch bekannte Persönlichkeiten im Vorstand. Mir fällt jetzt nur gerade der Holdau ein.«

»Ach, Holdau – Lebensmittelwerke, ja, ich weiß schon.«

»Genau der, ein Rechtsanwalt noch und weitere Leute aus dem öffentlichen Leben. Die haben dann auch die richtigen Beziehungen, um Spenden zu sammeln.«

»Hier, sehen Sie mal …« Die Krankenschwester reichte Lindt aus einem Ständer neben der Eingangstüre eine Broschüre.

»Da steht alles drin über die Kindernothilfe und hier …«, sie griff nach einer Art Zeitung, »hier berichtet der Verein immer mal wieder über seine Aktivitäten. Die Frau Weinbrecht ist die Geschäftsführerin.«

»Gut«, nickte Lindt, »aber das hat ja mit unserem Fall nichts zu tun. Ich müsste nur wissen, wann ihr Chef wieder zurückkommt, damit auch er uns etwas über Andrea Helmholz erzählen kann.«

»Kann ich leider nicht genau sagen«, antwortete die Krankenschwester. »Es lag gestern früh nur der Zettel hier auf dem Tisch.«

Sie schob den Kommissaren ein Blatt zu.

›Wir müssen dringend für ein paar Tage nach Kroatien. Probleme beim Erweiterungsbau vom Kinderheim. Gruß Weinbrecht‹, stand darauf zu lesen.

»Etwas ungewöhnlich ist das schon«, fuhr die Schwester fort. »Normalerweise erfahre ich es einige Tage vorher, wenn ich Bürodienst machen muss. Andererseits weiß ich ja, was zu tun ist. Vielleicht kam das für die Weinbrechts auch ganz überraschend und der Chef wollte mich am Abend nicht mehr stören.«

»Kann man ihn nicht über Handy erreichen?«, suchte Paul Wellmann nach einem Weg, mit dem Firmeninhaber Kontakt aufzunehmen.

»Habe ich auch schon die ganze Zeit versucht, aber ohne Erfolg. Da im Osten funktioniert die Technik wohl noch nicht so. Ich weiß auch nicht genau, zu welchem der Waisenhäuser sie gefahren sind, aber wenn Herr Weinbrecht zurückkommt, sage ich ihm gleich über Andrea Bescheid.«

»Das wäre uns sehr recht«, verabschiedete sich Lindt. »Wir müssten dann schnellstens mit ihm sprechen.«

Der Bericht der Spurensicherung traf erst am nächsten Morgen im Büro von Lindts Ermittlungsgruppe ein.

Außer von der Ermordeten selbst hatte es in der verwüsteten Wohnung keine wesentlichen Fingerabdrücke gegeben. Auf Lebensmittelpackungen oder anderen eingekauften Artikeln war die Spurensicherung zwar fündig geworden, aber davon ausgegangen, dass es sich um Abdrücke von Mitarbeitern der jeweiligen Ladengeschäfte handeln musste.

Ob es einen Kampf gegeben hatte, ließ sich nicht sicher feststellen. Die Unordnung konnte genauso gut bei einer intensiven Durchsuchung angerichtet worden sein. Das Schloss der Wohnungstüre wies keine Manipulationsspuren auf, also hatte Andrea Helmholz entweder selbst die Tür aufgemacht, oder sie war nicht verriegelt gewesen und konnte mit einem einfachen Hilfsmittel geöffnet werden.

5

Lindt brütete über den verschiedenen Berichten. Das Fenster des Büros hatte er weit geöffnet, um die dicken Rauchschwaden seiner Pfeife abziehen zu lassen.

Warme Frühlingsluft strömte herein und die Sonnenstrahlen trafen auf seinem Schreibtisch den massiven Kristallglas-Aschenbecher. In der Mitte war eine Halbkugel aus Kork eingelassen, um daran die Pfeife ausklopfen zu können.

Versonnen betrachtete der Kommissar das Spiel des Lichts. Das Korkelement im Zentrum des Aschers schien ein gutes Bild für die vor ihm liegende Arbeit zu sein. Mitten hinein in das Verbrechen musste er vorstoßen, um die Tat aufzuklären. So, wie Tabakreste, gebrauchte Aktivkohlefilter, Pfeifenputzer und Asche die Korkkugel fast bedeckten, hatte auch er eine Menge Schmutz und Unrat auf die Seite zu schaffen, um zu den zentralen Elementen seines Falles zu gelangen.

›Einen wesentlichen Unterschied gibt es allerdings schon‹, ging ihm durch den Kopf, als er den Ascher in den Papierkorb ausschüttete. ›Den kann man mit einem Griff leeren!‹

Was er dagegen alles wegräumen musste, um in seinem aktuellen Fall den Kern freizulegen, Motiv und Täter zu finden, konnte er noch lange nicht abschätzen.

»Was haben wir denn bisher?« sagte er halblaut zu sich selbst und begann, zusammenzustellen. In Kurzfassung tippte er die wichtigsten Erkenntnisse der bisherigen Ermittlungen in sein Notebook, eine Tätigkeit, bei der er absolute Ruhe brauchte. Das Telefon hatte er auf den Apparat von Paul Wellmann im vorderen Büro umgestellt und sich jegliche Störung für die nächsten zwei Stunden verbeten.

Es gab eigentlich erstaunlich wenig Personen, die mit der Ermordeten in irgendeiner Beziehung gestanden waren. ›Die überwiegende Zahl der Taten sind Beziehungsdelikte, sagt die Statistik‹, grübelte Lindt vor sich hin. ›Meistens haben sich Täter und Opfer gekannt – aber wen kannte die Schwester Andrea denn? Außer Patienten und Arbeitskollegen nicht viele andere Personen!‹

Ein Außenstehender, der den Kommissar bei der innerlichen Diskussion mit sich selbst beobachtet hätte, wäre ob dessen Geisteszustandes leicht in Zweifel gekommen, so ausdrucksvoll war Lindts Mienenspiel, wenn er einzelne Aspekte gegeneinander abwog. Manchmal bewegten sich nur seine Lippen oder er legte die Stirn auf verschiedenste Art in Falten. Ab und zu drang neben dem Pfeifenmundstück auch ein halblauter Satz heraus.

Ein Mann, ja, ziemlich sicher war es ein Mann, nach dem er suchen musste. Oder? Er zweifelte.

Eine kräftige, durchtrainierte Frau könnte eine weibliche Leiche vielleicht auch ein Stück durch den Wald schleifen. Achtundfünfzig Kilo – schafft das nur ein Mann, oder auch eine Frau?

Aber von der Wohnung bis ins Auto, ohne Spuren zu hinterlassen? Nur ein Mann!

Allerdings war es ja nicht sicher, dass die Wohnung der Tatort war. Wahrscheinlich? ... Mag sein ...

Also konnte doch auch eine Frau in Frage kommen. Oder zwei Frauen? Ein Mann und eine Frau?

Aber die Todesart! Erwürgen! Mit bloßen Händen … Lindt schlug im Bericht der Gerichtsmedizin nach. ›Die Würgemale lassen auf relativ große und kräftige Hände schließen‹, stand da zu lesen.

›Relativ? Was ist relativ? Bin ich denn Einstein?‹ fragte er sich.

Irgendwie musste es aber weitergehen und so beschloss der Kommissar, dass es mit sehr hoher Wahrscheinlichkeit ein Mann sein musste, den er mit seinem Team zu suchen hatte.

Wo suchen? In der Umgebung der Toten?

Nachbarn? Sie hatte wohl eher zurückgezogen gelebt. Die Kollegen waren noch beim Klinkenputzen. Vielleicht ergab sich ja ein Hinweis, aber je größer der Wohnblock, umso unpersönlicher war alles und umso weniger kannten sich die Mieter.

Bekannte? Fehlanzeige, bis jetzt wusste er noch überhaupt nichts darüber, wie und mit wem Schwester Andrea ihre Freizeit verbracht hatte.

Berufliches Umfeld? Lindt sah zwei Alternativen: Patienten oder Kollegen.

Durchaus vorstellbar, dass er bei den von Schwester Andrea betreuten Patienten suchen musste. Welche Zusammenhänge wären hier denkbar?

Der Kommissar nickte lautlos, wie wenn er seine eigenen Gedanken bestätigen wollte und tippte in das Notebook:

- Langjährige häusliche Pflege derselben Personen
- nähere Beziehungen auch zu den Angehörigen
- Einblicke in die Familienverhältnisse

›Durchaus denkbar …‹, ging ihm durch den Kopf, ›… die Angehörigen helfen unauffällig nach, damit die schon viele Jahre als Last empfundene bettlägerige Oma schneller ins Jenseits kommt. So etwas kann eine Krankenschwester, die täglich kommt, möglicherweise bemerken. Wenn sie diesen Verdacht dann unbedacht äußert …‹

Ein Fall, der sich vor zwölf Jahren auf einem Bauernhof im Kraichgau ereignet hatte, kam Lindt wieder ins Gedächtnis. Damals war ein sechzigjähriger Landwirt durch die Heuluke acht Meter tief auf den Beton des Scheunenbodens gestürzt und sofort tot gewesen. Ein morsches Holzbrett am Geländer wurde schnell als Ursache für den angeblichen Unglücksfall festgestellt und die ersten Ermittlungen konnten auch keine Beweise dafür erbringen, dass jemand nachgeholfen hätte.

Lindt bemerkte aber wohl, dass die Familie nicht besonders stark trauerte und eher erleichtert war, den ungeliebten Großvater, der alles bestimmte, seinem Sohn nur einen Hungerlohn für dessen Arbeit bezahlte und sich standhaft gegen eine Hofübergabe sträubte, endlich los zu sein. Dieser Umstand ließ den Kommissar nicht ruhen und obwohl auch die Kollegen des örtlichen Polizeipostens einen Unfall als bewiesen ansahen, ermittelte er weiter.

In intensiven mehrmaligen und getrennten Verhören verwickelten sich die Angehörigen dann immer mehr in Widersprüche und schließlich gestand der Sohn, den Vater im Streit gegen das brüchige Geländer gestoßen zu haben.

›Durchaus denkbar, dass sich so etwas auch bei pflegebedürftigen alten Menschen abspielt‹, murmelte Lindt halblaut und begann sich auszumalen, wie denn die böse Schwiegermutter um die Ecke zu bringen wäre.

›Genau ... jahrzehntelang konnte es ihr die Frau des Sohnes nie recht machen – seine Hemden sind schlecht gebügelt – das Essen schmeckt ihm wohl nicht besonders – auf der Anrichte liegt Staub – spitze Bemerkungen und Schikanen aller Art wechselten sich ab ... und jetzt ist die Alte nach einem Schlaganfall bettlägerig und will auch noch gepflegt werden ...‹

Lindt begann direkt Verständnis für eine solche Situation aufzubringen. Ein Treppensturz vielleicht oder einfach mit dem Kissen ersticken?

Verwundert darüber, dass er selbst so viel kriminelle Phantasie besaß, besann er sich schnell wieder auf seine eigentliche Aufgabe und es kam ihm immer wahrscheinlicher vor, dass eine aufmerksame Krankenschwester in einem derartigen Fall Verdacht schöpfen könnte.

›Alle in den letzten Monaten von Schwester Andrea betreuten Patienten überprüfen, besonders, wenn es Todesfälle gab!‹, schrieb Lindt in Fettschrift als Resümee unter diesen Abschnitt.

Blieben noch die Arbeitskollegen: Da gab es allerdings fast nur Frauen, das hatten Wellmann und er von der Krankenschwester im Büro noch erfahren. Zwei Pfleger, die hauptberuflich in der Neurochirurgie des Klinikums arbeiteten, wurden ab und zu einmal als Aushilfen eingesetzt.

Lindt kannte die miserablen Einkommensverhältnisse im Pflegebereich und verstand, dass sich die beiden Familienväter etwas dazu verdienen mussten. Fest angestellte männliche Mitarbeiter gab es aber in dieser Firma nicht.

Der Firmeninhaber selbst? Es wäre eigentlich der einzige Mann, der bis jetzt mit dem Fall in Verbindung

gebracht werden konnte. Außerdem war dieser Weinbrecht momentan nicht da.

Angestrengt dachte Lindt nach: ›Ein Zufall, dass der
ausgerechnet in der Tatnacht mit seiner Frau weggefahren ist? Möglich … Doch genauso gut kann er auch mit
der Tat in Verbindung stehen …‹

Aber welches Motiv hätte er haben sollen? Anscheinend lief die Firma doch ganz gut und dann war da noch
das soziale Engagement seiner Frau in dieser Kindernothilfe. Bestimmt angesehene Leute …

Er überlegte weiter hin und her und entschied sich
dann doch dafür, der Spur ›Pflegedienst‹ auch noch nach-
zugehen.

Der Kommissar ging durch die Verbindungstüre ins
Büro von Paul Wellmann und Jan Sternberg. »Jan, gibt
es irgendetwas über diesen Pflegedienst Weinbrecht, da
wo Paul und ich waren? Such doch mal alles raus, was
du finden kannst, auch Privates über den Inhaber und
seine Frau? Finanzielle Verhältnisse, Grundbesitz, du
weißt schon.«

Paul Wellmann sah ihn zweifelnd an: »Wie kommst
du denn jetzt ausgerechnet auf den Weinbrecht? Weil
er mit seiner Frau gerade für ein paar Tage weggefahren
ist? Nein, Oskar, rein gefühlsmäßig glaube ich eigentlich
nicht, dass es da eine Verbindung gibt.«

Er zögerte: »Aber ausschließen, ganz ausschließen
können wir es natürlich auch nicht. Vielleicht sollten wir
noch Nachbarn fragen oder die Mitarbeiter.«

»Nein, kein solches Aufsehen im Moment. Erst versuchen wir mal, was sich geräuschlos ermitteln lässt. Sonst
wird doch gleich geredet. ›Die Polizei hat sich für die

Weinbrechts interessiert …‹ Du kennst das ja. Nein, ich möchte nicht dafür verantwortlich sein, dass eine kleine Firma in schiefes Licht gerät. Aber von den Patienten, die Schwester Andrea in den letzten Monaten betreut hat, da brauchen wir auch eine vollständige Liste. Vor allem, falls jemand von denen verstorben ist.«

»Bin schon dran!« Jan Sternberg hatte sich bereits in ein Suchprogramm eingewählt. Recherche mit Computerhilfe war ein Spezialgebiet von ihm, was seine beiden älteren Kollegen sehr schätzten. Lindt und Wellmann konnten die gängige EDV-Software zwar gut anwenden, aber Sternbergs besonderen Spürsinn und die Geschwindigkeit, mit der er die verschiedensten Datenbanken abglich, erreichten sie nie.

»Komm, Paul«, wandte sich Lindt an Wellmann, »lass unseren jungen Kollegen hier mal in Ruhe arbeiten. Wir beide müssen jetzt endlich herausfinden, was es mit dem blutverspritzten Stadtplan auf sich hat.«

Immerhin waren die Fingerabdrücke von Andrea Helmholz auf dem Plan gesichert worden. Ob sie es war, die ihn in den Umschlag gepackt, an den Kommissar adressiert und im Präsidium eingeworfen hatte?

»Wir könnten den Graphologen von der Kriminaltechnik um eine Schriftanalyse bitten«, meinte Lindt, als er mit Wellmann in den Stadtteil Mühlburg fuhr, um die Stelle zu finden, die einer der fünf Blutstropfen auf der Karte kennzeichnete.

»Die Adresse auf dem Kuvert war doch von Hand beschriftet. Sicherlich findet sich in ihrer Wohnung etwas, das sie geschrieben hat. Da soll unser Spezialist mal einen Vergleich anstellen.«

»Gute Idee, Oskar«, nickte sein Kollege und gab den Auftrag gleich über Handy weiter.

Sie erreichten die Stelle, die der Markierung auf dem Stadtplan entsprach. Ein Wohngebiet abseits der Durchgangsstraßen, Häuser mit sechs bis acht Wohnungen, gepflegte Vorgärten, Rosenbeete und Rasen, der in diesem Frühjahr mindestens schon mindestens zwei Mal gekürzt worden war.

»Wenn man es ganz genau nimmt«, sagte Wellmann und drehte den Plan leicht zur Seite, dann müsste es das dritte Haus dort drüben auf der anderen Straßenseite sein.«

»Hmm …«, brummte Lindt, schaute sich um und klopfte die mittlerweile leergerauchte Pfeife am Absatz aus. »Hmm …, ich kann aber an dem Haus nichts Besonderes entdecken. Fällt dir was auf, Paul?«

»Von außen alles ganz normal, nichts Außergewöhnliches. Dann müssen wir eben doch jemanden ansprechen, auch, wenn es vielleicht Aufsehen erregt.«

»Aber was fragen wir am besten? Wonach suchen wir denn eigentlich? Ist hier irgendwann irgendwas geschehen? Wohnt in dem Haus dort jemand, den wir mit dem Blutstropfen in Verbindung bringen können?« Ziemlich ratlos kratzte sich Lindt am Ohr. »Eigentlich stochere ich nicht gern in einem Heuhaufen herum und suche nach der sprichwörtlichen Nadel. Wir müssten schon ein kleines Indiz haben, nach dem wir suchen.«

Er schüttelte den Kopf: »Paul, ich glaube, das hier wäre vertane Zeit. Erst fahren wir die anderen vier Stellen noch an. Vielleicht ergibt sich schon äußerlich irgendeine Gemeinsamkeit bei den Häusern.«

Doch weder in Rüppurr, noch in der Nähe des Hauptbahnhofs, in der Süd- oder der Oststadt fanden sie, was sie suchten. Jedes Mal wies der auf dem Stadtplan präzise angebrachte kleine Fleck auf ein völlig unauffälliges Wohnhaus hin. Stets war das Umfeld gepflegt und nach den Marken und der Größe der geparkten Autos zu urteilen, schienen die Anwohner großteils zur gehobenen Mittelschicht zu gehören. Art und Baustil der Häuser waren zwar jeweils verschieden, vom Jugendstil-Bürgerhaus der Oststadt bis zum Siebzigerjahre-Betonbau in Rüppurr, aber dem äußeren Eindruck nach handelte es sich bei jedem der fünf Häuser um Gebäude mit Stadtwohnungen des oberen Preissegments.

In der Oststadt, am letzten der fünf Punkte, waren Lindt und Wellmann ein wenig auf dem Gehsteig der gegenüberliegenden Straßenseite entlanggegangen und hatten das betreffende Gebäude betrachtet. Sie kamen an einem kleinen Straßencafé vorbei und blieben stehen.

»Sollen wir, Oskar?« Lindt nickte und beide setzten sich.

Die Bedienung nahm die Bestellung auf und servierte ihren momentan einzigen Gästen einen Café-au-lait und eine große Apfelschorle.

Automatisch stopfte Lindt seine Pfeife mit Navy-Flake und betrachtete weiterhin das Gebäude auf der anderen Straßenseite.

Wo war nur der Zusammenhang zwischen den fünf Markierungen? Blutstropfen, fein säuberlich auf den Stadtplan getupft – hatte das Schwester Andrea gemacht?

Neben ihren Fingerabdrücken waren ja noch andere auf dem Plan, leider nur sehr unvollständige Fragmente.

»Blut von fünf verschiedenen Menschen, Paul. Worauf kann das hindeuten? Sind diese Punkte extra für uns gemacht worden? Zufällig haben wir den Plan jedenfalls nicht bekommen, er war direkt an mich adressiert.«

Wellmann setzte seine Apfelschorle ab. »Wenn wir außen an den fünf Häusern keine Gemeinsamkeiten finden, dann eben innen, das Blut deutet doch darauf hin. Blut ist Leben, Oskar. Wir müssen uns um die Menschen kümmern, die da wohnen.«

»Oder gewohnt haben …«, führte Lindt spontan die Gedanken seines Kollegen fort. »Lass uns doch mal die Daten vom Einwohnermeldeamt vergleichen.«

Er wählte die Telefonnummer ihres Büros im Präsidium und nannte Jan Sternberg, der noch mit Recherchen über den Pflegedienst Weinbrecht beschäftigt war, die Straßennamen und Nummern der fünf markierten Häuser.

»Bitte auch die Wechsel des letzten Jahres mit erfassen«, gab Lindt seinem Mitarbeiter die Anweisung. Als Sternberg nicht gleich begriff, erklärte er noch genauer: »Ich möchte auch wissen, ob jemand ausgezogen, neu eingezogen oder zum Beispiel verstorben ist. Klar?«

»Verstanden, Chef, ich mache mich gleich dran.«

Bis zur Besprechung, die Lindt für 14.30 Uhr angesetzt hatte, waren noch über drei Stunden Zeit. Wellmann hatte die Apfelschorle fast ausgetrunken und auch der Milchkaffee seines Chefs war nun kalt genug. Lindt trank ihn gewohnheitsmäßig erst, wenn er einigermaßen abgekühlt war, dann aber ziemlich schnell.

Er schaute seinen Kollegen nachdenklich an und meinte: »Alle machen was, Paul. Der Graphologe vergleicht die Handschriften, Jan kümmert sich um den Pflegedienst, die Patienten und die Daten aus dem Einwohnerregister, die anderen Kollegen klappern die beiden Wohnblocks ab. Was bleibt dann noch für uns beide?«

»Die Technik und das Labor hast du vergessen, Oskar. Die bestimmen doch gerade die DNA der fünf Blutstropfen. Aber für uns bleibt im Moment wirklich nicht viel zu tun.«

Lindt wurde unwohl bei dem Gedanken. Wenn er auch nach außen hin eher behäbig wirkte – die Pfeife und der stämmige Körperbau verstärkten diesen Eindruck noch – so passte es ihm überhaupt nicht, untätig herumzusitzen und zu warten. Er konnte es kaum ertragen, nicht weiter zu kommen. In solchen Situationen verschlechterte sich seine Stimmung zusehends und selbst die beiden engsten Mitarbeiter hielten dann ausreichend Abstand zu ihrem Chef.

Die Laune konnte man Lindt problemlos am Gesicht ablesen und als Paul Wellmann den immer düsterer werdenden Blick seines Kollegen aufschnappte, meinte er schnell: »Ich glaube, Jan könnte im Büro noch etwas Unterstützung vertragen. Brauchst du den Wagen?«

»Nimm ihn ruhig, ich gehe zu Fuß. Vielleicht kommt mir unterwegs eine Idee.«

6

Sie zahlten und Wellmann fuhr mit dem weinroten Citroën davon. Er war froh, Lindts Laune nicht länger ertragen zu müssen. Im Rückspiegel konnte er noch erkennen, wie dieser mit gesenktem Kopf, die Hände tief in den Jackentaschen vergraben, umgeben von einer dichten Wolke aus Pfeifenrauch, in entgegengesetzter Richtung davonging.

Ob die Liste mit den Patientennamen etwas hergab? Oder die Abfrage beim Einwohnermeldeamt?

Das schrille Klingeln der Warnglocke riss ihn zurück in die Realität. In Gedanken versunken wäre der Kommissar fast von einer Straßenbahn erfasst worden. Schnell machte er zwei Schritte rückwärts bis auf den Bürgersteig. ›Puh, das war aber knapp!‹ Sein Puls war sprunghaft angestiegen und er musste erst einmal tief Luft holen.

Ein weiteres Klingeln ertönte. Diesmal allerdings war es ein anderer Ton und kam aus Lindts eigener Hosentasche.

Jan Sternberg war etwas irritiert, als sich sein Vorgesetzter schwer atmend meldete. »Alles in Ordnung, Chef?«, fragte er besorgt. »Ja, ja, ich wollte mich nur eben mit einer Straßenbahn anlegen ... was gibt's denn, Jan?«

»Das Einwohnermeldeamt hat ganz schnell gearbeitet«, berichtete Sternberg.

»Hätte ich gar nicht erwartet«, brummte Lindt zurück.

»Doch, doch, ich war auch ganz erstaunt«, fuhr sein Mitarbeiter fort. »Die Daten der Bewohner aller fünf Häuser haben wir jetzt komplett vorliegen. Auf den ersten Blick alles unauffällig, wenn nicht …«

»Was denn?«, wollte der Kommissar ungeduldig wissen.

»Wenn nicht in jedem der fünf Häuser in den letzten Monaten allein stehende ältere Personen verstorben wären.«

Lindt pfiff leise durch die Zähne. »In welchem Alter waren die Leute denn?«

»Vier Frauen und ein Mann, alle zwischen Mitte siebzig und Ende achtzig. Der letzte Todesfall war vor vier Wochen in dem Haus mit der Oststadt-Adresse.«

»Da bin ich doch noch ganz in der Nähe, das werde ich mir gleich mal genauer anschauen.« Er ließ sich noch den Namen der verstorbenen Frau geben und eilte mit langen Schritten zurück zu dem Haus, das er vorhin mit Paul Wellmann zusammen vom gegenüberliegenden Straßencafé aus längere Zeit betrachtet hatte.

›Würde mich doch wirklich interessieren, ob wir es mit Miet- oder mit Eigentumswohnungen zu tun haben?‹, überlegte er sich einen Vorwand, um unverfänglich ein Gespräch zu beginnen.

Kurzerhand sprach Lindt eine Frau an, die gerade aus dem Eingang kam und interessierte sich dafür, ob in diesem Haus eine Wohnung zu vermieten wäre – der Baustil würde ihn so ansprechen. Er faselte noch etwas von hohen Räumen und Großbürgertum, aber die Frau antwortete direkt und ohne Umschweife: »Mieten? Mieten können Sie hier gar nichts. In unserem Haus gibt es nur

Eigentumswohnungen, die alle von den Besitzern selbst genutzt werden. Bis zur letzten Woche allerdings hätten Sie eine Wohnung kaufen können. Aber die ist jetzt weg.«

Sie zeigte zu drei großen Fenstern im dritten Stock: »Da, wo die Frau Wieland, Charlotte Wieland, gewohnt hat. Sie war allein stehend und lag eines Morgens tot im Bett. Schöne Wohnung, direkt über uns, aber wie gesagt, leider schon verkauft.«

»Schade, das wäre vielleicht was gewesen«, bedauerte Lindt. Er begann, noch etwas nachzubohren: »Ach, war sie denn länger krank, die Frau Wieland, die da gewohnt hat?«

Die Antwort kam schnell: »Eigentlich gar nicht, wir waren auch ganz verwundert über ihren plötzlichen Tod. Früher hab ich ihr ab und zu ein Stückchen Kuchen hochgebracht, da gab es schon mal ein persönliches Wort. Etwas Ernstes hat ihr bestimmt nicht gefehlt, das hätte sie sicherlich erzählt. Allerdings wurde sie vor ein paar Jahren zuckerkrank, da durfte sie meinen Kuchen nicht mehr essen. Zuletzt musste sie sogar regelmäßig gespritzt werden. Das war bestimmt auch der Grund, warum sie so plötzlich ...« Sie schluckte: »Manchmal geht's dann halt doch schnell.«

Lindt wunderte sich, warum ihm die Frau so bereitwillig Auskunft gab, obwohl er sich gar nicht als Polizeibeamter vorgestellt oder ausgewiesen hatte. Wahrscheinlich lag es an seinem vertrauenswürdigen Äußeren oder die Gute langweilte sich und war froh über ein kleines Schwätzchen auf dem Bürgersteig.

»Wissen Sie«, ging es gleich darauf weiter, »Geld hat sie bestimmt genug gehabt, doch von ihren vier Neffen und Nichten hat sich keiner um die Tante gekümmert.

Alle wohnen hier in Karlsruhe, gar nicht weit weg, aber denen hat sie ein schönes Schnippchen geschlagen – bis auf einen kleinen Rest das gesamte Erbe einem Verein vermacht! Einer der Neffen hat das ganz empört meinem Mann erzählt.«

»Bestimmt dem Tierschutz«, gab Lindt der Unterhaltung neue Nahrung.

»Ach wo, Tiere, nein, Hunde und Katzen, die stinken nur und machen Dreck, hat sie immer gesagt – die mochte sie nicht. Aber sie hat wohl ihr ganzes Leben darunter gelitten, keine eigenen Kinder zu haben und deshalb fiel ihre Wahl auf eine Kinderhilfe für Waisen auf dem Balkan. Man hat schon in der Zeitung von dem Verein gelesen, aber auf den genauen Namen komme ich jetzt nicht.«

»Südost?«, half ihr Lindt weiter, denn spontan erinnerte er sich an das Büro des Pflegedienstes. »Vielleicht Kindernothilfe-Südost?«

»Genau, ganz genau, so heißt die Organisation. Sogar den Erlös aus der Wohnung haben die bekommen. Da waren die Verwandten vielleicht wütend, dass sie nur noch einen minimalen Teil geerbt haben. Aber ich finde das nicht verkehrt, denn bei den Waisenkindern dort ist das Geld sicher besser aufgehoben, als hier bei denen, die eh schon alles haben. Hätten halt mal öfter nach ihrer Tante schauen sollen.«

Lindt versuchte einen Moment lang, sich mögliche Zusammenhänge vorzustellen, wandte sich aber gleich wieder an die Frau. Etwas ging ihm durch den Kopf.

»Sagen Sie, konnte sich ihre Nachbarin das Insulin denn selbst spritzen?«

Die Neugier des Kommissars war jetzt doch eine Spur zu auffällig geworden, denn seine Gesprächspartnerin hob aufs Mal die Augenbrauen und legte dann ihre Stirn in tiefe Falten. Geradeheraus fragte sie ihn: »Warum wollen Sie das denn wissen, ich denke, Sie suchen eine Wohnung?«

Lindt konnte nun nicht mehr anders und stellte sich mit seinem Dienstausweis vor.

»Ach, von der Polizei sind Sie, na dann … ja …«, sie zögerte. »Gibt es denn da was Verdächtiges?«

»Nein, nein, die Angelegenheit, in der wir ermitteln, hat mit ihrer Nachbarin sicher nichts zu tun«, versuchte Lindt zu beschwichtigen, »aber es würde mich trotzdem interessieren, wie sie das Insulin bekommen hat.«

»Es gab da so ein kleines Gerät, eine Art automatische Spritze mit Vorratsbehälter drin. ›Pen‹ sagte sie dazu. Die Menge konnte man genau einstellen. Eigentlich hätte sie sich die Injektion damit selbst geben sollen – so wollte es die Krankenkasse – aber das war ihr unangenehm. Dann ließ sie einfach eine Krankenschwester kommen. Das hat zwar was gekostet, aber Geld war kein Thema für die gute Frau Wieland. Außerdem hatte sie noch etwas Unterhaltung und Ansprache, wenn die Schwester kam. Eine Blutzuckermessung war auch immer gleich dabei. Ein Pieks in den Finger und ein Tropfen Blut haben genügt, um den Wert im Messgerät abzulesen.«

»Wissen Sie denn, von welcher Organisation die Schwester kam? Vielleicht können Sie sich ja noch an ein Auto erinnern?«

»Ja, das kann ich Ihnen genau sagen. So ein kleiner bunter Wagen war das früher immer, aber nicht vom Roten Kreuz oder von einer kirchlichen Sozialstation. Ein privater Pflegedienst …«, Sie überlegte angestrengt, »… auf den Namen komme ich jetzt doch nicht mehr, denn in den letzten Monaten kam immer der Chef selbst mit seinem großen Wagen. Der war nicht so farbig, wie die Autos der Schwestern, der war eher … eher dunkel … nicht direkt schwarz, es war mehr so ein dunkles Grau.«

»Dunkelgrau?«, wiederholte Lindt. »Welche Marke?«

»Ach, mit Autos kenne ich mich überhaupt nicht aus, wir haben selbst gar keines. Hier in der Stadt findet man ja doch nie einen Parkplatz. Wir nehmen immer die Straßenbahn … aber … das Fabrikat …?«

Plötzlich fiel es ihr doch noch ein: »Ja, die Marke mit dem Stern, ist das nicht Mercedes? So ein Wagen war es … doch … sicher, ganz bestimmt.«

»Ein Kombi? Mit Klappe hinten und großem Kofferraum?«

Die Frau nickte bestätigend, fügte aber noch an: »Aber auch ziemlich hoch.«

»Also eher ein Geländewagen.« Lindt nickte verstehend, dann bedankte er sich schnell für die Auskunft und wandte sich zum Gehen.

Nach ein paar Schritten jedoch blieb er stehen und drehte sich nochmals zu seiner Gesprächspartnerin um: »Ach, einen Moment bitte, vielleicht fällt Ihnen auch der Namen des Pflegedienstes noch ein. Sie können mich jederzeit anrufen.« Er reichte ihr seine Karte und bedankte sich abermals: »Ich denke, Sie haben unsere Ermittlungen ein gutes Stück vorwärts gebracht.«

»Weinbrecht, ja, Pflegedienst Weinbrecht.« Dieses Mal war es die Hausbewohnerin, die dem davoneilenden Kommissar nachrief. Lindt machte wiederum kehrt: »Sind Sie sicher? Weinbrecht, hat die Firma so geheißen?« Er hatte es schon vermutet, aber bewusst darauf verzichtet, der Frau diesen Namen in den Mund zu legen.

Sie war sich aber ganz sicher: »Doch, so war die Aufschrift auf dem kleinen bunten Wagen, ›Pflegedienst Weinbrecht – Mit Herz und Verstand‹ stand da auf allen Seiten. Auch die verstorbene Frau Wieland hat mir gegenüber den Namen mal erwähnt, als dann immer der Chef persönlich zu ihr kam, um den Zucker zu messen und die Spritze zu geben. Von diesem Herrn Weinbrecht war sie ganz begeistert. Der hatte anscheinend immer Zeit für ein paar persönliche Worte.«

»Das fehlt natürlich in unserer hektischen Zeit heute«, stimmte Lindt zu und als er sich dann endgültig verabschiedet hatte und ein paar hundert Meter gegangen war, um seine Gedanken zu ordnen, sah er die möglichen Zusammenhänge deutlich vor sich: ›Gut vorstellbar … ein Krankenpfleger, der Chef selbst, der Zeit hat, einer einsamen alten Frau zuzuhören … niemand von den eigenen Verwandten kümmert sich um sie … nach und nach baut sich ein gegenseitiges Vertrauensverhältnis auf … die Unterhaltungen mit dem Pfleger werden immer persönlicher … schließlich wird auch über den Tod und den Nachlass gesprochen … unter dem Motto: Was kommt, wenn du gehst? … da liegt es doch nahe, den Kinderhilfsverein ins Gespräch zu bringen, dessen Geschäfte seine Ehefrau führt.‹ Der Kommissar konnte sich eine derartige Konstellation durchaus vorstellen.

Um die viel befahrene Kriegsstraße gefahrlos zu überqueren, musste er seine Überlegungen erst einmal unterbrechen. Diese Straße war das Ziel des ersten Bombenangriffs auf Karlsruhe im Jahre 1915, erinnerte sich der Kommissar und ging am Theater entlang weiter, immer noch die Hände tief in den Taschen seiner Jacke vergraben, den Blick auf den Boden gerichtet. Ab und zu eine

Wolke Pfeifenrauch ausstoßend, nahm er den Gedankenfaden wieder auf.

›Allerdings …‹, beleuchtete er die Angelegenheit von einer anderen Seite, ›ist das alles bestimmt nicht strafbar. Ganz im Gegenteil!‹ Er musste innerlich seiner Gesprächspartnerin von eben wirklich zustimmen, die das Erbe einer vermögenden Frau bei bedürftigen Kriegswaisen viel besser angebracht sah, als bei den Neffen und Nichten, die sich nie groß um ihre Tante gekümmert hatten.

›Gibt es in der Sache dann überhaupt etwas Kriminelles? Persönliche Bereicherung scheidet jedenfalls aus, wenn ein gemeinnütziger Verein erbt. Wo wäre das Motiv? Motiv wofür eigentlich?‹

Auch, wenn der Blutstropfen auf dem Stadtplan das Haus bezeichnete, in dem die zuckerkranke Frau verstorben war, hatte es nach Lindts Wissen keine Ermittlungen wegen einer nicht natürlichen Todesursache gegeben.

Während er über seine Theorie nachsann und sich vornahm, den Fall der Frau Wieland anhand der ärztlichen Todesbescheinigung nochmals zu überprüfen und auch die Todesfälle in den anderen vier Wohnhäusern genauer unter die Lupe zu nehmen, war er schon in Sichtweite des altehrwürdigen Polizeipräsidiums angekommen. Er brannte darauf, die ganzen Zusammenhänge im Kreis seiner Mitarbeiter eingehend zu besprechen.

Auf der breiten Innentreppe kamen ihm Jan Sternberg und Paul Wellmann entgegen. Beide waren auf dem Weg in die Kantine.

»Chef, kommen Sie auch mit?«, fragte ihn Sternberg. »Rahmschnitzel mit Jägersoße und Spätzle steht auf dem Plan.«

»Na gut«, willigte Lindt etwas widerstrebend ein, denn vom Essen das es in der Polizeikantine gab, hielt er meist nicht besonders viel. »Jetzt im Mai gibt's zum Glück noch kaum Pilze im Wald. Da kann uns der Küchenchef wenigstens keine selbst gesammelten in die Soße schmuggeln.«

Weder das Essen in der Kantine noch deren Chefkoch waren so recht nach dem Geschmack des Kommissars und er war der festen Überzeugung, dass einem Küchenchef mit der Gestalt einer Bohnenstange alles zuzutrauen sei, nur kein gutes Essen.

Ab und zu ging er trotzdem einmal mit, zumal er in der Kantine auch Kollegen begegnen konnte, die er schon längere Zeit nicht mehr gesehen hatte.

»Mist, verd…«, ärgerte sich Paul Wellmann über einen Soßenspritzer auf der Krawatte und tauchte die Ecke seines Taschentuchs kurz in Mineralwasser, um dem Fleck zu Leibe zu rücken.

»So sind die Blutspritzer auf dem Stadtplan jedenfalls nicht entstanden«, kommentierte Lindt trocken das Missgeschick seines Kollegen und begann ohne Umschweife von dem Fall der verstorbenen Frau Wieland und den Zusammenhängen mit Pflegedienst und Kindernothilfe zu berichten.

»Vielleicht weisen die Blutstropfen ja auch auf etwas ganz anderes hin, was wir im Moment noch gar nicht erkennen können«, warf Paul Wellmann ein. »Von dem Verein hat man bis jetzt wirklich nur Gutes gehört. Es machen dort auch so viele bekannte und angesehene Persönlichkeiten mit, dass die Organisation über jeden Verdacht erhaben ist.«

Sternberg gab ihm Recht: »Was wir heute Vormittag bei unseren Recherchen über den Pflegedienst Weinbrecht und über den Verein herausfinden konnten, gibt überhaupt keinen Anlass zu Verdächtigungen. Alles grundsolide, auch die finanziellen Verhältnisse.«

»Und außerdem«, ereiferte er sich noch, »werden doch jedes Jahr in unserem reichen Land so viele Milliarden an Vermögenswerten vererbt, da können Kriegswaisen auf dem Balkan ruhig etwas davon abbekommen.«

Paul Wellmann nickte zustimmend: »Selbst, wenn der Weinbrecht unter seinen Patienten gezielt nach potentiellen Erblassern suchen und diese Personen dann auf den Kinderhilfsverein ansprechen sollte, wäre ein solches Vorgehen für mich zwar recht schlau, aber bestimmt nicht kriminell.«

»Wahrscheinlich habt ihr ja Recht«, meinte Oskar Lindt. Nachdenklich stand er auf, um Richtung Konferenzraum zu gehen.

Mit gewohnter Routine führte er dort die Besprechung und ließ sich, nachdem von der kriminaltechnischen Abteilung noch niemand gekommen war, erst die Ergebnisse der Anwohnerbefragung berichten.

Das Ergebnis war leider nicht sehr ermutigend. Obwohl die zur Verstärkung eingesetzten Kollegen in fast jeder Wohnung jemanden angetroffen hatten, konnte sich gar niemand an etwas Besonderes erinnern. Noch nicht einmal den direkten Nachbarn von Andrea Helmholz war in der fraglichen Zeit irgendein Detail aufgefallen – weder Personen noch Geräusche oder andere außergewöhnliche Anhaltspunkte.

»Alles schrecklich anonym in diesen Wohnblöcken, wir bekamen ein richtig deprimierendes Gefühl bei unseren Befragungen«, berichtete einer der Beamten. »Gerade mal fünf Personen waren es, die neben dem Hausmeister und seiner Frau das Mordopfer flüchtig vom Sehen kannten. Nur die direkten Nachbarn, ein Rentnerehepaar und ein jüngerer Mann, der als Assistent an der Uni arbeitet, hatten überhaupt mal ein paar Worte mit Schwester Andrea gewechselt.«

»Und das, obwohl sie schon über zehn Jahre dort wohnte«, ergänzte ein anderer Kollege. »Die Nachbarn kannten ihren Beruf, bestimmt wegen der weißen Kleidung und hatten die Eltern, als sie zu Besuch waren, einmal kurz getroffen. Sonstige Bekannte, die gesehen worden wären oder weitere Beobachtungen – absolute Fehlanzeige!«

»Auch die Person, die die Wohnung durchwühlt hat, ist niemandem aufgefallen. Nicht einmal das Hausmeister-Ehepaar konnte uns da weiterhelfen, obwohl die beiden den Eindruck machten, als wären sie über alles, was sich im Haus abspielt, gut informiert.«

»Wie sieht es mit Autos aus?«, fragte Lindt nach.

»Auch da will keiner etwas gesehen oder gehört haben. Nur der Hausmeister meinte – aber ganz vage – irgendwann weit nach Mitternacht, sich an ein Motorengeräusch im Hof zu erinnern. Leider war er gerade auf der Toilette, sonst hätte er sicherlich einen Blick durchs Fenster geworfen.«

»Hmm …«, brummte Lindt, stand auf und lehnte sich an die Fensterbank, wo er begann, eine Pfeife zu stopfen.

Während des letzten Halbsatzes war Staatsanwalt Tilmann Conradi zusammen mit KTU-Chef Ludwig Willms hereingekommen.

»Keine heiße Spur bisher?«, wollte sich der kleine Staatsanwalt informieren. Lindt schüttelte nur stumm den Kopf.

»Es sei denn, die Technik könnte uns weiterhelfen«, sagte er in Willms' Richtung.

»Leider nicht viel«, begann der seinen Bericht. »Die Spurensicherung konnte überhaupt keine Kampfspuren in der Wohnung feststellen, ja noch nicht einmal Hautabrieb oder Faserspuren von Kleidung, die nicht der Toten zuzuordnen wäre. Allerdings haben wir Schriftproben mitgenommen und unserem Graphologen zum Vergleich mit der Schrift auf dem Adressenaufkleber gegeben. Er arbeitet noch an dem genauen Gutachten, aber auf den ersten Blick hielt er es durchaus für möglich, dass der Briefumschlag, in dem der Stadtplan mit den Blutspritzern steckte, von Frau Helmholz beschriftet worden sein könnte.«

»Das haben wir Ihnen noch nicht mitgeteilt«, wandte sich Lindt an Conradi und erläuterte dem ›Kurzen‹, wie der Staatsanwalt wegen seiner eher kleinen Körpergröße in Polizeikreisen scherzhaft genannt wurde, die Zusammenhänge.

»Die Fingerabdrücke des Mordopfers waren auf diesem Stadtplan?«, vergewisserte sich der noch mal. »Dann sollten wir in dieser Richtung auf jeden Fall unbedingt weiter nachforschen.«

Lindt nickte und stellte die weitere Vorgehensweise zur Diskussion: »Paul und ich werden die anderen vier Häuser aufsuchen, die mit den Blutstropfen im Plan markiert sind und uns dort umhören. Und ihr …«, schlug er den Kollegen vor, die seiner Ermittlungsgruppe als Verstärkung zugeteilt worden waren, »ihr könntet die Liste mit den Patienten von Schwester Andrea mal abarbeiten. Das Büro des Pflegedienstes hat sie uns kurz vor Mittag noch durchgefaxt. Achtundzwanzig verschiedene Patienten betreute sie im letzten Jahr und davon sind vier in dieser Zeit verstorben. Auch diesen Spuren müssen wir unbedingt nachgehen.«

Die Beamten waren einverstanden und Wellmann erläuterte ihnen mit Sternberg zusammen kurz die Überlegungen. »Eine Krankenschwester, die zur Pflege in einen Haushalt kommt, bekommt dort schon einiges mit. Sie würde sicherlich Verdacht schöpfen, wenn der Opa plötzlich mit gebrochenen Knochen unten an der Treppe liegt.«

Die Kollegen nickten: »Schon klar, die pflegebedürftige alte Frau liegt nach einem Schlaganfall seit zwei Jahren im Bett. Eine totale Last für die Angehörigen. Sie will und will einfach nicht sterben. Endlich wird sie erlöst. Man muss schon vom Fach sein, dass einem auffällt, ob und wie da nachgeholfen wurde.«

»Genau«, bestätigte Paul Wellmann, »in diese Richtung gehen unsere Überlegungen. Die Dunkelziffer ist mit Sicherheit recht hoch und wenn ein Hausarzt, den man am nächsten Morgen ruft, eine natürliche Todesursache bestätigt, gibt es keine Obduktion und niemals wird etwas ans Licht kommen.«

»Also, los geht's«, gab Oskar Lindt den Startschuss für die weiteren Ermittlungen.

Er bat Ludwig Willms noch darum, umgehend die Ergebnisse der graphologischen und der DNA-Analyse durchzugeben. »Der Weg bis zum Labor vom Landeskriminalamt in Stuttgart ist anscheinend weiter, als ich gedacht habe«, war Willms' leicht gereizte Antwort. »Natürlich melden wir uns sofort, wenn es Neues gibt.«

7

Jan Sternberg setzte sich sofort wieder an Telefon und Computer, um dort weiter nachzuforschen. »Als Erstes bitte die Todesbescheinigungen der fünf älteren Leute, die in den Häusern verstorben sind, wo wir die Markierungen auf dem Stadtplan haben«, wies ihn Lindt an und im Hinausgehen drehte er sich noch mal um: »Auch die Namen und Adressen der Ärzte, die jeweils den Tod festgestellt haben, brauchen wir schnellstens. Mit denen müssen wir unbedingt sprechen.«

Lindt und Wellmann waren schon an der Tür, als ihnen Sternberg nachrief: »Moment noch, mir fällt da gerade etwas auf.«

Sternberg hatte die Liste der Patienten von Andrea Helmholz auf seinem Schreibtisch liegen und daneben die Namen und Adressen der vier verstorbenen Senioren, die Lindt und Wellmann eben aufsuchen wollten.

»Hier«, zeigte er auf die Patientenaufzählung, »Anna Kraus und Henriette von Bühl, diese zwei Namen finden sich auf beiden Listen.«

»Tatsächlich«, überzeugte sich Lindt. Er blickte auf das Datum. Gleich zu Beginn des letzten Jahres hatte Andrea Helmholz auch diese beiden Frauen zu pflegen gehabt. Um welche pflegerischen Tätigkeiten es sich in diesen Fällen handelte, war natürlich nicht aufgeführt.

Um solche Auskünfte zu bekommen, da war Lindt sich

sicher, bedurfte es auf jeden Fall einer richterlichen Verfügung. »Die ärztliche Schweigepflicht gilt ja genauso für die medizinischen Assistenzberufe«, gab er seine Überlegungen weiter. »Vielleicht erfahren wir Näheres, wenn wir mal ein paar Nachbarn fragen. Über diese Frau Wieland habe ich heute Morgen ja auch alles von der anderen Hausbewohnerin erfahren.«

»Wieland?«, Sternberg stutzte, »hier, Chef, die steht auch mit auf der Liste. Da ...« Er zeigte auf den Namen, doch aus dem aufgelisteten Zeitraum ging eindeutig hervor, dass auch diese Frau nicht bis zu ihrem Tod von Schwester Andrea betreut worden war.

»Was war in der Zwischenzeit? Eine andere Pflegekraft? Vielleicht ...«

»Ich könnte noch mal beim Pflegedienst anrufen und das in Erfahrung bringen«, schlug Jan Sternberg vor.

Lindt stimmte zu: »Genau, und lass dir noch die Liste aller Patienten geben, die Andrea Helmholz in den beiden Jahren zuvor hatte. Ich wäre gar nicht überrascht, wenn wir dabei auch auf die letzten beiden Namen stoßen würden.«

Sternberg versprach, sich sofort zu melden, wenn er ein Ergebnis hatte und Lindt machte sich mit Paul Wellmann schleunigst auf, die verbleibenden vier Adressen aufzusuchen.

Während der Fahrt diskutierten die beiden die verschiedenen Möglichkeiten, wie es in diesen Fällen Zusammenhänge geben könnte.

»Es sieht doch ganz so aus, als ob unser Mordopfer den Stadtplan mit den fünf Blutpunkten an mich adressiert und im Präsidium eingeworfen hätte«, sinnierte Lindt.

»Sehr wahrscheinlich, Oskar«, gab ihm Wellmann Recht. »Ihre Fingerabdrücke waren ja auch eindeutig auf dem Plan.«

»Dann müssen wir uns natürlich fragen, Paul, was Schwester Andrea uns damit sagen wollte. Mein Name ist natürlich von der Aufklärung verschiedener Morde her in der Öffentlichkeit bekannt, also müssen wir doch davon ausgehen, dass der Fingerzeig auch in diese Richtung gehen sollte.«

»Aber ermordet wurde bisher ja nur die Schwester, sonst niemand. Bei den fünf älteren Leuten scheint es sich bis jetzt zumindest um natürliche Todesfälle gehandelt zu haben.«

»Vielleicht wusste Andrea Helmholz ja mehr und konnte es uns nur nicht mehr sagen«, fasste Lindt das Naheliegende zusammen.

Er stoppte den Wagen vor dem Wohnhaus im Stadtteil Mühlburg, wo die beiden schon am frühen Morgen gestanden waren.

»Hier hat also die Henriette von Bühl gewohnt«, stellte Wellmann fest, als sie ausstiegen.

Schnell bestätigten die Nachbarn der Verstorbenen, dass auch in diesem Fall ähnliche Umstände wie bei Charlotte Wieland zugrunde lagen. Jahrelanger insulinpflichtiger Diabetes hatte bei der Frau mit Herkunft aus einem Südpfälzer Freiherrengeschlecht zur Amputation mehrerer Zehen und auch zu einem kleineren Schlaganfall geführt. Nur dem Engagement des privaten Pflegedienstes Weinbrecht war es zu verdanken, dass der Fünfundachtzigjährigen der Umzug ins Pflegeheim erspart blieb und sie noch in ihren eigenen vier Wänden wohnen konnte. Intensive Betreuung wurde über Haushaltshilfen gewährleistet und Krankenpflegepersonal des Pflegedienstes übernahm die medizinische Versorgung. Persönliche Betreuung durch den Chef selbst, davon hatten die Nachbarn auch hier berichtet. Allerdings war nach der langjährigen Krankengeschichte niemand verwundert darüber, als die Nachbarschaftshelferin vor mehreren Monaten bei ihrem morgendlichen Dienstbeginn, Henriette von Bühl friedlich entschlafen in ihrem Bett vorfand.

Achselzuckend schauten sich Lindt und Wellmann an, als sie wieder im Wagen saßen und die Adresse in der Nähe des Hauptbahnhofs ansteuerten, wo Anna Kraus bis im November des vergangenen Jahres gewohnt hatte.

»Hat uns eigentlich nicht wirklich weitergebracht«, meinte Paul Wellmann nur trocken. »Hoffentlich verbringen wir die nächsten Tage nicht nur mit den Krankengeschichten von gebrechlichen alten Menschen.«

»Ich fürchte doch, Paul«, antwortete Oskar Lindt, »denn das war anscheinend der wichtigste Lebensinhalt von Schwester Andrea. Aber tröste dich, auch den Kollegen, die uns unterstützen, geht es nicht besser.«

»Nur mit dem kleinen Unterschied, dass bei denen vielleicht ein paar lebendige Patienten auf der Liste stehen, wo der Altersdiabetes sein zerstörerisches Werk noch nicht vollendet hat.«

Das Ergebnis ihrer Umfrage unter den Anwohnern überraschte die beiden Hauptkommissare nicht. Diesmal war die Frau knapp unter achtzig Jahren alt gewesen, aber sie hatte durch die Zuckererkrankung fast vollständig das Augenlicht verloren. Der Rest der Geschichte war wieder ähnlich. Weinbrecht pflegte, gab die Insulininjektionen, oft persönlich, und entdeckte Anna Kraus dann auch tot auf dem Sofa, als er ihr die morgendliche Spritze geben wollte.

Lindt legte seine Stirn in tiefe Falten. »Eigentlich ist das ja alles für einen Pflegedienst der Normalfall. Der Pflegevertrag mit dem jeweiligen Patient endet eben mit dessen Tod.«

»Oder seinem Umzug in ein Pflegeheim, wenn er nicht mehr alleine zuhause bleiben kann«, ergänzte Paul Wellmann.

»Richtig, von daher eigentlich überhaupt nichts Verdächtiges. Ein Dienstleistungsunternehmen hat eine Geschäftsbeziehung mit einer Privatperson. Das Unternehmen lebt von dieser Leistung, also wird es sicherlich nicht daran interessiert sein, dass der Kunde plötzlich abspringt.«

»Schon gar nicht, dass er in die Kiste springt«, kalauerte Wellmann sehr makaber.

»Bitte nicht so geschmacklos, Paul. Aber je besser der Patient gepflegt wird, umso größer ist die Chance, dass er dem Pflegedienst noch lange Zeit reichlich Einnahmen beschert.«

»Also alles unverdächtig! Keinerlei Motiv! Du meinst, Oskar, wir sollten die Spur zu den Akten legen?«

»Wenn wir nicht diesen Stadtplan mit den fünf Blutspritzern hätten, den uns eine Krankenschwester zukommen ließ, die jetzt rein zufällig ermordet worden ist.«

»Schon ein etwas merkwürdiger Zufall, da muss ich dir Recht geben. Also, was tun wir? Die letzten beiden Adressen auch noch aufsuchen. Es wäre ja nicht so weit. Rüppurr und Südstadt fehlen uns noch.«

Lindt startete den Motor und steuerte erst den Straßenzug entlang dem kleinen Flüsschen Alb und danach die Südstadt an. Wie nicht anders zu erwarten, bekamen die Beamten an beiden Orten ähnliche Auskünfte wie an den drei anderen Stellen.

Spontan lenkte Lindt seinen Dienstwagen auf den freien Parkplatz direkt neben einem Lokal mit einladender Gartenterrasse. Er bemerkt Wellmanns fragenden Blick, schaute auf seine Armbanduhr und meinte nur: »Für mich ist heute Feierabend. Ich brauche jetzt noch etwas Ruhe unter einem schattigen Kastanienbaum, um zu überlegen. Wenn du Lust hast, denken wir gemeinsam nach – wenn nicht, kannst du mit der Straßenbahn zum Präsidium zurückfahren.«

Er wusste genau, dass sein langjähriger Kollege einen solchen Vorschlag nie ablehnen würde und ging deshalb auf einen freien Tisch zu, ohne eine Antwort abzuwarten.

Längere Zeit schwiegen beide. Lindt stopfte sich gewohnheitsmäßig eine Pfeife und sein Kollege studierte die Karte. Als die Kellnerin kam, entschied sich Lindt wie immer für Milchkaffee und Wellmann für Weizenbier, Hefe – dunkel.

Lindts Handy klingelte. »Wir wissen es bereits, Jan, wir waren schon dort«, war seine Antwort auf die Mitteilung von Jan Sternberg, dass Schwester Andrea auch die Namen der Toten in der Südstadt und in Rüppurr auf ihrem Arbeitsplan vorzuweisen hatte – allerdings zuletzt vor ungefähr eineinhalb Jahren, lange bevor die Leute verstorben waren.

Lindt rührte in seinem Milchkaffee, und dicke Rauchwolken aus seiner Pfeife zogen direkt zu den drei Studenten am Nachbartisch. Er machte sich allerdings kein schlechtes Gewissen, denn die jungen Leute dort rauchten eine Zigarette nach der anderen, also würden sie sich durch seinen Pfeifenqualm sicherlich nicht gestört fühlen.

»Sargnägel, diese Zigaretten« meinte Lindt zu Paul Wellmann und deutete an den Nachbartisch. Er war immer noch der festen Meinung, dass nur inhalatives Rauchen zu Lungenkrebs und den anderen schweren Erkrankungen führen konnte. Das Paffen an seiner Pfeife war für ihn völlig harmlos, eine Spielerei sozusagen.

»Du bekommst dann den Krebs halt mal an der Zunge statt in der Lunge, Oskar«, meinte sein Kollege sarkastisch. »Dann schmeckt dir auch das Essen nicht mehr so, dann nimmst du von ganz alleine wieder ab, wenn sie dir«, er zeigt auf den Unterkiefer, »hier an der Schublade was rausmontieren.«

»Quatsch«, wischte Lindt mit einer Handbewegung die Bedenken weg, »Pfeifenraucher werden uralt und außerdem ist Tabak doch rein pflanzlich, vegetarisch sozusagen, das muss doch gesund sein.«

Beide lachten herzhaft, doch Wellmann fügte an: »Das rein Pflanzliche gilt ja auch für die Sargnägel, die die drei dort drüben rauchen.«

Lindt wollte noch etwas pro Pfeife entgegnen, hielt dann aber inne und meinte: »Stichwort Sargnägel … Die fünf alten Leute, auf deren Spuren wir den ganzen Nachmittag verbracht haben, liegen auch schon mehr oder weniger lang im Sarg. Befragen können wir sie nicht mehr und untersuchen auch nur, wenn wir sie wieder ausgraben.«

»Das wird uns nach der jetzigen Sachlage bestimmt kein Richter genehmigen – da kann sich unser kleiner Staatsanwalt noch so anstrengen, das bekommen wir nicht durch. Oskar, vergiss es am besten gleich wieder!«

»Hast schon Recht, Paul, so kommen wir nicht weiter. Aber wie dann?«

»Die Totenscheine, die hat Jan vielleicht schon organisiert. Damit wissen wir, welcher Arzt jeweils den Tod festgestellt hat und könnten dort noch vorbeischauen.«

Lindt kratzte sich hinter dem Ohr. »Ich glaube mittlerweile kaum mehr, dass wir damit vorwärts kommen.«

Wellmann schaute ganz erstaunt: »Aber du selbst hast doch Jan den Auftrag gegeben …?«

»Anschauen müssen wir uns die Scheine natürlich, das ist ganz klar. Aber weil wir keinen dieser Fälle zu bearbeiten hatten, ist mit Sicherheit eine natürliche Todesursache vorgelegen. Denkst du denn, wenn wir die fünf Ärzte befragen, würde auch nur einer zugeben, dass er sich damals geirrt hat?«

Paul Wellmann stimmte ihm zu: »Das leuchtet mir allerdings auch ein. Selbst wenn einer leichte Zweifel gehabt hätte und etwa aus Bequemlichkeit einen natürlichen Tod attestiert hat, würde das sicherlich keiner einfach so sagen.«

Lindt nickte: »Du weißt ja, Paul, die Ärzte haben es wirklich besser als wir: Ihre Fehler deckt die Erde zu und die Erfolge laufen fröhlich rum und erzählen davon. Nicht so wie bei uns, wo die frei rumlaufen, die wir nicht schnappen konnten – unsere Misserfolge eben.«

»Noch nicht, Oskar, … noch nicht fangen konnten … wie den Mörder von Schwester Andrea.«

Lindt schüttelte den Kopf: »Geht mir kolossal auf die Nerven, wenn wir nicht weiterkommen. Nachts kann ich nicht richtig schlafen, da treibt mich alles um und lässt mich nicht los. Ohne rechten Schlaf bekomme ich Kopfweh und dann werde ich reizbar und habe schlechte Laune.«

»Solange du die nicht an Jan und mir auslässt … Nachts arbeitet eben das Unterbewusstsein. Weißt du noch bei dem Raubmord damals in der Villa in Durlach, da hat es uns sehr geholfen.«

Lindt konnte sich noch gut erinnern. Drei Nächte lang kaum ein Auge zugetan – abwechselnd Wachphasen und wilde Träume – Carla war kurz davor gewesen, ihren Oskar wegen seiner Unruhe auf das Wohnzimmersofa zu verbannen. Doch am dritten Morgen hatte er unter der Dusche plötzlich die gesamten Zusammenhänge völlig klar vor sich gesehen und mühelos einen Weg gefunden, die Tat zu beweisen.

»Das hier oben«, sagte Lindt und tippte sich an die Stirn, »das ist unsere wichtigste Waffe, damit werden wir auch in unserem jetzigen Fall den Mörder zur Strecke bringen.«

Und fast ohne Pause fuhr er mit deutlich optimistischerem Tonfall fort: »Die Angehörigen der fünf Verstorbenen, die werden wir herausfinden und auch noch befragen. Es muss doch einen Zusammenhang geben zwischen dem blutbefleckten Stadtplan und unserer toten Krankenschwester. Da lassen wir nicht so schnell locker.«

8

Lindts Optimismus verflog am nächsten Morgen schlagartig. Ein Anruf von der Staatsanwaltschaft wegen des aktuellen Falles war im Grunde genommen nichts Ungewöhnliches. Da aber statt des ›Kurzen‹, des angenehmen, freundlichen kleinen Staatsanwalts Conradi gleich die wegen ihrer Bissigkeit bekannte Oberstaatsanwältin Lea Frey am Apparat war, schnellte der Adrenalinspiegel des Kommissars in Sekundenbruchteilen nach oben.

»Wenn die anruft«, hatte Paul Wellmann unlängst den Nagel auf den Kopf getroffen, »springt der Telefonhörer schon von selbst von der Gabel.« Der blecherne Klang ihrer Stimme in Verbindung mit den Lieblingsausdrücken ›gnadenlos‹ und ›keine Diskussion‹ ließ jeden, der mit ihr zu tun hatte, insgeheim die Faust ballen.

Die fachlichen Qualitäten der Frau waren zwar anerkannt und vor Gericht hatte sie durch ihre scharfe Zunge einige Angeklagte zu einem Geständnis bringen können. Ihre gefürchtete Art aber, mit der sie den Mitarbeitern von Polizei und Justiz ›Dampf‹ zu machen pflegte und in Prozessen schon zahllosen Rechtsanwälten vor den Kopf gestoßen hatte, war auch ihren Vorgesetzten nicht verborgen geblieben. Eine Vielzahl von Beschwerden und einige schriftliche Missbilligungen füllten die Personalakte. Um ein Disziplinarverfahren war sie aus unerklärlichem Grund bisher immer noch gerade so herumgekommen.

Der Traum der Oberstaatsanwältin, irgendwann ins Richteramt zu gelangen, hatte sich daher schon früh zerschlagen, und als sich ihr Mann nach sechzehn Jahren ebenso gnadenlosem wie auch kinderlosem Ehe-Martyrium endlich getraute, die Scheidung einzureichen, verschärfte sich der Ton, in dem sie mit Andersdenkenden kommunizierte, noch einmal deutlich.

»Herr Hauptkommissar«, bellte es aus Lindts Telefonhörer, »die Öffentlichkeit sitzt uns im Nacken. Laufend rufen hier irgendwelche penetranten Journalisten an und fragen nach dem Stand der Ermittlungen. Was können Sie denn vorweisen?«

Auch Lindt tat sich schwer mit der Oberstaatsanwältin. Im Umgang mit seinen Mitarbeitern pflegte er einen durchweg freundlichen, sehr kollegialen bis väterlichen Stil. Der Ton wurde höchstens dann etwas brummig, wenn er mit seiner eigenen Arbeit nicht so weiterkam, wie er es sich vorstellte. Wellmann und Sternberg ließen ihn dann einfach in Ruhe und gingen ihm ein paar Stunden aus dem Weg. Meistens hatte Lindt in dieser Zeit eine Möglichkeit gefunden, wieder einen Schritt vorwärts zu machen und motivierte damit sein eingespieltes Team zu weiteren Höchstleistungen.

In kurzen Worten berichtete der Kommissar der Oberstaatsanwältin von den unzähligen Befragungen, die er mit seinen Mitarbeitern und den unterstützenden Kollegen bereits durchgeführt hatte. Er nannte die Untersuchungen der Kriminaltechnik und der Gerichtsmedizin, vermied es aber, etwas über den blutbespritzten Stadtplan und mögliche Zusammenhänge zu dem Mordfall zu sagen.

Während des Telefonats sah er vor seinem geistigen Auge dauernd das im Lauf der Jahre immer hagerer gewordene und schärfer geschnittene Gesicht der Juristin und stellte sich vor, wie sie, sicherlich neben ihrem Schreibtisch stehend, den Hörer umklammerte. Er spürte die unverhohlene Aggression in ihrem Tonfall und die feste Absicht, in seinem Bericht nach selbst kleinsten Ungereimtheiten und Schwächen zu suchen, um sofort einhaken zu können und strenge Vorgaben für den weiteren Verlauf der Ermittlungen zu machen.

»Wir müssen erst noch die vollständigen Untersuchungsergebnisse abwarten, bis wir Näheres an die Presse geben können«, war Lindts Auskunft. »Sagen Sie den Journalisten doch einfach, dass wir als Sonderkommission intensiv arbeiten und mehreren ernstzunehmenden Hinweisen aus der Bevölkerung nachgehen.«

»Ergebnisse, Herr Lindt, wir brauchen Ergebnisse. Diese Reporter lassen sich nicht einfach mit pauschalen Auskünften abspeisen. Wenn Sie in der Zwischenzeit wenigstens den Tatort gefunden hätten, dann könnten wir dort einen Ortstermin mit den Medien machen – aber so … Die Schlagzeilen in den Zeitungen kann ich mir schon wieder lebhaft vorstellen.«

Das war selbst für Oskar Lindt zuviel. Schlagartig vergaß er seine fast sprichwörtliche Gutmütigkeit und schlug in deutlich verschärftem Ton zurück: »Was heißt hier denn ›schon wieder‹. Verweisen Sie lieber auf unsere beispielhaft hohe Aufklärungsquote. Damit liegen wir im ganzen Land mit an der Spitze. Das sind die Fakten, die wir vorzeigen können. Meine Mitarbeiter und ich arbeiten mit sehr großem Einsatz und wir tun alles, was wir können, um den Fall so schnell wie möglich aufzuklären.

Etwas Geduld müssen Sie schon noch haben. Guten Tag, Frau Oberstaatsanwältin!«

Ohne auf eine Antwort zu warten, legte er auf. Umgehend nahm er den Hörer wieder in die Hand, um Staatsanwalt Conradi anzurufen und nachzufragen, weshalb sich dessen gefürchtete Vorgesetzte in den Fall eingeschaltet hatte. Er erreichte aber lediglich das Sekretariat und bekam die Auskunft, dass ›sein‹ Staatsanwalt wegen einer familiären Angelegenheit einige Tage Urlaub nehmen musste und sich solange die Abteilungsleiterin selbst für zuständig erklärt hatte.

Lindt atmete sichtlich auf und war froh, in ein paar Tagen wieder wie gewohnt mit Tilmann Conradi zusammenarbeiten zu können.

Sternberg und Wellmann hatten durch die halb geöffnete Bürotüre das Telefonat und die ungewohnte Erregung ihres Chefs mitbekommen.

»Sagt jetzt lieber nichts«, kam er ihren Fragen zuvor. »Ihr habt ja sicher gehört, was los war. Es kann wieder alles nicht schnell genug gehen. ›Lea Frey‹ wird so langsam zu einem Reizwort für mich. Aber ihr könnt euch beruhigen, bald ist der ›Kurze‹ wieder für unseren Fall zuständig.«

Noch bevor jemand etwas Weiteres hätte sagen können, ging die Bürotüre auf und die zur Unterstützung eingeteilten Kollegen traten ein, um zu berichten.

Die Befragung der von Andrea Helmholz betreuten Patienten und deren Angehörigen war nun abgeschlossen. Das Bild einer Krankenschwester, die in ihrem Beruf voll aufging, was sich durch die Aussagen der Eltern und der

Arbeitskollegin ergeben hatte, bestätigte sich ganz und gar. Eine außergewöhnlich tüchtige Pflegekraft, die weit mehr als das übliche Maß an beruflichem Engagement zeigte und überall sehr anerkannt und beliebt war. Ihre fachliche Kompetenz, umsichtige Art und große Erfahrung brachten ihr hohe Anerkennung ein.

»Wenn Schwester Andrea eine Spritze verabreichte oder einen Verbandwechsel durchführte«, berichtete einer der Beamten, »wurde das von den meisten Patienten als weitaus weniger schmerzhaft und unangenehm empfunden, als bei der Mehrzahl der anderen Pflegekräfte. Alle Befragten, auch die Angehörigen, haben durchweg nur Positives von ihr berichtet.«

»Fast alle«, korrigierte sein Kollege.

»Ja, es gab zwei Fälle, wo wir eine leichte Missstimmung spürten, aber da sind wir uns selbst nicht ganz einig, wie wir das bewerten sollen.«

Lindt und seine Mitarbeiter hörten interessiert zu.

»In einem Haushalt haben wir das totale Chaos angetroffen. Die Wohnung ist eigentlich viel zu klein für eine Familie mit vier Kindern zwischen drei und zwölf. Der Vater hat massive Alkoholprobleme und deswegen auch seine Arbeit in einer Maschinenbaufirma verloren. Er liegt den ganzen Tag auf dem Sofa und schaut fern. Jede Menge leerer Bierflaschen um sich herum verstreut – auch härtere Sachen dabei. An der Mutter hängt alles: Haushalt, Kinder, dann geht sie noch putzen – in der eigenen Wohnung allerdings weniger. Und in einem ganz kleinen Zimmer, fast eine Abstellkammer mit einem ganz kleinen Fenster, ist die pflegebedürftige Oma einquartiert.«

»Darf ich mal raten«, warf Jan Sternberg ein, »die leben bestimmt von Omas Rente.«

»Genau, das vermuten wir auch. Die Oma hat eine halbseitige Lähmung, kann kaum mehr sprechen, liegt fast immer im Bett und kommt höchstens zum Waschen, Essen oder Toilettengang mal auf den Nachtstuhl. Es machte auf uns den Eindruck, als sei sie absolut lästig, aber im Pflegeheim würden natürlich erst Rente und Ersparnisse verbraucht, bevor die Sozialhilfe für die Kosten aufkommt.«

Lindt nickte: »Das leuchtet mir ein. Wenn die Frau zuhause gepflegt wird, hat die Familie Omas Geld zur Verfügung und kassiert noch die Leistungen der Pflegeversicherung.«

»Richtig, die Rente oder genauer die Pension scheint nicht schlecht zu sein, denn der verstorbene Großvater war Beamter bei der Bahn. Wenn man dann noch die Sozialhilfe, das Pflegegeld und die schwarzen Euros aus Mutters Putzstelle dazurechnet, scheint es zumindest für genügend alkoholischen Nachschub zu reichen. Insgesamt ist das Geld in dieser Familie aber sicher sehr knapp und da lag wohl auch der Konflikt mit Schwester Andrea. Ganz ohne Pflegedienst ging es eben doch nicht und so kam sie einmal in der Woche, um die Frau zu baden. Das Minimalprogramm eben, möglichst billig, nur, was unbedingt sein musste.

Da scheint Andrea Helmholz dann einiges bemängelt zu haben. Der Mann hatte schon ein paar Bierchen intus, als wir ihn befragten und war auf das Thema Pflegedienst und Schwester Andrea nicht gut zu sprechen. Er hat uns nur knapp Auskunft gegeben, aber vor ein paar Tagen ist die Situation wohl eskaliert. Die Schwester hat anscheinend von untragbaren Zuständen gesprochen, mangelnde Sauberkeit, nicht fachgerechte Pflege und angekündigt, irgendeinen Dienst vorbeizuschicken.«

»Bestimmt der Medizinische Dienst der Krankenkassen«, fügte Paul Wellmann ein. »Die sind für die Einstufung in die verschiedenen Pflegestufen zuständig und je höher die Stufe, umso mehr Geld wird bezahlt.«

»Das könnte gut sein, allerdings meinte der angetrunkene Mann, die vom Pflegedienst hätten doch nur Geld im Kopf und wollten immer noch mehr verdienen – seine Mutter hätte es gut bei ihnen.«

»Also ich kann die Schwester wirklich verstehen. Wenn ihr die Wohnung und die Oma gesehen hättet …«, fügte ein anderer der Beamten an, » … da liegt einiges im Argen. Eine Pflegekraft, die ihren Beruf ernst nimmt und auf gute Qualität wert legt, wird solche Zustände nicht einfach hinnehmen. Eine alte Frau, die einmal in der Woche den angesammelten Dreck abgeschrubbt bekommt und sonst in einer fast fensterlosen Kammer dahinvegetieren muss – solche Verhältnisse konnte Schwester Andrea bestimmt nicht akzeptieren.«

»Sicherlich untragbar für eine engagierte Pflegekraft«, nickte Oskar Lindt. »Ganz klar, dass sie bemüht war, da etwas zu verändern, aber als Motiv für einen Mord ist mir das doch noch zu wenig.«

»Theoretisch wäre ein alkoholisierter Mann im Affekt aber durchaus in der Lage, seine Hände an den Hals der lästigen Krankenschwester zu legen, zumal, wenn sie droht, den Medizinischen Dienst zu informieren. Sicherlich waren dort auch Einmalhandschuhe deponiert, wegen der pflegebedürftigen Oma«, gab Jan Sternberg zu bedenken, der gleich wieder an die Einzelheiten der Tatausführung dachte.

»Tatspuren werden sich in der Wohnung aber bestimmt keine mehr finden«, konterte einer der Kollegen gleich und verwies auf den Dreck, der ihnen überall förmlich ins Auge gesprungen war.

»Handlung im Affekt und die Wohnung als Tatort wäre auch sehr unwahrscheinlich«, warf Oskar Lindt ein. »Die Tatzeit war am späten Abend und da wurde die alte Frau bestimmt nicht mehr von unserem Opfer gebadet. Es könnte höchstens sein, dass der Mann ihr gezielt aufgelauert hat.«

»Aber die Leiche ist doch irgendwie transportiert worden«, gab Paul Wellmann zu bedenken. »Hat die Familie bei ihrer desolaten finanziellen Lage denn überhaupt ein Auto?«

»Das müssten wir erst überprüfen, aber es gab ja noch einen zweiten Fall, wo die Angehörigen nicht so gut auf die Schwester zu sprechen waren und wo außerdem ein Todesfall vorliegt.«

»Bitte, macht weiter«, ermunterte Lindt die Kollegen.

»Da geht es um einen vierundachtzigjährigen Mann. Vom sozialen Umfeld her gerade das Gegenteil zu dem Fall, den wir eben beschrieben haben. Er lebte alleine in einem ganz ansehnlichen Haus in der Waldstadt, pensionierter Richter, bestimmt vermögend, aber kinderlos. Wir haben als einzigen Angehörigen einen Neffen ermittelt, auch Jurist, mit Rechtsanwaltskanzlei in Durlach. Viel konnte der uns nicht sagen. Er besuchte seinen Onkel ab und zu einmal und wusste, dass ein privater Pflegedienst täglich vorbeikam. Zum Verbinden der offenen Beine, das käme von ausgeprägten Krampfadern, wie der Neffe sagte.«

»Was hatte der Herr Anwalt dann an Andrea Helmholz zu kritisieren?«, interessierte sich Lindt und der spitze Ton seiner Bemerkung zeigte deutlich, was er im Allgemeinen von den Vertretern dieser Berufsgruppe hielt.

»Er kannte die Krankenschwester wohl nur von einer einmaligen kurzen Begegnung und hat sich auch eher darüber aufgeregt, dass bei den offenen Stellen an den Beinen seines Onkels nur sehr langsam eine Besserung eintrat. Der Pflegedienst wolle sich bestimmt langfristig einen lukrativen Privatpatienten erhalten, war sein Vorwurf. Es war nicht direkt etwas Persönliches gegen Schwester Andrea.«

Lindt bohrte nach: »Und der Richter, der ist jetzt tot?«

»Ja, wahrscheinlich Lungenembolie im Schlaf, hat uns der Neffe berichtet. Vermutlich habe sich an den Beinen ein Blutgerinnsel gelöst und dann in der Lunge festgesetzt. Die Putzfrau habe ihn am Morgen gefunden.«

Lindt strich sich über sein Kinn. »Hmm, hmm, scheint ja auch nichts Konkretes zu sein, woraus wir irgendein Mordmotiv in unserem Fall ableiten könnten.«

Die unterstützenden Kollegen fassten noch kurz die Aussagen Andrea Helmholz betreffend zusammen, die sie beim Aufsuchen der übrigen Patientenadressen erhalten hatten, doch mit Ausnahme der beiden näher geschilderten Fälle waren es überall nur lobende Worte über die Schwester und tiefstes Bedauern wegen ihres gewaltsamen Todes gewesen.

»Gut gemacht, der Rest ist jetzt unsere Arbeit«, bedankte sich Oskar Lindt bei den Kollegen, die seinem Team viel zeitraubende Lauferei von Tür zu Tür abgenommen hatten. »Schickt uns doch bald den schriftlichen Bericht mit allen Einzelheiten über eure Vernehmungen, vor allem die Namen. Bei Bedarf kommen wir dann gerne wieder auf euch zurück.«

Lindt verschwand in seinem angrenzenden Büroraum, um kurz darauf mit Pfeife und Tabaksdose wiederzukommen. Da der Vorrat an frisch gebrühtem Kaffee durch die mithelfenden Kollegen heute schon stark geschrumpft war, setzte er noch eine neue Kanne auf. Nachdenklich ging er dann am Fenster auf und ab, zerkrümelte nebenbei zwei Pressplatten seines Lieblingstabaks und stopfte damit die gebogene Pfeife mit dem rauen, sandgestrahlten Kopf.

»Was haben wir denn bisher?«, fragte er in den Raum, aber eigentlich schien es, als spreche er eher zu sich selbst und so fuhr er ohne Pause fort:

»Eine erwürgte Krankenschwester, eine durchwühlte Wohnung, einen Stadtplan mit fünf Blutspritzern, ein paar Spuren, aber nirgends können wir ein richtiges Motiv für einen Mord erkennen.«

Ohne eine Antwort seiner beiden Mitarbeiter abzuwarten, sprach Lindt weiter: »Momentan warten wir! Auf die DNA-Analyse der Blutstropfen, auf das Gutachten des Graphologen, auf die fünf Totenscheine, auf die Adressen der Angehörigen der fünf Toten – immer nur warten!«

Er ging weiterhin auf und ab, aber sein Schritt wurde energischer und seine Bewegungen glichen fast denen eines im Käfig eingesperrten Tieres.

Sternberg und Wellmann sahen sich nur vielsagend an, denn sie wussten, dass das Tier gleich ausbrechen würde.

Genauso kam es: »Ihr habt ja im Moment genug Arbeit – ich muss jetzt mal dringend raus.«

»Es belastet ihn sehr, wenn es nicht vorwärts geht«, konstatierte Jan Sternberg, als Lindt das Büro verlassen hatte.

Paul Wellmann nickte nur: »Ich kenne ihn ja jetzt schon seit Jahrzehnten, er nimmt wirklich alles persönlich. Besonders, wenn er nicht weiter kommt, ist er mit sich selbst so unzufrieden, da lässt man ihn am besten ganz in Ruhe.«

Lindt steuerte unterdessen zu Fuß den nahe gelegenen Stadtgarten an und setzte sich auf eine etwas abseits stehende Bank. Es war windstill und der Rauch seiner Pfeife blieb lange in der Luft stehen, bevor er langsam in Richtung der Tiergehege abtrieb.

Er sinnierte über mögliche Mordmotive.

Eine Beziehungstat? Nein, nach dem derzeitigen Ermittlungsstand ziemlich unwahrscheinlich. Außerhalb ihres Berufslebens schien Schwester Andrea keine tiefergehenden privaten Kontakte gesucht zu haben.

Geld als Mordmotiv? Prinzipiell immer denkbar, aber wenn Geld eine Rolle spielen sollte, dann sicherlich nicht ihr Geld. Die finanziellen Verhältnisse von Andrea Helmholz waren durch Jan Sternbergs Nachforschungen mittlerweile geklärt worden. Außer einem Sparbuch mit einigen zehntausend Euro bestanden laut Bankauskunft keine weiteren Vermögenswerte. Die Aussagen der Eltern schienen zu stimmen. Ihre Tochter hatte wohl immer viel Geld für die langen Reisen verbraucht.

Ein Zusammenhang mit diesen weitgehend unbekannten Reisen? Wo könnte da ein Motiv für den Mord stecken? Tausende von Möglichkeiten gingen dem Kommissar durch den Kopf.

Reisebekanntschaften? Aber hatte sie die überhaupt gewünscht? Zufälle waren natürlich immer denkbar.

Reiseerlebnisse? Sie sah bestimmt vieles, wenn sie

unterwegs war, aber wenn es da einen Zusammenhang gäbe, wäre das Verbrechen doch eher während des Urlaubs und nicht hier an ihrem Wohnort passiert.

Lindts Gedanken kehrten zurück zu Karlsruhe. Irgendein dummer Zufall vielleicht? Wurde sie Zeugin eines Verbrechens und musste deshalb aus dem Weg geräumt werden?

Aber der Stadtplan? Hatte sie ihn tatsächlich an ihn, den Kommissar für ungeklärte Todesfälle adressiert und im Präsidium eingeworfen?

Drei Wespen summten aufdringlich um ihn herum und ließen sich nicht vertreiben. Mit der flachen Hand schlug er eine davon zu Boden und trat schnell mit dem Schuh darauf. ›Wenn diese Viecher schon jetzt im Mai so penetrant sind, wie wird das erst im Spätsommer werden‹, dachte er und erhob sich, um den aufdringlichen Insekten mit dem spitzen Hinterteil zu entgehen.

In der Karlstraße musste er an einer Ampel warten. Ein bunter Kleinwagen fiel ihm auf. Eine weiß gekleidete junge Frau steuerte den Ford Ka. ›Ach ja, Pflegedienst Weinbrecht‹, entzifferte er die Schrift am Heck und der Seite des auffälligen Wagens. Schlagartig war er in Gedanken wieder bei seinem Fall.

Mit dem Chef dieser Firma musste er auf jeden Fall auch noch über die ermordete Mitarbeiterin sprechen. Ob der in der Zwischenzeit wohl schon von seiner Reise zurückgekehrt war?

Schnell rief Lindt im Büro an und bat Paul Wellmann, das festzustellen.

Sein Rückruf kam prompt. »Gut, Paul, dann machen wir das gleich. Hol mich doch bitte ab, damit wir der Firma noch einmal einen Besuch abstatten.« Er beschrieb seinem Kollegen, wo er ihn finden würde und musste nur wenige Minuten warten, bis der große dunkelrote Citroën um die Ecke bog.

9

Schon am vorigen Abend waren Weinbrecht und seine Frau wieder zurückgekehrt, berichtete Paul Wellmann während der Fahrt.

»Na dann hätte er uns ja auch anrufen können«, meinte Lindt etwas verärgert, »der wusste doch sicherlich, dass wir ihn sprechen wollen.« Sein Kollege zuckte nur mit den Achseln: »Schauen wir halt mal vorbei. Der muss seine Mitarbeiterin ja auf jeden Fall näher gekannt haben.«

Neben den auffällig lackierten kleinen Firmenwagen parkte jetzt auch ein recht schmutziger, großer dunkelgrauer Mercedes-Geländewagen vor dem Gebäude des Pflegedienstes.

Ein sonnengebräunter, schlanker, mittelgroßer Mann um die vierzig öffnete ihnen die Tür. ›Durchaus angenehm‹, dachte Lindt, denn auf den ersten Eindruck hielt er im Allgemeinen viel. Freundliche graublaue Augen musterten die beiden Kommissare durch eine randlose Designerbrille. »Sie sind bestimmt von der Kripo, habe ich Recht?«

»Wir haben miteinander telefoniert«, antwortete Paul Wellmann und stellt Lindt und sich als zuständige Ermittler im Fall der ermordeten Krankenschwester vor.

»Harald Weinbrecht« – ein fester Händedruck – »bitte, kommen Sie doch herein und nehmen Sie Platz.« Er bot den beiden Kommissaren zwei bequeme lederbespannte

Stahlrohrsessel an und stellte ohne zu fragen gleich Mineralwasser und Kaffeetassen auf den Besprechungstisch. Er griff nach einer verchromten Thermoskanne: »Es ist zwar schon bald Mittag, aber einen Kaffee trinken Sie doch sicher gerne.«

»Mit viel Milch bitte.« Lindt lehnte sich zurück und musterte sein Gegenüber. Er konnte sich gut vorstellen, dass die Patienten zu dem gepflegt wirkenden Firmeninhaber schnell Vertrauen fassen konnten. Seine gewinnende Art strahlte Sympathie und Seriosität aus.

»Meine Mitarbeiterin hat mich schon informiert«, begann Weinbrecht. »Schrecklich, was mit Andrea passiert ist. Sie war eine unserer besten Kräfte. Fachlich überaus kompetent und bei den Patienten sehr beliebt.«

Lindt nickte bestätigend: »Das haben wir jetzt schon von verschiedenen Seiten gehört. Könnten Sie sich denn vorstellen, wer ein Motiv gehabt hätte …?«

»Nicht die leiseste Ahnung. Mehr als zehn Jahre hat sie in unserem Pflegedienst gearbeitet. Kurz nachdem wir das Geschäft gegründet hatten, ist sie zu uns gestoßen. Ein echter Glücksfall.«

»Sie wissen aus der Zeitung wahrscheinlich die näheren Einzelheiten?«, schaute ihn der Kommissar fragend an.

»Ja, ja, die Mitarbeiterin, die während unserer Abwesenheit die Organisation macht, hatte die Zeitungsausschnitte hier auf den Schreibtisch gelegt, so dass wir heute Nacht, als wir heimkamen, gleich informiert waren.«

»Wir hätten eigentlich erwartet, dass Sie sich bei uns melden!« Leicht vorwurfsvoll schaute Lindt Weinbrecht geradewegs in die Augen.

»Au, das tut mir aber Leid«, antwortete der und aus

seinem Gesichtsausdruck sprach echtes Bedauern. »Bis ich heute Morgen den Laden hier wieder im Griff hatte – es waren einige dringende Terminsachen zu erledigen. Dann noch kurzfristig ein Gespräch mit einem Mitarbeiter vom medizinischen Dienst, Krankenkasse, wissen Sie, immer Ärger mit der Einstufung unserer Patienten in der Pflegeversicherung. Da geht es halt um viel Geld für die Angehörigen. Ich war gerade wieder im Büro, als Ihr Anruf kam.« Er schaute zu Paul Wellmann.

Lindt winkte ab. Weinbrecht machte auf ihn wirklich einen seriösen und glaubwürdigen Eindruck. »Kann ich verstehen. Der Chef muss sich hier wahrscheinlich um alles kümmern. Haben Sie sich wenigstens gut erholt in ihrem Kurzurlaub?«

Obwohl Lindt von Weinbrechts Mitarbeiterin schon wusste, dass die Reise im Zusammenhang mit einem Waisenheim der ›Kindernothilfe Südost‹ gestanden war, stellte er sich etwas dumm. Er hatte es schon häufig erlebt, dass verschiedene Personen denselben Sachverhalt ganz unterschiedlich darstellten. Manchmal gab es dann Widersprüche, die zur Aufklärung eines Falles entscheidend beitrugen oder zumindest die Ermittlungen ein Stück weiterbrachten. Der Kommissar hatte zwar keinen Grund, Weinbrecht in irgendeiner Art zu verdächtigen, aber diese Methode des ›Sich-dumm-Stellens‹ wandte er durch seine jahrzehntelange Berufspraxis schon automatisch und nahezu unbewusst an.

Bei dem Gespräch mit Harald Weinbrecht gab es allerdings überhaupt keine Ungereimtheiten.

»Erholung war das sicherlich nicht«, meinte er. »Eher der pure Stress. Einige tausend Kilometer und dann noch die schlechten Straßen dort auf dem Balkan. Zum Glück haben wir wenigstens unseren robusten Wagen und können uns beim Fahren abwechseln.«

Er berichtete von der Tätigkeit seiner Frau als Geschäftsführerin des Vereins, über das Not und Elend der Kinder, die in den Kriegen im früheren Jugoslawien ihre Eltern verloren hatten und stellte ausführlich die Hilfe für die Waisenhäuser in diesen Gebieten dar.

»Damit unsere Hilfsgelder dort nicht in den vielen Kanälen von Korruption und Misswirtschaft versickern, müssen wir oft mal kurzfristig nach dem Rechten sehen«, sagte Weinbrecht. »Im Moment bauen wir in einem Heim in Kroatien einen großen Erweiterungsbau, denn der Zustrom der Kinder zu unseren Häusern nimmt kaum ab. Aber gerade wenn gebaut wird, muss man doppelt aufpassen. Hier, schauen Sie doch mal, die Fotos haben wir jetzt mitgebracht.«

Er drehte auf seinem Schreibtisch den Computermonitor so, dass Lindt und Wellmann die digitalen Bilder der Baustelle gut sehen konnten.

»Wir haben es uns zur Aufgabe gemacht, so umfassend wie möglich zu informieren. Wer für die Kindernothilfe spendet, soll auch wissen, was mit seinem Geld passiert. Diese Bilder und die Berichte veröffentlicht meine Frau dann regelmäßig in der kleinen Zeitung, die der Verein herausgibt.«

Paul Wellmann nickte zustimmend: »Finde ich wirklich gut, wie Sie das machen. Ich habe schon oft etwas von Ihren Aktivitäten mitbekommen. Sie scheinen recht erfolgreich zu sein.«

»Die Transparenz, genau zu zeigen, was mit dem Geld gemacht wird, ist sicherlich auch ein Geheimnis unseres Erfolges.«

Er sah Lindts fragenden Blick.

»Ja, es ist schon unser Erfolg. Zwar ist meine Frau die Geschäftsführerin, sie macht die ganze Verwaltung und Öffentlichkeitsarbeit, aber ich bin auch mit dabei, so gut es meine Zeit erlaubt.«

»Darf man erfahren, in welcher Größenordung die Spendenbeträge liegen?« Lindt war neugierig geworden.

Weinbrecht griff nach der aktuellen Zeitung des Vereins, die auf dem Besprechungstisch lag. »Sehen Sie hier ...«

Auf der zweiten Seite waren die aktuellen Spenden aufgelistet. »Von klein bis ganz groß, wir führen jede Zahlung auf, allerdings ohne Nennung der Spendernamen. Da ...«, er zeigte auf mehrere sechsstellige Beträge, »diese hohen Summen stammen sogar aus Nachlässen, wo der Verein als Erbe eingesetzt war, oder ein Vermächtnis bekommen hat.«

Er lächelte: »Daran bin ich allerdings nicht ganz unschuldig, denn durch unseren Pflegedienst kommt man doch öfter ins Gespräch mit älteren Leuten, die sich Gedanken machen, was mit ihrem Vermögen später einmal Sinnvolles geschehen kann.«

»Was kommt, wenn du gehst, sozusagen«, brachte es Paul Wellmann auf den Punkt.

»Natürlich, ich habe da immer ein paar Broschüren der Kindernothilfe dabei und gerade in der letzten Zeit hatten wir einige Glücksfälle.«

»Wenn man dann sieht, wofür das Geld verwendet wird«, Lindt zeigte zu den Bildern auf dem Monitor, »fällt es den Leuten sicherlich um so leichter, etwas zu geben.«

»Es fehlt halt an allen Ecken und Enden«, berichtete Weinbrecht weiter. »Mehr und mehr Kinder kommen in unsere Häuser, in letzter Zeit natürlich hauptsächlich aus den Gebieten, wo es immer noch kriselt, Bosnien, Kosovo, Montenegro, Sie wissen es sicher. Die Bundeswehr ist dort ja auch eingesetzt. Nicht nur, dass Häuser fehlen, auch die bestehenden Gebäude sind oft in einem schlechten Zustand. Die Elektroinstallationen, die ganzen Sanitäreinrichtungen, also Duschen, Toiletten, die Küchen, ach, das kann man sich gar nicht vorstellen, wenn man es nicht mit eigenen Augen gesehen hat.«

Weinbrecht zeigte noch weitere, wirklich schockierende Bilder. »Zum Glück sieht es jetzt nicht mehr so aus. Da können Sie eine unserer neuen Großküchen sehen. Eine Spende übrigens von ›Küchen-Ball‹, hier aus Karlsruhe.«

Paul Wellmann erinnerte sich an die Vorstandsmitglieder der Kindernothilfe: »Sie haben ja wirklich namhafte Persönlichkeiten, die den Verein unterstützen. Von Holdau meine ich mal was gehört zu haben, der hat doch diese Suppenfabrik bei Rastatt.«

»Dieses Wort hört der Herr Holdau natürlich nicht so gerne, ›Lebensmittelwerke‹ gefällt ihm da schon besser. Er ist unser Vorsitzender und so ein Mann zieht dann natürlich immer mehr bekannte und vermögende Personen mit. Manche wollen nicht öffentlich genannt werden, andere nutzen ihre Spenden dann wieder als PR für den eigenen Betrieb, so wie ›Küchen-Ball‹. Da gab es sogar vor kurzem einen zehnminütigen Fernsehbericht drüber, wie die Monteure mit drei Firmen-LKWs nach Kroatien gefahren sind und dort in unserem Heim alles aufgebaut haben.«

»Ja«, meinte Lindt, »wie heißt es doch so schön, ›Tue Gutes und rede darüber‹. Betriebswirtschaftlich ist es für die Firmen sicherlich auch interessant. Die ganzen Spenden können in der Bilanz geltend gemacht werden und mindern den Gewinn entsprechend. Also immer noch besser, als dem Staat viele Steuern zu zahlen. Das positive Image als Wohltäter ist dann ein willkommener Nebeneffckt.«

Hier wollte Weinbrecht offensichtlich nicht näher einsteigen und wechselte elegant das Thema: »Aber eigentlich sind Sie ja wegen Schwester Andrea gekommen.«

»Genau«, antwortete Lindt. »Zurück zu unserer Arbeit. Wann haben Sie, Herr Weinbrecht, ihre Mitarbeiterin denn zuletzt gesehen?«

Der Angesprochene überlegte kurz: »Das muss …, ja bestimmt, das ist schon ein paar Tage her. Ich glaube, sie hatte zuletzt frei, um Überstunden abzubauen. Moment mal …« Weinbrecht ging um seinen Schreibtisch herum und griff sich einen dicken Ordner aus dem Wandregal. ›Dienstpläne‹ konnten Lindt und Wellmann auf dem sauber gedruckten Rückenschild lesen.

Das ganze Büro von ›Pflegedienst Weinbrecht‹ machte ohnehin einen sehr professionellen und durchorganisierten Eindruck. Keine Papierstapel auf den Tischen und keine überquellenden Unerledigt-Fächer, wie es im Büro der Ermittlungsgruppe zuweilen vorkam. Lindt selbst tat sich mit Büroarbeit nicht gerade leicht und vor allem das Bearbeiten und Ablegen der Papierflut, die die Bürokratie des Polizeipräsidiums laufend ausspuckte, war nicht unbedingt seine Lieblingsbeschäftigung. Meistens schaffte er es aber dann doch, in regelmäßigem Turnus das Aktenchaos zu bekämpfen, besonders seit ihm Jan Sternberg und Paul Wellmann vor einiger Zeit ein kleines Keramikschild an die Wand gehängt hatten, das die Aufschrift trug: ›Nur kleine Geister halten Ordnung –

ein Genie beherrscht das Chaos.‹ Diesen Wink mit dem Zaunpfahl hatte er sich damals umgehend zu Herzen genommen und zügig aufgeräumt.

Weinbrecht blätterte indes in dem Ordner und zeigte auf die Computerausdrucke: In den Dienstplänen war für jeden Mitarbeiter die tägliche Schicht und die zu fahrende Tour von Patient zu Patient genau aufgelistet. »Hier, der vierundzwanzigste Mai, Montag, das ist das Datum, an dem meine Frau und ich abends weggefahren sind. Wenn ich die Zeitungen richtig gelesen habe, ist die brutale Tat doch an diesem Tag geschehen?« Er schaute Lindt fragend an.

Der nickte zustimmend. »Irgendwann um Mitternacht, sagte uns die Gerichtsmedizin, erwürgt mit bloßen Händen.«

»Schrecklich«, schüttelte sich Weinbrecht, »ich könnte mir nicht vorstellen, wer so etwas Grausames zu Wege bringen sollte.«

Er blätterte weiter in den Unterlagen und schob den Ordner zu den beiden Kommissaren über den Tisch. »Da sehen Sie bitte: Seit Mittwoch der vorigen Woche, also dem … Moment …, neunzehnten Mai, ist sie mit Überstunden – Frei eingetragen. Am Donnerstag dieser Woche, also gestern, hätte sie wieder anfangen sollen zu arbeiten. In ihrer freien Zeit habe ich sogar einmal versucht, bei ihr anzurufen, ob sie vielleicht am Wochenende kurzfristig einspringen könnte, weil eine andere Kollegin erkrankt war. Ich konnte sie aber nicht erreichen und habe dann einen unserer Aushilfspfleger eingesetzt.«

»Wenn ich richtig verstanden habe«, fasste Lindt zusammen, »haben Sie ihre Mitarbeiterin also das letzte Mal vor diesen freien Tagen gesehen, später nicht mehr.«

Weinbrecht nickte und Lindt kratzte sich am Ohr, um zu überlegen, was er noch alles fragen wollte. »Ach ja, die persönlichen Lebensumstände Ihrer Mitarbeiterin sind für uns natürlich sehr wichtig. Wenn Andrea Helmholz schon über zehn Jahre bei Ihnen beschäftigt war, können Sie uns bestimmt darüber etwas erzählen.«

»Da muss ich Sie leider enttäuschen. Mit den anderen Pflegekräften oder mit meiner Frau und mir hat sie kaum ein persönliches Wort gesprochen. Auch ihren Kolleginnen ist das öfter mal aufgefallen. Es schien so, als wollte sie ihr Privatleben wirklich abschotten. Auch über die langen Urlaubsreisen hat sie nie etwas erzählt. Sie war ja manchmal vier oder noch mehr Wochen weg. Meistens mit der Bahn, glaube ich. Ein paar Mal habe ich ihr sogar unbezahlten Urlaub gegeben, den sie später mit Überstunden wieder ausgeglichen hat. Die anderen Schwestern haben aus dem Urlaub oft Ansichtskarten geschickt, sehen Sie da drüben.«

Weinbrecht zeigte auf eine Pinnwand im Nachbarraum, der wohl als Aufenthaltsraum des Personals diente. Eine Fülle von bunten Karten aus den verschiedensten Urlaubszielen war zu erkennen. »Andrea hat das nie getan. Tut mir Leid, dass ich Ihnen da nicht weiterhelfen kann, aber auch unsere anderen Mitarbeiterinnen wissen sicherlich nicht mehr.«

Lindt wandte sich an seinen Kollegen: »Hat denn die Spurensicherung bei der Wohnungsdurchsuchung Unterlagen über die Reisen von Schwester Andrea gefunden? Ist denen da etwas Besonderes aufgefallen?«

Paul Wellmann schüttelte den Kopf: »Im Bericht steht nichts darüber, aber …«

»Genau«, sagte Lindt und wie so oft hatten sie denselben Gedanken. »Lass uns noch mal hinfahren und gezielt danach suchen. Für Urlaubsziele haben sich unsere Kollegen sicherlich erst mal nicht interessiert.«

Die beiden Kommissare bedankten sich bei Harald Weinbrecht für die Auskünfte. Lindt reichte ihm gewohnheitsmäßig seine Karte – »falls Ihnen noch etwas Wichtiges einfällt« – und öffnete die Tür, als sein Blick auf den draußen geparkten dunklen Geländewagen fiel.

»Ihrem Auto sieht man die schlechten Straßen auf dem Balkan wirklich an!«, kommentierte er das Bild des stark verschmutzten Fahrzeugs.

»Ach, das ist ja noch gar nichts, alles nur Staub. Auf der Rückfahrt hat uns der Bundesgrenzschutz sogar angehalten und wir mussten die Rückleuchten und das Heckfenster säubern. Zum Glück hat es da unten in Kroatien nicht geregnet, sonst hätten wir eine dicke Schlammschicht rund ums Auto. Die Nebenstraßen sind häufig nicht asphaltiert und voller Schlaglöcher – ein normaler PKW würde das auf Dauer nicht aushalten.«

»Also«, verabschiedete sich Lindt und stieg in seinen von der KFZ-Werkstatt des Polizeipräsidiums gepflegten Dienstwagen, »dann wünschen wir viel Spaß beim Wagenwaschen.

Weinbrecht hob noch grüßend die Hand: »Das werde ich als Nächstes machen, denn bei meinen Patienten kann ich so kaum vorfahren.«

10

»Weitergekommen sind wir jetzt eigentlich gar nicht«, unterbrach Paul Wellmann das Schweigen, als beide während der Fahrt zur Wohnung von Andrea Helmholz ihren Gedanken nachhingen.

Lindt stimmte ihm zu: »In unserem Fall nicht, aber dafür wissen wir jetzt viel über Kriegswaisen in Ex-Jugoslawien.«

»Und einen sauber durchorganisierten Pflegedienst haben wir kennen gelernt. Aber es ist wohl eher ein Wirtschaftsbetrieb als eine Organisation für Nächstenliebe. Wer weiß, vielleicht brauchen wir so was später auch mal.«

»Wahrscheinlich nicht, Paul«, entgegnete Lindt und schmunzelte. »Von uns wird doch erwartet, dass wir bis fünfundsechzig oder noch länger arbeiten und dann schnellstens den Abgang machen. Die öffentlichen Kassen sind leer, Beamtenpensionen bald nicht mehr finanzierbar.«

»Du bist ein alter Schwarzseher, Oskar. Erstens dürfen wir als Polizisten immer noch mit sechzig aufhören und zweitens möchte ich meinen wohlverdienten Ruhestand möglichst lange genießen. Ich könnte die Imkerei noch etwas ausbauen und mit meiner Frau ein paar schöne Reisen machen.«

»Ist das die richtige Reihenfolge? Da bin ich gespannt, was die liebe Gattin dazu sagt. Kann ich mir gerade so

vorstellen wie das dann aussieht. Mal könnt ihr nicht weg-
fahren, weil die Bienen bald schwärmen, mal musst du
deine Völker in die Rapsblüte fahren oder in den Schwarzwald, wenn es Tannenhonig gibt.«

»Du hast noch das Honigschleudern vergessen, Oskar
und die Arbeiten zum Einwintern.« Wellmann war ganz
in seinem Element, wenn es um die Bienenvölker ging,
die er in einem kleinen Schuppen im Albtal stehen hatte.
Lindt bezog schon viele Jahre seine Honiggläser aus der
Hobbyimkerei des Kollegen.

»Auf den Frühstücksbrötchen wollen Carla und ich
deinen Honig natürlich nicht missen, aber was unseren
Ruhestand angeht, Paul, da träum ruhig weiter. Zu deinem achtzigsten Geburtstag schickt dir die Besoldungs-
stelle auf jeden Fall das Buch.«

Wellmann schaute fragend. »Welches Buch denn?«

»Kennst du nicht? Ist doch klar, wie das heißt: ›Hunde,
wollt ihr ewig leben?‹«

Beide lachten dröhnend, so dass Lindt beim Abbiegen
fast eine ältere Fußgängerin auf die Motorhaube geladen hätte. Nur eine reaktionsschnelle Vollbremsung mit
quietschenden Reifen verhinderte Personenschaden.

»Puh, das war aber knapp, Oskar.« Paul Wellmanns
Sicherheitsgurt hatte Schlimmeres verhindert. Lindt hob
im Weiterfahren beschwichtigend die Hände, um sich
bei der älteren Dame zu entschuldigen, doch sein Kollege hatte sich schon wieder gefangen und meinte nur
trocken: »Oder wolltest du ein Dankschreiben von der
Rentenkasse?«

»Du meinst, alle über fünfundsechzig sind zum
Abschuss freigegeben? Wer weiß, wann es so weit kommt,
zum Glück haben wir beide noch ein paar Jährchen

Schonfrist. Aber jetzt wieder volle Konzentration auf unseren Fall!«

»Haben wir eigentlich einen Schlüssel für die Wohnung unseres Opfers dabei? Versiegelt müsste sie doch noch sein.«

Lindt überlegte kurz. »Außer der Spurensicherung dürfte nach uns eigentlich niemand mehr in der Wohnung gewesen sein. Doch, halt, die Eltern, aber die waren ja in Begleitung von Jan.«

»Und der hat dann versiegelt?«, schaute Paul Wellmann fragend.

»Werden wir ja gleich sehen und den Schlüssel holen wir wieder beim Hausmeister.«

Das Klebeband mit dem amtlichen Siegel, das Jan Sternberg angebracht hatte, war unverletzt. Lindt riss es mit dem Generalschlüssel des Hausmeisters durch, bevor er aufschloss.

»Bestimmt kein schönes Gefühl für die Eltern, wenn sie hier demnächst alles aufräumen müssen«, meinte er, als die beiden Beamten sich wieder in der durchwühlten Wohnung orientierten.

»Willst du schon bald freigeben?«

»Ein paar Tage noch, Paul, wer weiß, was wir außer Urlaubserinnerungen hier noch alles suchen müssen.«

Aufmerksam gingen sie umher. »Dort, da liegen drei Fotoalben.«

Wellmann wollte sich gerade bücken, um sie aufzuheben, da schraken die Kommissare zusammen. »Was war das?«

»Irgendetwas hat geklappert.« Lindt schaute zu den beiden Fenstern des Wohn- und Schlafraumes der Wohnung.

»Hier, Oskar«, Paul Wellmann war schnell in die Küche getreten, »die Balkontüre. Und da!« Er zeigte auf Scherben, die verstreut lagen. Irgendjemand hatte offensichtlich vom Balkon her die Scheibe des schmalen Küchenfensters eingeschlagen und war dort eingestiegen.

»Der Luftzug, den wir beim Öffnen der Wohnung verursacht haben, hat die Balkontür bestimmt aufgedrückt.« Lindt trat hinaus. Direkt vor dem Fenster bemerkte er einen merkwürdigen Schuhabdruck auf den Fliesen. »Paul, schau mal, da brauchen wir doch die Spurensicherung.«

»Warum ist der Abdruck denn so grün?« Wellmann beugte sich über die Brüstung des als kleine Loggia in die Hausfassade eingelassenen Balkons.

»Na klar, das ist ja wie eine Leiter. Wirklich nicht weiter schwierig, hier hochzukommen.«

Auch Lindt sah nun das aus schmalen Holzlatten bestehende Rankgerüst, das an der Hausfassade befestigt war. Eine enorm wuchernde, rotblühende Kletterrose schlang sich daran empor.

»Für einen halbwegs sportlichen Menschen dürfte es nicht allzu schwierig gewesen sein, hier in den ersten Stock hochzusteigen.«

»Allerdings …«, Paul Wellmann betrachtete die dünnen Hölzer, »… allzu schwer kann er wohl nicht gewesen sein. Doch warum ist die Spur denn so grün?« Er bückte sich schnell zu dem Sohlenabdruck.

»Ach ja, klar doch«, fand sein Vorgesetzter eine einleuchtende Erklärung. Ein grünes Blatt der Kletterpflanze musste sich vermutlich noch vom Hochsteigen unter der Schuhsohle befunden haben, der Einbrecher hatte es dann auf dem Balkonboden zertreten und so den deutlichen Sohlenabdruck hinterlassen.

»Sieht nach Männerschuh aus, vielleicht Größe 43 oder 44«, stellte Wellmann fest.

»Also, dann wissen wir schon wieder ein wenig mehr«, begann Oskar Lindt zusammenzufassen, während er sich auf dem kleinen Freisitz seine Pfeife anzündete. »Es ist doch ziemlich wahrscheinlich, dass der, der die Wohnung beim ersten Mal auf den Kopf gestellt hat, noch mal zurückgekommen ist, um weiterzusuchen. Wenn das auch der Mörder war, dann spricht jetzt alles dafür, dass wir es mit einem zumindest halbwegs sportlichen Mann zu tun haben, der Schuhe mit dieser Sohle besitzt und der nicht übermäßig schwer ist.«

Sie waren sich einig mit dieser Einschätzung des Sachstandes, informierten die Spurensicherung und nahmen sich dann die Fotos vor.

Bis zum Eintreffen der Kollegen hatten sie die Alben fast durchgeblättert, aber nichts wirklich Bedeutsames gefunden. Familienfotos, Bilder von der Ausbildungszeit, die Andrea Helmholz zusammen mit Kolleginnen zeigte und dann noch einige Fotos, auf denen ihr früherer Freund zu sehen war. Die letzten Bilder schienen vergilbter zu sein, als die anderen. »Bestimmt hat sie diese Seiten häufiger betrachtet«, vermutete Lindt.

»Und auch entsprechend unter der Trennung gelitten«, ergänzte Wellmann.

»Schon denkbar, dass man nach einer großen Enttäuschung gar niemand anderen mehr suchen will und seine ganze Energie in den Beruf steckt.« Für Lindt bestätigte sich der bisherige Eindruck von Schwester Andreas Persönlichkeitsbild immer mehr.

»Kann sein, dass sie sich durch engagierte Berufstätigkeit und lange Urlaubsreisen von ihrem tiefsitzenden Kummer ablenken wollte. Weg, einfach weg, nicht darüber nachdenken.«

»Ja, Oskar, und hier stehen drei Paar intensiv benutzte Joggingschuhe, das würde auch zum Weglaufen passen.«

Im zweiten und dritten Album befanden sich die Fotos der vielen Reisen. Es schien so, als hätte Andrea Helmholz ab und zu jemand Fremden gebeten, sie vor irgendwelchen Sehenswürdigkeiten abzulichten. Vom römischen Kolosseum bis zur kleinen Meerjungfrau von Kopenhagen, von der portugiesischen Atlantikküste bis zur Finnjet-Fähre im Hafen von Helsinki und einem Donau-Passagierschiff vor Budapest waren Schnappschüsse aus ganz Europa zu finden.

»Lass uns die Alben mal einpacken. Ich möchte sie im Büro noch intensiver anschauen«, meinte Lindt, als die zwischenzeitlich eingetroffenen Beamten der Spurensicherung mit ihrer Arbeit begannen. »Dazu brauche ich mehr Ruhe, hier wird's mir jetzt doch zu hektisch.«

Er nahm sich Zeit, viel Zeit, um alle Bilder aus den drei Fotoalben eingehend zu sichten. Mal mit einem großen Becher voll Milchkaffee, mal mit einer seiner vielen Pfeifen, halb liegend in seinem Schreibtischsessel, die Beine bequem auf einen anderen Bürostuhl hochgelegt, stehend am Fenster, auf und ab gehend mit einem der Alben in der Hand – all das half nichts. Kein noch so kleiner Anhaltspunkt ergab sich, der irgendwie mit der Gewalttat an Andrea Helmholz hätte in Verbindung gebracht werden können.

Abwechselnd betrachteten auch Lindts Mitarbeiter die Fotos, allerdings weniger intensiv als der Chef. Schließlich aber kamen sie alle zu dem Schluss, dass ein Zusammenhang mit den regelmäßigen langen Reisen der Krankenschwester sehr unwahrscheinlich sei. Allenfalls wäre ein Zufall denkbar, Hinweise aber nicht zu finden.

»Also«, meinte Lindt mit beginnend depressivem Klang in der Stimme, »Hinweis ›Urlaubsreise‹ abgehakt, führt uns nicht weiter, aber wo suchen wir dann?«

Mit gespreizten Fingern fuhr er sich durch die Haare. Tiefe Falten zerfurchten seine Stirn.

»Privatleben!« Jan Sternberg warf dieses Stichwort in die Diskussion. »Sie muss doch nicht nur im Urlaub, sondern auch daheim ein Privatleben gehabt haben.«

»Sportlich aktiv war sie ja – zumindest nach den stark benutzten Joggingschuhen zu schließen, ist sie intensiv gelaufen«, meinte Paul Wellmann. »Allerdings hat sie das bestimmt alleine gemacht und nicht in einer Gruppe, sonst hätten wir darüber auch schon Hinweise bekommen.«

»Richtig, Paul«, nickte der Kommissar. »In einer großen Stadt wie Karlsruhe ist es eben durchaus möglich, anonym zu leben. Du kannst doch freizeitmäßig alles Mögliche machen, Schwimmen, Kino, Theater, Konzerte, und … und … und … Wenn du nicht willst, musst du dich mit niemandem unterhalten oder etwas mit anderen zusammen machen. Es ist halt nicht so, wie auf dem Land.«

»Ja, dort tut sich sogar die Polizei leichter«, seufzte Jan Sternberg. Er hatte erst kürzlich mit einem Kollegen gesprochen, den er von der Ausbildung her kannte und der seit einigen Jahren an einem Zwei-Mann-Polizeiposten im Odenwald Dienst tat. »Dort liegt zwar wirklich der Hund begraben, aber die Aufklärungsrate ist phänomenal hoch.«

»Ist doch klar, Jan, jeder kennt jeden«, kommentierte Wellmann den Bericht seines Kollegen, »aber mal ganz ehrlich, möchtest du dein dienstliches Leben mit der Aufklärung von Schafdiebstählen und Körperverletzungen beim Feuerwehrfest zubringen. Ich meine, wir hätten hier doch ein etwas interessanteres Aufgabengebiet.«

»Schon recht«, meldete sich jetzt Oskar Lindt, der mit qualmender Pfeife am halb geöffneten Fenster gestanden hatte. »Die ganzen interessanten Aufgaben nützen uns aber gar nichts, wenn wir sie nicht aufklären können. In Richtung Privatleben kommen wir nämlich auch nicht weiter, solange sich niemand meldet, der uns einen Hinweis gibt.«

»Und dann noch die Lea im Nacken, die aggressive Frau Oberstaatsanwältin.«

Das hätte Sternberg besser nicht gesagt, denn das Gesicht seines Chefs nahm schlagartig eine dunkelrote Gewitterfarbe an.

»Die … die«, grollte Lindt und wusste vor Erregung nicht, was er sagen sollte. »Wenn ich mit dieser …« – das Schimpfwort verschluckte er schnell – »öfter zu tun hätte, würde ich mich glatt auf meine alten Tage noch wegbewerben. Hoffentlich kommt unser ›Kurzer‹ Conradi bald zurück, dann geht's mir wieder besser!«

»Die Juristen halt«, meinte Wellmann zu Sternberg. »Seit ich ihn kenne, hat er zu dieser Berufsgruppe ein recht gespanntes Verhältnis gehabt.«

»Ist ja auch kein Wunder, Paul«, konterte Lindt. »Weißt du noch, wie wir beide zusammen vor fünfundzwanzig Jahren mal auf dem Lehrgang an der Polizeischule in Freiburg waren. Weiterbildung Strafrecht – ein Richter und ein Staatsanwalt als Dozenten. Erst betonen sie, wie verantwortungsvoll unser Beruf sei und wie wichtig die saubere Ermittlungsarbeit, die wir machen. Dann aber lassen sie einen richtig spüren, dass wir Polizisten in ihren Augen doch nur zweitklassige Hilfskräfte sind.«

Wellmann musste ihm Recht geben: »Von den oberflächlichen Rechtskenntnissen des gemeinen Polizeibeamten hat der eine mal gesprochen und dann, weißt du noch Oskar …?«

»Und ob ich das noch weiß«, nickte Lindt und Wellmann berichtete weiter: »Dann hat sich dieser Staatsanwalt doch hingestellt und zu uns von ›seinen Kollegen‹ und ›unseren Kollegen‹ gesprochen. Mit seinen Kollegen meinte er natürlich die erlauchte Schar der Volljuristen mit den Weihen der hohen Universität und die anderen, das waren für ihn dann wir Polizisten mit unserer rechtlichen Halbbildung.«

»Klare Trennung der hohen und niederen Kasten, wie in Indien, aber um die gefährliche und schmutzige Arbeit zu machen, da brauchen sie uns dann eben doch«, vervollständigte Lindt den Bericht seines Kollegen.

»Dann will ich mal machen, dass ich wenigstens zu euch in den gehobenen Dienst aufsteige, bald soll ja wieder ein Kommissar-Lehrgang stattfinden, denn wir im mittleren Dienst stehen ja noch niedriger. Nicht nur im Gehalt, sondern auch im Ansehen der Oberen. Gerade recht, den Verkehr zu regeln oder uns auf einer Demo verprügeln zu lassen.«

Obwohl Jan Sternberg aufgrund seiner guten Leistungen schon länger zum Kriminalhauptmeister befördert worden war, musste seine Frau ganz tüchtig mitarbeiten, damit das Einkommen reichte, um das kleine alte und sehr renovierungsbedürftige Häuschen abzuzahlen, das sie sich in der Pfalz gekauft hatten.

»Ja, mein Reizthema, die Juristen ... aber ...«, Oskar Lindt fuhr sich mit der Hand über die Stirn, wie immer, wenn er angestrengt nachdachte, »hatten wir nicht auch unter den Patienten von Schwester Andrea einen überraschenden Todesfall in diesem Milieu?«

»Der Richter, Oskar, da in der Waldstadt, ganz in der Nähe, wo du wohnst – und sein Neffe ist doch Rechtsanwalt in Durlach«, half Paul Wellmann dem Gedächtnis von Lindt ein wenig nach. »Das haben doch unsere Unterstützer ermittelt. Sollen wir da noch mal selbst nachhaken? Der Bericht der Kollegen ist vorhin gekommen.« Er reichte seinem Chef eine gelbe Laufmappe.

»Hmm, hmm«, brummte Lindt. »Ich will es erst mal durchlesen, aber ...« Er schaute auf seine Armbanduhr. »Morgen ist ja auch noch ein Tag, lasst uns für heute mal Schluss machen, auch wenn wir der bissigen Frau Oberstaatsanwältin immer noch keine pressewirksamen Ergebnisse liefern können.«

11

»Sag mal, Carla«, begann Oskar Lindt, als er zusammen mit seiner Frau das Abendessen zubereitete, »hast du eigentlich einen pensionierten Richter in unserer Nachbarschaft gekannt? Hat wohl zwei Straßen weiter gewohnt und muss erst vor kurzem gestorben sein.«

Carla Lindt konnte sich nicht recht an einen solchen Nachbarn erinnern. Erst als ihr Mann von dem Neffen des Verstorbenen erzählte, der im Stadtteil Durlach eine Anwaltskanzlei unterhielt, stutzte sie kurz.

»Rechtsanwalt in Durlach ... und sein Onkel, ein alter Richter ... plötzlich gestorben«, sagte sie gedehnt, »da war doch was. Da habe ich im Büro etwas aufgeschnappt. Moment mal, ich muss überlegen, worüber die Chefinnen neulich beim Kaffee gesprochen haben.«

Carla hatte vor einigen Jahren wieder eine Arbeit angenommen. Die Kanzlei von drei Rechtsanwältinnen in einem der vornehmen Jugendstilhäuser der Oststadt konnte sie bequem mit Fahrrad oder Straßenbahn erreichen. Durch ihre umsichtige und freundliche Art war Lindts Frau dort sehr anerkannt, obwohl sie vor ihrer Kinderpause nicht als Rechtsanwaltsgehilfin, sondern als Verwaltungsangestellte gearbeitet hatte.

»Baumbach, ich meine Baumbach hätten beide geheißen, der Anwalt und sein Onkel, der Richter. Kann das sein?«

»Der Name könnte passen«, meinte ihr Mann, der gerade für ein provenzalisches Nudelgericht zwei kleine Auberginen in Scheiben schnitt.

»Ich meine«, überlegte Carla weiter, »dieser Rechtsanwalt hat vor ein paar Monaten die Gegenseite vertreten, als wir einen Zivilprozess wegen Baumängeln führten.« Obwohl sie eigentlich nur als Schreibkraft in der Kanzlei arbeitete, hatte sie dennoch häufig Kontakt mit den Mandanten und identifizierte sich sehr mit den Fällen, die bearbeitet wurden.

»Weißt du, Pfusch bei der Renovierung einer Altbau-Villa in Durlach. Ein halbes Jahr nach den Arbeiten gab es immer mehr Risse im Putz der Wände, Fliesen sind gesprungen und schließlich ist sogar ein Heizungsrohr gebrochen. Da war doch tatsächlich eine tragende Wand entfernt worden. Hab ich dir das nicht auch erzählt?«

Lindt schichtete die Auberginenscheiben in ein Sieb und streute reichlich Meersalz darüber, um sie weinen zu lassen. Er dachte kurz nach und meinte dann, er könne sich erinnern. Gerade wegen seiner kritischen Distanz zum Berufsstand der Juristen hörte er immer interessiert zu, wenn seine Frau etwas von ihrer Arbeit erzählte.

»Wir hatten die beiden Hauseigentümerinnen als Mandantschaft. Architekt und Statiker wurden von diesem Baumbach vertreten. Ein unangenehmer Typ! Ich habe ihn ja nur am Telefon erlebt und das hat mir schon gereicht.« Carla nahm italienische Tomaten aus einem Glas und zerkleinerte sie mit dem großem breiten Kochmesser.

»Hatte eure Gegenseite damals nicht ein sehr zweifelhaftes Beweisstück vorgelegt?«

»Ja genau, die zauberten ein passend datiertes Schreiben aus dem Hut, in dem der Statiker es für problematisch hielt, die besagte Wand zu entfernen und behaupteten dann ganz frech, die Bauherrschaft hätte aus optischen Gründen trotzdem darauf bestanden, das tragende Element herauszunehmen. War natürlich alles gelogen und der Aktenvermerk nachträglich aufgesetzt worden, aber die Hauseigentümerinnen konnten halt nicht beweisen, dass sie dieses Schriftstück nicht erhalten hatten.«

»Und dann stand Aussage gegen Aussage.«

»Genau Oskar, ein ganz fieser Trick war das und unsere Mandantinnen blieben auf ihrem Schaden sitzen. Im Zweifel für den Angeklagten!«

Carla konnte sich über derartige ›Schweinereien‹, wie sie sich ausdrückte, wahnsinnig aufregen.

»Anständige Menschen aufs Kreuz legen! Fast hätte ich diesen Baumbach am Telefon dann als ›Gangsteranwalt‹ bezeichnet, aber den Ausdruck habe ich gerade noch mal runtergeschluckt.«

»Da hast du gut daran getan«, meinte Lindt, während er den Auberginen, die in der Zwischenzeit reichlich Wasser gezogen hatten, das Salz abspülte und sie auf Küchenkrepp trocknete.

»Da wärst du sicherlich wegen ›Wahrsagerei‹ teuer bestraft worden.« In seiner langen Berufszeit hatte er sich angewöhnt, besonnen zu bleiben und nur das öffentlich zu äußern, was zweifelsfrei nachgewiesen werden konnte.

»Auch, wenn es auf der Hand liegt, dass da üble Machenschaften im Gang sind – sagen darf man längst nicht alles, was wahr ist.«

»Leider, leider«, bedauerte seine Frau und reichte ihm die gehackten Tomaten, damit er sie nach den Auberginenstücken zu den schon glasig angeschwitzten Zwiebel- und Knoblauchwürfelchen in die Pfanne geben konnte.

»Ein total unangenehmer Mensch also, dieser Baumbach und wirtschaftlich stand der damals gar nicht gut da, das war in Anwaltskreisen irgendwie bekannt«, fuhr sie fort.

»Und jetzt, auf ein Mal, taucht der mit einem neuen großen Cabrio auf dem Gerichtsparkplatz auf, trägt nur noch vornehme Maßanzüge und speist immer beim Edel-Italiener. Das hat meine Chefinnen furchtbar aufgeregt, nach dem verlorenen Prozess sowieso. Aber nachdem sie von dem plötzlichen Tod seines Onkels erfahren hatten, war alles klar. So eine dicke Erbschaft wünschen wir uns auch mal, nicht wahr, Oskar.«

»Es trifft halt immer die Falschen. Wir würden ja nur ein kleines Ferienhäuschen am Atlantik kaufen, dann könnten wir uns die Bretagne noch öfter leisten.« Lindt und seine Frau planten schon jetzt ab und zu, was sie später mal alles unternehmen wollten, aber der finanzielle Rahmen reichte gerade für ihre Eigentumswohnung und das Studium der Töchter.

»Ja, daraus wird sicher nichts, aber träumen darf man trotzdem. Könntest du nicht mal eine dicke Belohnung kassieren, wenn du so einen Mörder fängst?«

»Schön wär's«, meinte Lindt, während er das Gemüse auf mittlerer Flamme des Gasherds briet und ab und zu wendete. »Ich werde halt für diese Arbeit bezahlt, aber wenn ein entscheidender Tipp von meiner Frau käme, müsste ich mal mit unserem netten Staatsanwalt ein paar Takte reden …«

Carla schmeckte das Gericht ab, gab reichlich Thymian und einen Rosmarinzweig dazu – ›für den echten

Geschmack nach Provence‹ - , vermengte das Gemüse mit den gekochten Makkaroni, belegte alles mit Mozzarellascheiben und etwas geriebenem Parmesan, um es noch eine Weile im Ofen zu überbacken.

Eher schweigend aßen sie zuerst den Salat und dann ihre franko-italienische Nudelkomposition ›al Forno‹, wobei Lindt der als unangenehm beschriebene Anwalt Baumbach nicht aus dem Kopf ging. Auf jeden Fall stand er in Zusammenhang mit einem Todesfall unter den Patienten von Schwester Andrea.

»Wir müssen ihm mal auf den Zahn fühlen«, brach er unvermittelt und mit halbvollem Mund die Stille beim Essen.

»Wem denn«, wollte seine Frau wissen, denn ihre Gedanken kreisten jetzt nicht mehr um das zuvor besprochene Thema, sondern eher um den Studienfortschritt der Töchter.

»Na, diesem Baumbach, aber ich weiß nur noch nicht, wie ich es anstellen soll, ohne dass er gleich was wittert.« Er überlegte hin und her, denn bei einem fast bankrotten Rechtsanwalt mit zweifelhaftem Charakter konnte er sich durchaus vorstellen, dass dieser beim Ableben seines vermögenden alten und kranken Onkels etwas nachgeholfen hatte.

»Beschleunigtes Herbeiführen einer lukrativen Erbschaft« nannte Lindt es am nächsten Morgen bei der kurzen Tagesbesprechung, als er mit Paul Wellmann und Jan Sternberg seine Gedanken austauschte.

»Zuerst müssen wir mal herausbekommen, ob der Anwalt tatsächlich geerbt hat«, konstatierte Sternberg, »das kann ich übernehmen. Aber wenn es wieder so lange dauert, Auskünfte zu bekommen, wie bei diesen fünf anderen Todesfällen, dann brauchen wir Geduld.«

Lindt war überrascht: »Gibt es dort schon Ergebnisse? Da hast du gestern Nachmittag gar nichts davon gesagt.«

Jan Sternberg lächelte leicht süffisant: »Ich bin halt noch etwas länger im Büro geblieben, als meine beiden älteren Kollegen und habe tatsächlich Rückrufe von zwei Angehörigen erhalten.«

»Und, und … was haben die gesagt, spann uns nicht so lange auf die Folter!«

»Also … Chef«, sprach er gedehnt, um seine Ergebnisse auch gebührend zu präsentieren und dabei absichtlich das von Lindt häufig benutzte Wörtchen ›also‹ zu verwenden, »also, Chef, die sind alle stocksauer.«

»Wieso denn das?« Auch Paul Wellmann hörte höchst interessiert zu.

»Ich will es kurz machen«, verlängerte Sternberg seinen Vortrag bewusst noch etwas, »die Erben gingen ziemlich leer aus. Es handelte sich zwar in beiden Fällen nur um Verwandte zweiten Grades, also Nichten und Neffen und der Kontakt zu den Verstorbenen war wirklich eher dürftig, aber als einzige Angehörige waren sie sich ihrer Sache doch sehr sicher gewesen. Zu sicher, wie sich im Nachhinein herausstellte.«

»Vermögend scheinen ja alle fünf der alten Leute gewesen zu sein«, erinnerte sich Lindt wieder an die gehobenen Wohnlagen, die er mit Paul Wellmann zusammen am Tag zuvor aufgesucht hatte.

»Genau so war es und in den beiden Fällen, die ich bis jetzt recherchieren konnte, gingen die Nachlässe fast komplett an … Na, kommt ihr drauf?«

Lindt schaute Wellmann an, der schaute zurück, beiden kam der gestrige Tag wieder in den Sinn und fast gemeinsam sagten sie: »Doch nicht etwa dieser Verein?«

»Ganz richtig, die ›Kindernothilfe Südost‹! Was sagt ihr nun?«

Den beiden älteren Kommissaren hatte es erst mal die Sprache verschlagen, bis Lindt schließlich durch die Zähne pfiff: »Dieser Weinbrecht, tüchtig, tüchtig!«

»Und gestern hat er uns das noch ganz stolz gezeigt. Du weißt doch, Oskar, in der Vereinszeitung, die Tabelle mit den Spendenbeträgen.«

Lindt erinnert sich noch deutlich: »Aber eigentlich ist daran ja nichts auszusetzen. Das war für uns schon nach dem ersten Fall klar. Diese Frau …, na, in der Südstadt …«

»Wieland, Frau Wieland«, half Wellmann nach.

»Richtig, da waren wir doch gemeinsam der Meinung, dass es an Weinbrechts Methode und seinen Erfolgen, Nachlässe für die Kriegswaisen zu organisieren, wirklich nichts zu kritisieren gibt.«

»Rechtlich nicht und moralisch schon gleich zwei Mal nicht. In der Hinsicht müssten wir sein Vorgehen eigentlich sogar noch unterstützen.« Paul Wellmann hatte der Bericht von Harald Weinbrecht über die Arbeit des Vereins sehr überzeugt.

»Na trotzdem, Paul«, meinte Lindt nachdenklich, »so ganz ohne Beigeschmack ist die ganze Sache natürlich nicht.«

»Wieso?«, kam es ganz entrüstet von seinem Kollegen.

»Also«, und wieder benutzte Lindt unbewusst sein Lieblingswort, »irgendwie muss es der Weinbrecht doch immer auf das Geld anderer Leute abgesehen haben. Wenn es zu seinem persönlichen Vorteil wäre, hätten wir ganz klar Erbschleicherei vorliegen.«

»Es ist aber wirklich für einen guten Zweck.« Er sah sich genötigt, in der beginnenden Diskussion das humanitäre Hilfswerk zu verteidigen und kein falsches Licht darauf fallen zu lassen.

»Ja, Paul, im Prinzip schon«, kratzte sich Lindt am Ohr. »Einen seriösen Eindruck hat der Weinbrecht auf mich ja auch gemacht, aber …«

»Aber was?«

»Die Gedankengänge, die ihn bei seinem Tun bewegen müssen, sind fast die gleichen, wie bei einem anderen, der für sich selbst eine Erbschaft erzielen will.«

»Und Sie meinen, Chef«, schaltete sich Jan Sternberg ein, der den Inhaber des Pflegedienstes bisher noch nicht persönlich kannte, »damit hätten wir ein Mordmotiv!«

»Genau, Jan, wir hätten ein Motiv, warum jemand fünf alte Leute umbringt, nämlich …, na …« Lindt schaute Sternberg aufmunternd an und der vollendete den Satz: »… um an ihre beträchtlichen Vermögen zu kommen.«

»Richtig, und zwar auf ganz legalem Weg.«

»Aber Oskar«, Paul Wellmann konnte sich nicht damit abfinden, dass der Kinderhilfsverein auf irgendeine Art in die Ermittlungen hineingezogen wurde.

»Aber Oskar«, sagte er nochmals, »dann hätte der Rechtsanwalt aus Durlach ja auch ein Motiv gehabt, seinen vermögenden Onkel um die Ecke zu bringen. Dem kam die Erbschaft auf jeden Fall sehr gelegen.«

»Womit wir wieder bei unserer zweiten Spur wären, Paul. Nicht zu vergessen, auch hier war Schwester Andrea pflegerisch tätig. Wegen der offenen Beine des Richters, glaube ich mich noch zu erinnern.«

»Und außerdem«, bemühte sich Jan Sternberg, mit seinem Wissen über Statistiken zu glänzen, »geht die Kriminologie mittlerweile davon aus, dass bei einer sehr hohen Zahl anscheinend natürlicher Todesursachen doch jemand nachgeholfen hat.«

»Unsere Arbeit, das herauszufinden!« Lindt war mittlerweile aufgestanden und stopfte sich, an die Fensterbank gelehnt, eine große Pfeife.

»Wir müssen alle Hinweise im Auge behalten, aber jetzt werden wir uns mal darauf konzentrieren, diesen Rechtsanwalt etwas abzuklopfen.«

»Soll das heißen, wir statten ihm einen Besuch ab?«

»Nicht so schnell, Paul. Du weißt doch, ich möchte so wenig Aufsehen wie möglich verursachen. Wenn wir dem zu sehr auf die Pelle rücken, rennt er sicher gleich zu unserer Oberstaatsanwältin und dann bekommen wir noch mal eins auf den Deckel. Nein, lasst uns gemeinsam überlegen, wie wir den sauberen Herrn Anwalt so ins Visier nehmen können, dass er nichts merkt.«

»Beschatten, Chef, ich könnte mich in der Nähe seiner Kanzlei postieren.« Sternberg wurde ganz eifrig und witterte eine Chance, endlich aus dem Büro rauszukommen.

»Du bist wohl heiß auf Außendienst«, kommentierte Paul Wellmann die Reaktion seines jungen Kollegen.

»Na, klar doch, Büro hatte ich in den letzten Tagen wirklich genug.«

»Bin mir nicht so sicher, ob das viel bringt«, zweifelte Lindt. »Die Erbschaft hat er ja schon in der Tasche, dadurch scheint er finanziell saniert zu sein und jetzt wird er wieder seinem ganz normalen Anwaltsgeschäft nachgehen.«

»Aber Chef«, versuchte Sternberg doch noch irgendwie einen Außenauftrag zu bekommen, »vielleicht hat er merkwürdige Angewohnheiten oder ein dubioses Privatleben.«

»Du meinst, wir könnten vielleicht herausbekommen, warum er das Geld seines Onkels so dringend brauchte? Warum er finanzielle Probleme hatte?«

Lindt war nachdenklich geworden. Vielleicht war Sternbergs Beschattungsidee doch gar nicht so schlecht.

»Hm, hm«, brummte der Kommissar unschlüssig und rieb sein rechtes Ohrläppchen. »Also gut, du kannst es ja mal versuchen. Aber nichts Unüberlegtes! Nimm noch einen Kollegen von drüben mit, damit ihr zu zweit seid und organisiere eine Ablösung, denn wenn Beschattung, dann richtig, dann rund um die Uhr, dann will ich wirklich alles über das berufliche und private Leben unseres Anwalts wissen.«

Jan strahlte und war schon fast draußen, drehte sich in der Tür aber noch mal um: »Welches Auto kann ich denn …?«

»Nicht genug, dass er raus darf, jetzt will er auch noch meinen schönen Wagen«, nörgelte Paul Wellmann, denn er war sicher, dass Lindt ›seinen‹ Citroën nicht herausrücken würde, aber der Chef beschwichtigte ihn: »Lass gut sein Paul, nehm' ich halt mal wieder das Fahrrad.«

Wellmann und Sternberg schauten sich nur stumm und sehr erstaunt an, worauf Lindt meinte: »Doch, ganz ernsthaft, ihr meint ja immer, dass ich zu dick geworden bin, also muss ich was für meine Figur tun.«

Er warf Sternberg den Schlüssel seines komfortablen französischen Wagens zu: »Aber heil zurückbringen, ich habe mich gerade so schön an ihn gewöhnt.«

Auf seinen jeweiligen Dienstwagen passte Lindt immer sehr auf. Sauberkeit war ihm nicht so wichtig, im Innen-

raum roch es nach Pfeifenrauch und schwarze Aschen-
krümel zierten den Teppichboden, aber technisch musste
der Citroen jederzeit tipptopp gewartet sein. Oft genug
stöhnten die Mitarbeiter in der polizeieigenen Fahrzeug-
werkstatt, wenn Lindt in den Hof bog.

»Was hat er denn jetzt schon wieder, der macht doch
eh keine Einsatzfahrten, der weiß doch gar nicht, wo er
das Kabel von seinem Magnetblaulicht einstecken muss«,
witzelten sie immer, aber der Kommissar hatte stets etwas
zu bemängeln.

›Flatternde Lenkung‹, ›merkwürdige Geräusche während der Fahrt‹, ›Bremsen ziehen schief‹, waren seine
Standard-Meldungen, doch in Wirklichkeit wollte er sich
nur ausgiebig umschauen, ob interessante Autos auf dem
Hof standen, die er als Dienstwagen für sein Dezernat
hätte rekrutieren können.

Fahrzeuge, die im Zusammenhang mit Straftaten
beschlagnahmt worden waren, wurden oft der Kripo für
verdeckte Ermittlungen zur Verfügung gestellt. So kam es,
dass er mindestens ein Mal im Jahr den Wagen wechselte
und dabei stets außergewöhnliche Modelle bevorzugte,
vor allem solche, die er sich privat nie hätte leisten können.

»Der Oskar und sein Auto-Tick«, war Paul Wellmann
einmal unbedacht rausgerutscht, doch Lindt hatte ihn nur
verständnislos angeschaut und gemeint: »Öfter mal was
Neues, Paul, natürlich nicht bei der Frau oder den Mitarbeitern, aber wenigstens bei den Autos. Ein bisschen
Spaß muss in unserem Job doch auch sein, nicht immer
nur kalte Leichen.«

»Du willst also wirklich mit deinem alten Damenrad, was
du vor zehn Jahren mal da unten in den Keller gestellt

hast, zum Einsatz fahren?«, fragte Paul Wellmann, nachdem Jan Sternberg gegangen war.

»Na, wenn das Wetter schön ist, Paul, ist ein Fahrrad hier in der Innenstadt doch prima und außerdem habe ich es erst letzte Woche benutzt. Allerdings heute …«

Lindt schaute mit besorgtem Blick zum Fenster hinaus und sein Kollege hatte sofort verstanden.

»Sieht ja ziemlich nach Regen aus. Dort hinten kann ich schon zwei Wolken erkennen. Da werden wir leider mit dem Volvo fahren müssen.«

»Genau, Paul, wir beide steuern jetzt mal die Waldstadt an, das Haus, in dem der so plötzlich verstorbene Richter gelebt hat.«

12

Bei strahlend blauem Himmel kamen die beiden Kommissare in der Karlsruher Waldstadt an. Nur zwei Straßen weiter, als Lindt wohnte, erreichten sie die gesuchte Adresse. Allerdings schien die Wohngegend doch etwas vornehmer zu sein, denn statt Gebäuden mit vier bis sechs Wohnungen wie in Lindt's Straße, reihten sich hier lauter Flachdach-Bungalows mit großen Gärten aneinander. Das Alter der Bäume auf den Grundstücken ließ auf eine Bebauung aus den Sechzigerjahren schließen.

›Dr. Alfons Baumbach‹ stand in schmiedeeisernen Lettern an der Steinsäule neben dem Gartentor.

»Hast du den eigentlich nicht gekannt, Oskar, so in deiner Nachbarschaft?«, wollte Wellmann wissen.

»Vorbeigekommen bin ich hier natürlich schon mal und dass in dem Haus da ein pensionierter Richter wohnt, habe ich auch gewusst, aber frag mich bitte nicht, woher. Wahrscheinlich hatte ich irgendwann vor Jahrzehnten mal mit ihm zu tun. Ich hätte mich aber nicht erinnern können, wie er aussieht und außerdem – bei unseren vielen Gerichten in Karlsruhe, Verfassungsgericht, Bundesgerichtshof und ... und ... und ..., da wimmelt es hier doch überall von Juristen.«

»Ja, unsere Stadt heißt nicht umsonst die ›Residenz des Rechts‹«, nickte sein Kollege.

Beide betrachteten das niedrige, von einer gut zwei Meter hohen Hainbuchenhecke umgrenzte Anwesen.

»Noch kein neuer Name am Tor, also wird das Haus wohl leer stehen«, konstatierte Wellmann und fügte nach einem Blick auf das Innere des Grundstücks hinzu: »Aber gepflegt sieht's trotzdem aus. Wie lange ist das jetzt her, seit der Richter …?«

»Genau hab ich das nicht mehr im Kopf, vielleicht zwei oder drei Monate. In so kurzer Zeit wird der liebe Neffe das Ganze hier auch noch kaum zu Geld gemacht haben.«

»Ja, ja, die Nachlassgerichte. Wenn ich nur dran denke, wie lange es bei uns gedauert hat, bis die ganzen Erb-Formalitäten über die Bühne waren.«

Lindt schaute fragend.

»Na, vor drei Jahren, als meine Großtante mit vierundneunzig starb und uns sagenhafte zwölfhundertachtundfünfzig Mark vermacht hat.«

»Bei dem Herrn Anwalt muss es wohl ein wenig mehr gewesen sein. Zu einem neuen Auto hat es jedenfalls schon gereicht.« Jetzt war es Wellmann, der erstaunt war.

»Ja, Paul, das weiß ich von meiner Frau. Hat sie bei ihren drei Anwältinnen mitbekommen, da wo sie arbeitet. Die können den jungen Baumbach jedenfalls nicht leiden. Muss wohl ein rechtes Ekel sein.«

»Der wird ja hoffentlich nicht gerade daherfahren, wenn wir das Haus ein wenig unter die Lupe nehmen.«

»Lass uns zur Vorsicht trotzdem erst klingeln«, meinte Lindt. Er öffnete die schwere schmiedeeiserne, schwarz lackierte Gartenpforte mit den verschnörkelten Initialen ›AB‹ und ging zum Haus. Eine massive Eichentüre, deren Füllung in Form einer Sonne mit ringsum abgehenden Strahlen gearbeitet war, machte einen freundlichen Eindruck und drückte gleichzeitig eine vornehme Solidität aus. Neben der im Lauf der Jahre goldbraun gewordenen Tür ragte ein einfacher nachgedunkelter Messingknopf aus dem Mauerwerk. Der Kommissar drückte darauf und ein deutlich hörbarer Gong ertönte aus dem Innern des Hauses. Als sich nichts rührte, versuchte er es nochmals, aber auch nach längerem Warten öffnete ihnen niemand.

»Lass uns mal nach hinten gehen, Oskar. Vielleicht können wir durch die Fenster etwas erkennen.«

Auf der Vorderseite des Hauses verhinderten dichte Gardinen jeglichen Einblick durch die Fenster. Zudem war alles mit schmiedeeisernen Gittern passend zum Stil des Gartentores gesichert.

Wellmann ging nach links über den Rasen, drehte aber gleich wieder um. »Hier kommen wir nicht durch. Die Garage ist bis zur Grundstücksgrenze gebaut.«

»Und da drüben geht eine hohe Mauer weiter bis zum Zaun«, antwortete ihm sein Chef, der auf der anderen Seite versucht hatte, in den Garten zu gelangen. »Die Tür darin ist fest verschlossen.«

Etwas ratlos schauten sie sich an. »Ob wir vielleicht vom Nachbargrundstück aus …?«

Ruckartig drehte Lindt seinen Kopf und starrte zur Straße, wo vor dem Gartentor gerade ein silbergrauer offener Wagen angehalten hatte.

»Ein Cabrio, Mist, das wird doch nicht …«, zischte er, aber der Fahrer war schon ausgestiegen und hatte die beiden Beamten entdeckt.

Mit einem professionellen Lächeln steuerte der Mann im eleganten Maßanzug auf Lindt und Wellmann zu. »Tut mir Leid, ich muss mich wohl etwas verspätet haben, Sie wissen ja, der Verkehr. Baumbach, wir haben doch sicher miteinander telefoniert …«

Etwas unschlüssig streckte er Wellmann seine makellos manikürte Hand entgegen. »Oder haben wir …?«, wandte er sich gleich an Lindt.

Dem wurde blitzartig klar, dass sie für potentielle Hauskäufer gehalten wurden. Obwohl er in solchen Situationen gerne mal ein kleines Versteckspiel betrieb, ohne seine wahre Identität gleich preiszugeben, war ihm das in diesem Fall viel zu heikel. Dieser Rechtsanwalt würde sich sicherlich sofort an höchster Stelle beschweren. Kräftig drückte er die Hand seines Gegenübers und sah ihm dabei fest in die Augen.

»Falls Sie mit Interessenten für das Haus hier verabredet sind, Herr Baumbach, müssen Sie sich wahrscheinlich noch etwas gedulden.« Während er das sagte, angelte er flugs mit seiner anderen Hand den Dienstausweis aus der Tasche und hielt ihn seinem Gegenüber vor die Nase. »Wir sind leider in einer anderen Angelegenheit hier.«

Schlagartig ließ der Anwalt Lindts Hand los, sein Gesicht erbleichte trotz Solariumsbräune deutlich und er trat einen Schritt zurück. »Ach so … Kriminalpolizei … ja … ja, womit kann ich Ihnen helfen?«

»Wir ermitteln im Fall der vor einigen Tagen ermordeten Frau.« Lindts Blick wich nicht von Baumbachs Augen. Er wollte den Überraschungseffekt nutzen und jedes Mienenspiel mitbekommen.

»Ja, natürlich«, hatte sich dieser aber schon gefangen und seine Maske von Liebenswürdigkeit schnell wieder aufgesetzt. »Ihre Kollegen waren doch kürzlich erst in meiner Kanzlei. Gibt es da noch weitere Fragen, Herr … Herr …?«

»Lindt, Oskar Lindt, Hauptkommissar«, gab der Kommissar zur Antwort und instinktiv reagierte er auf die gleiche, betont freundliche Art, um die Situation zu entspannen.

»Kein Grund zur Beunruhigung, reine Routine. Wir sind lediglich dabei, alle Personen aufzusuchen, mit denen die Tote irgendwie in Kontakt war. Neben dem privaten Umfeld kümmern wir uns jetzt gerade um die Patienten, die sie als Krankenschwester gepflegt hat, eine Adresse nach der anderen, mühsame kriminalistische Kleinarbeit eben.«

»Da werden Sie hier allerdings niemanden antreffen. Mein Onkel, der in diesem Haus gewohnt hat, ist vor einigen Wochen verstorben – aber das müssten Sie doch eigentlich schon wissen.«

»Selbstverständlich«, gab der Kommissar zurück, »das haben die Kollegen natürlich berichtet, aber wir machen uns auch immer gerne noch selbst ein Bild vom persönlichen Umfeld, in dem die Leute leben. Das gehört bei professioneller Ermittlungsarbeit einfach dazu.«

Oskar Lindt wollte seine bewährte Methode, wichtige Orte eingehend zu betrachten und atmosphärisch auf sich wirken zu lassen, nicht im Einzelnen darlegen. Die unverhofft aufgetretene Chance aber, einen Blick ins Innere des Hauses werfen zu können und gleichzeitig unverfänglich mit Baumbach jun. ins Gespräch zu kommen, durfte er sich keinesfalls entgehen lassen.

»Würde es Ihnen etwas ausmachen ...«, fuhr der Kommissar in einem außerordentlich liebenswürdigen Tonfall fort, »uns zu zeigen, wie Ihr Onkel gelebt hat? Ist ja ein beeindruckendes Anwesen hier.«

Für einen Augenblick entglitt dem Anwalt der Gesichtsausdruck und statt des Dauerlächelns tauchte ein Anflug von Geringschätzigkeit in seinen Augen auf.

›Das wirst du dir als armseliger kleiner Beamter niemals leisten können‹, interpretierte Lindt den nur wenige Sekunden dauernden Blick, der sich gleich darauf in betonte Gleichgültigkeit wandelte.

»Meinetwegen, wenn ich nun schon mal hier bin. Sie dürfen sich gerne umschauen, es gibt nichts zu verbergen. Allerdings erwarte ich ja Kaufinteressenten für das Haus, um die muss ich mich dann kümmern.«

»Kein Problem«, erwiderte Lindt schelmisch, »Sie können uns ja ebenfalls als potentielle Käufer ausgeben, um den Preis nach oben zu treiben.«

Baumbach lachte laut: »Gute Idee, so werde ich es machen«, doch dieses Lachen kam dem Kommissar eine Spur zu laut und ein klein wenig übertrieben vor, als er dem Anwalt zum Eingang folgte.

»Massive Eiche«, klopfte der an die schwere Haustüre, drehte den Schlüssel zweimal um, fügte dann aber schnell hinzu: »Ach nein, Ihnen brauche ich das hier ja nicht anzupreisen.«

»Nein, leider«, antwortete ihm Lindt und schaute zu Paul Wellmann. »Gefallen würde uns das Haus schon, aber Immobilien dieser Preisklasse sind mit unseren schmalen Gehältern nicht zu vereinbaren.«

»Wenigsten sicher, ihr Gehalt«, konterte der Anwalt. »In meinem Berufsstand gibt es mittlerweile so viele Kollegen, die sich gegenseitig die Mandantschaft abjagen – die Zeiten sind nicht mehr so rosig wie früher.«

»Da hat es wohl genügt, das Anwaltsschild an die Kanzleitür zu schrauben und schon war man ein gemachter Mann«, lenkte der Kommissar das Gespräch unauffällig in Richtung der finanziellen Verhältnisse seines Gesprächspartners.

»Das war einmal«, kam die spontane Antwort, »ich habe so einige Durststrecken hinter mir.«

Ein kurzes Zucken in Baumbachs Gesicht zeigte, dass er sich ärgerte, mit diesem Satz ungewollt etwas über seine Lage preisgegeben zu haben und schnell wich er aus: »Als Ein-Mann-Praxis zieht man eben nur selten die lukrativen Fälle mit hohem Streitwert an Land. Solche Mandanten wenden sich meistens an die großen Kanzleien mit zig Anwälten, weil sie meinen, dort besser vertreten zu werden.«

»Kann ich gut verstehen, ihre Situation«, nickte Lindt verständnisvoll, um die beginnende Vertraulichkeit weiter auszubauen. »Aber sicherlich kommt es auf den einzelnen Menschen an. Mir wäre im Zweifel eine kleine Kanzlei mit einem Anwalt, der mir sympathisch ist und der sich in meine Angelegenheit richtig hineinkniet, jedenfalls lieber als so ein großes unpersönliches Büro, wo man jeden Tag einen anderen ans Telefon bekommt.«

Baumbach trat ins Haus: »Leider nicht viele Mandanten, die so denken, aber bitte kommen Sie doch herein.«

Der Kommissar nahm sich vor, die finanziellen Verhältnisse des Juristen ganz gründlich unter die Lupe zu nehmen, denn dass er ein Gespräch in dieser Richtung nicht fortsetzen wollte, war mehr als deutlich.

Direkt hinter der Haustüre durchquerten sie einen kleinen Garderobenraum und traten dann in eine großzügige Diele, die von zwei im Flachdach des Hauses eingelassenen Oberlichtern erhellt wurde.

»Gute Idee, schön hell hier drin«, zeigte Paul Wellmann nach oben auf die Fensterkuppeln. »So kann man einem flachen Dach auch mal etwas Gutes abgewinnen.«

»Das ist aber auch der einzige Vorteil einer solchen Hauskonstruktion. Mein Onkel hatte jahrelang Probleme, bis das Dach endlich richtig dicht war. Immer wieder fand das Regenwasser einen Weg, um einzusickern und erst mit einer kompletten zweiten Dachhaut gab es endlich Ruhe.«

»Das hört sich ja nach einer Menge Ärger an«, gab Lindt der Unterhaltung neue Nahrung und prompt erzählte der Anwalt weiter.

»Der Bebauungsplan hat es so vorgeschrieben, eine Modeerscheinung eben, wie vielerorts Ende der Sechzigerjahre. Aber Onkel Alfons wusste die sonstigen Vorteile dieser Bauweise durchaus zu schätzen.«

»Klar doch«, nickte Wellmann, »alles auf einem Stockwerk, gerade im Alter auf jeden Fall von Vorteil. Heute nennt man das ›barrierefreies Wohnen‹.«

»Ein Teil ist unterkellert, da geht es runter.« Der Anwalt zeigte auf eine Tür gleich neben dem Eingang. »Vorratskeller und Heizung sind dort unten, aber sonst befinden sich alle Räume auf dieser Ebene hier. Das wurde für ihn immer wichtiger, seit die Tante vor fünfzehn Jahren starb und er zunehmend mehr Beschwerden mit seinen Beinen bekam.«

Lindt schaute fragend und Baumbach fuhr fort.

»Krampfadern, er litt enorm an Krampfadern. Die wurden immer schlimmer, erblich eben und seit längerer Zeit kamen dann Entzündungen dazu. Er bekam offene Stellen und konnte kaum mehr ohne Schmerzen gehen. Das hat ihm schwer zu schaffen gemacht, denn seit er im Ruhestand war, ist er drüben im ebenen Hardtwald gerne und viel spazieren gegangen. Sogar einen Hund hatte er sich angeschafft, aber der ist jetzt auch schon ein paar Jahre tot.«

Der Anwalt zeigte in eine Ecke der Diele, wo ein flacher Weidenkorb stand. Eine karierte Decke lag darin ausgebreitet und an der Wand hing eine dunkelbraune Lederleine. »Es war ein original französischer Basset, ein Artésien Normand. Die sind hochläufiger und nicht so träge wie die englischen Basset-Hounds, bei denen die Ohren manchmal fast auf dem Boden schleifen. Dieser Hund war meinem Onkel ein guter Kamerad, auch, weil seine Frau nicht mal ganz fünfundsechzig wurde und Kinder hatten die beiden nicht.«

»Diese offenen Beine«, fragte der Kommissar vorsichtig, »waren die der Grund, weshalb der Pflegedienst kommen musste?«

»Genau, früher reichten Kompressionsstrümpfe und beim Anziehen hat ihm seine Zugehfrau geholfen, aber seit längerem mussten die Beine mit elastischen Binden gewickelt werden.«

»Das war dann ein Fall für die Fachleute«, ergänzte Lindt.

»Was, Fachleute – von wegen«, schnaufte der Anwalt deutlich erregt. »Dieser Pflegedienst, nur hinter dem Geld her! Mein Onkel war eben ein lukrativer Privatpatient, mit dem direkt abgerechnet werden konnte – da dauert es noch mal viel länger, bis so eine Wundbehandlung abgeschlossen ist.«

»Wie meinen Sie denn das?«, wollte der Kommissar wissen. »Haben die Pflegekräfte denn nicht gut gearbeitet?«

»Die Mitarbeiter waren bestimmt nicht das Problem«, stieß Baumbach ziemlich erregt aus. »Dieser Weinbrecht, dem der Laden gehört, erfand immer neue Vorwände, warum die Pflege noch fortgesetzt werden müsste. Die offenen Beine hätten mit den richtigen Maßnahmen längst wieder verheilt sein können – das hat mir eine der Schwestern mal vertraulich angedeutet.«

»War das denn die Frau Helmholz? Sie wissen schon, die Ermordete?«

»Nein, nein, nicht diese Schwester Andrea. Die kam auch nur sporadisch. Ich selbst habe sie nur ein einziges Mal am Wochenende hier angetroffen. Mein Onkel scheint sie allerdings sehr gemocht zu haben. Er bedauerte es, nicht zu ihren ständigen Patienten zu gehören.«

»Hmm«, brummte der Kommissar. »Als medizinischer Laie kann man sich gegen die Fachleute eines Pflegedienstes wohl schlecht durchsetzen.«

»Ganz genau«, stimmte ihm der Anwalt zu. »Dieser Weinbrecht hatte stets eine plausible Begründung, warum die Heilung nicht so schnell geht. Mal war es das Alter, mal die Tatsache, dass mein Onkel schon viele Jahre an seinen kranken Beinen litt. Irgendwas war immer an der verzögerten Heilung schuld und letztendlich ist er ja auch daran gestorben.«

»Ja ... wie ... an mangelhafter Pflege etwa?«, fragte Lindt erstaunt.

»Nein, nein, so habe ich das nicht gemeint.« Baumbach trat nervös von einem Bein auf das andere, um die richtigen Worte zu finden. »Das habe ich Ihren Kollegen doch schon berichtet, als die bei mir in der Kanzlei waren: Onkel Alfons lag eines Morgens einfach tot in seinem Bett, die Putzfrau hat ihn dort gefunden. Gut, er war vierundachtzig, aber außer seinem Beinleiden hat ihm wirklich nichts gefehlt. Vom Herz her könnte er hundert werden, meinte sein Hausarzt immer wieder. Allerdings wollte er ihm zur Blutverdünnung ein gerinnungshemmendes Medikament verordnen, Marcumar hieß das, aber mein störrischer Onkel hat es einfach nicht eingenommen.«

»Und Sie meinen, zu dickes Blut käme als Todesursache in Frage?«, stellte sich Lindt etwas dumm, obwohl er die Zusammenhänge aus dem Bericht der Unterstützungsbeamten noch gut im Kopf hatte.

»Nein … nicht direkt«, erklärte der Anwalt gedehnt und in einem Tonfall, den er wahrscheinlich auch bei besonders begriffsstutzigen Mandanten anzuwenden pflegte. »Der Hausarzt geht davon aus, dass sich im Bereich der entzündeten und offenen Beine irgendwo ein recht großer Thrombus, ein Blutpfropf, gelöst hat. Der kam dann über die Venen bis zur Lunge und hat sich dort festgesetzt.«

»Klar doch Oskar«, schaltete sich Paul Wellmann ein und versuchte seinem im medizinischen Wissen scheinbar etwas zurückgebliebenen Kollegen den Ablauf einer Lungenembolie zu erklären. »In der Lunge hat dieses Gerinnsel dann einfach eine große Blutader blockiert. Bei so was kann man schlagartig umfallen und tot sein. Bei meinem Nachbarn …«

»Ja, Paul, danke, ich hab's jetzt verstanden«, unterbrach ihn Lindt mit gespielter Gereiztheit. »Die Geschichte von deinem Nachbarn hast du schon öfter erzählt und außerdem konnte der Richter hier ja nicht umfallen, weil er schon im Bett lag.«

»Entschuldigen Sie bitte …«, wandte sich der Kommissar wieder an den Anwalt und neigte seinen Kopf schnell in Richtung Wellmann, »… er hat nicht immer genügend Geduld mit mir.«

Baumbachs verständnisvolles Lächeln zeigte kurz einen Anflug von Geringschätzigkeit und den Ausdruck von – ›die beiden Polizisten sind wohl nicht die hellsten‹ – ‚was Lindt zufrieden registrierte.

Die bewährte Methode, einem Gesprächspartner das Gefühl geistiger Überlegenheit zu vermitteln und ihm dadurch vielleicht eine etwas unüberlegte Äußerung zu entlocken, schien auch in diesem Fall zu funktionieren.

Interessiert schaute er umher, als Zeichen, die Besichtigung des Hauses fortzusetzen.

Die Türen zu den verschiedenen Zimmern standen zwecks Lüftung weit offen und so konnten sich die beiden Kommissare einen raschen Überblick verschaffen. Der Boden aus Solnhofener Steinplatten zog sich von der Diele aus sowohl in das nach Westen gerichtete Arbeitszimmer, als auch in die nach Süden zur Gartenseite hin orientierte Wohnhalle, die durch große bodentiefe Fenster viel Sonne einfing.

Sowohl die hohen Bücherregale und der Schreibtisch im Arbeitsraum als auch die Möbel des Wohnzimmers waren in schlichter goldbrauner Eiche gehalten und schienen maßgefertigt zu sein. Vor dem offenen Kamin eine Sitzgruppe im englischen Stil, mit flaschengrünem Leder bezogen und im Hintergrund des Raumes standen zwölf dazu passende Stühle um einen langen massiven Esstisch.

»Sie haben wohl noch gar nichts verändert hier drin«, stellte Oskar Lindt fest, als die beiden Kommissare mit dem Anwalt durch die Räume gingen.

»Nein, dazu konnte ich mich bisher nicht durchringen. Sehen Sie, gerade in seinem Arbeitszimmer hat mein

Onkel viel Zeit verbracht. Er war es gewohnt, früh aufzustehen, um die morgendliche Ruhe am Schreibtisch zu
genießen. Bis er fast achtzig war, hat er noch an Aufsätzen
für juristische Fachzeitschriften gearbeitet und einen sehr
intensiven Briefwechsel mit Kollegen in der ganzen Welt
geführt. Onkel Alfons war ein anerkannter Experte für
Zivilrecht und wurde gerade im Ruhestand häufig kon-
sultiert, wenn es um kniffige Fälle ging.«

»Alles mit dieser Schreibmaschine?« Paul Wellmann
zeigte auf eine massive dunkelgrüne ›Adler‹, die neben
dem Schreibtisch auf einer etwas niedrigeren, extra ange-
bauten Platte stand.

»Das war sein Heiligtum, da durfte niemand dran und
noch im Alter hat er mit einer enormen Geschwindigkeit
nahezu fehlerfrei geschrieben.«

Die Beamten betrachteten das solide gebaute Zeugnis
qualitativ hoher Feinmechanik und erinnerten sich an frühere Zeiten. »Auf einer ähnlichen Maschine haben wir bis
vor zehn Jahren auch noch unsere Berichte getippt, aber
wenn man sich mal an den Computer gewöhnt hat …«,
kommentierte Wellmann.

Staunend standen die beiden vor der Unmenge an
Büchern, die sich in den Regalen an drei Seiten des Rau-
mes befanden. Außer dem Platz vor dem Fenster, wo der
Schreibtisch stand, gab es keine freie Wand.

»Bestimmt vier- bis fünftausend Stück«, meinte der
Anwalt, als er die Blicke der Kommissare bemerkte.
»Zeitlebens war Onkel Alfons sehr belesen – allerdings besaß er auch keinen Fernsehapparat. Reine Zeit-
verschwendung, hat er dazu immer gemeint, aber das
geschriebene und gedruckte Wort wurde von ihm sehr
hoch geschätzt.«

Der melodische Gong unterbrach die Betrachtung und Baumbach wandte sich zur Tür. »Das werden die Leute sein, mit denen ich mich verabredet hatte.«

»Dürfen wir uns noch weiter umschauen?«, fragte Lindt schnell, weil er die Chance witterte, unbeobachtet sein zu können.

Etwas widerstrebend willigte der Anwalt ein: »Meinetwegen ...« Er zeigte auf mehrere Türen: »Küche, Bad, Schlafzimmer, es ist noch nichts verändert, alles so, wie es war.«

Die Kommissare öffneten die Tür zum Schlafraum, dessen Fenster zur Morgensonne hin ausgerichtet waren.

»Das ganze Mobiliar ist im selben Stil gehalten«, konstatierte Wellmann. »Auch hier alles in solider deutscher Eiche.«

»Ja, Paul, zeitlos und wertbeständig. Früher ging man nicht alle paar Jahre ins Möbelhaus und kaufte sich was Neues. Sieht auch so aus, als wenn es vom Schreiner extra angefertigt worden wäre.«

Obwohl die Frau des Richters schon fünfzehn Jahre verstorben war, lagen auf beiden Betten frisch bezogene Decken und Kissen.

»Hat wohl Veränderungen gemieden«, stellte Lindt fest, als er umherblickte, um möglichst viel von der Atmosphäre des Hauses in sich aufzunehmen. Sein Blick blieb am Nachttisch hängen.

»Fällt dir was auf, Paul?«

Suchend schaute Wellmann in die Runde und zuckte mit den Schultern. »Eigentlich nichts. Sieht alles so aus, als wollte sich der Richter hier heute Abend wieder reinlegen.«

»In welchem Bett hat er denn wohl geschlafen?«

»Also ich schlafe zuhause links. Außerdem ist das linke Bett näher an der Tür – der kürzere Weg, wenn man nachts aufstehen muss.«

»Und wie hat der alte Richter das wohl gemacht, wenn er mal raus musste?«, versuchte sein Kollege ihm auf die Sprünge zu helfen.

»Na, Licht machen und aufstehen ...« Jetzt erkannte Paul Wellmann, worauf sein Chef hinauswollte.

»Da fehlt doch was, natürlich, du hast Recht, Oskar. Drüben am Bett seiner verstorbenen Frau steht eine Nachttischlampe, aber hier nicht.«

»Und einen Lichtschalter für die Deckenlampe kann man auch nicht erreichen, ohne aufzustehen«, ergänzte Lindt.

»Nachttischlampen hat man doch immer paarweise. Selbst, wenn eine der Leuchten mal kaputtgegangen wäre, macht es sicher keinen Sinn, das verbliebene Licht neben einem leeren Bett aufzustellen.«

»Vielleicht wollte er nichts verändern und ist halt mit einer Taschenlampe aufs Klo gegangen.«

»Bestimmt – um Strom zu sparen! So wird es sicherlich gewesen sein, Paul«, tippte sich der Kommissar spöttisch mit dem Zeigefinger an die Stirn. »Das glaubst du ja wohl selbst nicht! Sieh mal dort ...« Er zeigte auf den Parkettboden.

»Dieser tiefe Kratzer hier sieht noch recht frisch aus und kann ganz gut von einer schweren Lampe stammen, die vom Nachttisch gestoßen wird. Schau dir das Exemplar auf der anderen Bettseite doch mal an. Nur so ein massiver Metallfuß kann sich derartig tief und scharfkantig in das Hartholz am Boden drücken.«

»Du meinst, ein Wasserglas oder ein Teller, der runterfällt, würde keine so deutliche Spur hinterlassen.«

»Ein oberflächlicher Kratzer im Lack vielleicht, aber sonst nicht viel.«

»Und daraus folgern wir …«

»Dass die Lampe, und zwar dasselbe schwere Modell wie da drüben, von genau diesem Nachttisch neben dem Bett des alten Baumbach zu Boden fiel.«

»Zufällig? Wohl kaum!«, dachte Paul Wellmann nach.

»Also, wann dann?«

»Vielleicht beim Putzen?«

»Ach was, so ein großes stabiles Teil, das glaube ich nicht.«

»Woran glaubst du dann, Oskar?«

»Wie wäre es mit einem Kampf, oder so was ähnlichem?«

»Ein Kampf? Wer soll denn hier gekämpft haben und mit wem bitteschön?«

»Das sage ich dir gleich, komm, lass uns gehen, bevor der junge Baumbach mit seinen Kaufinteressenten hier rein kommt und sieht, dass wir gerade den beschädigten Fußboden betrachten.«

Eilig schob Lindt seinen Kollegen zur Schlafzimmertüre hinaus auf den Flur, wo der Anwalt eben dabei war, einem älteren Ehepaar in den höchsten Tönen die Vorteile des Wohnens auf einer Ebene anzupreisen.

Schnell verabschiedeten sich die Kommissare und Lindt fügte mit einem Augenzwinkern in Baumbachs Richtung hinzu: »Wirklich ein erstklassiges Objekt und alle wichtigen Räume auf einem Stockwerk. Ich lasse von mir hören.«

13

»Der wird sich noch bei uns dafür bedanken, dass wir den Preis in die Höhe getrieben haben«, meinte Paul Wellmann, als die beiden wieder in den Dienstwagen eingestiegen waren. »Jetzt aber raus mit der Sprache, zwischen wem soll in diesem Schlafzimmer ein Kampf stattgefunden haben?«

»Ist doch klar, Paul, zwischen dem Richter und seinem Mörder.«

»Na, das hört sich aber pathetisch an, fast wie bei Dürrenmatt – ›Der Richter und sein Henker‹. Der alte Baumbach ist doch an einer Lungenembolie gestorben.«

»Wer sagt das denn? Gab es eine Obduktion? Nein, mein Lieber, den Tod hat ein ganz gewöhnlicher Hausarzt festgestellt. Genau der Doktor, der seinen Patienten schon lange Zeit vergeblich davon zu überzeugen versuchte, das Medikament zur Blutverdünnung einzunehmen.«

»Und jetzt wird er gerufen, weil der alte Richter friedlich tot im Bett liegt«, setzte Wellmann den Gedankengang seines Chefs fort. »Da denkt unser guter Allgemeinarzt, kriminalistisch nicht geschult und auch sonst ohne Argwohn …«

»Da denkt dieser liebe Mann gar nicht viel, sondern murmelt höchstens vor sich hin: ›Das hast du nun davon. So geht's, wenn man nicht auf seinen Doktor hört.‹«

»Und ohne weitere intensive Untersuchung kreuzt er ›natürliche Ursache‹ auf dem Totenschein an. Na, was sagst du nun, Paul?«

Wellmann schwieg eine Viertelminute und antwortete dann: »Da sag ich erst mal gar nichts, ich frag mich aber, wie du beweisen willst, dass der alte Mann eben nicht eines natürlichen Todes gestorben ist und zudem …«, fuhr er fort, »… es ist mir ja schon klar, dass du den Neffen als Täter im Visier hast, aber auch wenn er in Geldnot war und ihm die ganze Sache sehr gelegen kam … ich weiß nicht recht.«

»Tja, der Neffe oder ein Unbekannter – Lungenembolie oder Mord – wenn ich das schon wüsste«, antwortete ihm Lindt und kratzte sich wieder einmal reflexartig am Ohr. Sein Kollege startete den Volvo und schob den Wählhebel der Automatik auf ›D‹.

»Um mir das genauer zu überlegen, brauche ich mindestens drei Pfeifen.«

»Aber bitte erst im Präsidium, Oskar, hier drin wird mir die Luft sonst doch etwas zu dick.«

Gelegentlich rauchte Paul Wellmann auch eine Zigarette, aber die Vorstellung, im Auto von den Qualmwolken seines Kollegen eingenebelt zu werden, missfiel ihm sehr.

»Hoppla, das ist doch … ach so, an den hatte ich ja gar nicht mehr gedacht …«, rief Lindt aus, nachdem sie wenige Meter gefahren waren und in einer Seitenstraße den großen dunkelroten Citroën XM bemerkten. Im Moment hatte Lindt gar nicht an Jan Sternberg und die Beschattungsaktion gedacht.

»Na, im Schatten haben sie ja wenigstens geparkt. Bin mal gespannt, was sonst noch bei der ganzen Aktion herauskommt.«

Ohne anzuhalten fuhren sie weiter und winkten nur ganz kurz, als sie den Wagen passierten.

Auf dem Weg zurück zum Präsidium machte jeder sich seine eigenen Gedanken, um eine Vorstellung vom Leben und Ableben des alten Richters zu bekommen.

»Meinst du nicht, dass diese Theorie etwas zu weit hergeholt ist?«, durchbrach Wellmann schließlich das Schweigen. »Um deine Vermutung eines gewaltsamen Todes zu beweisen, müsstest du den alten Baumbach ja wieder ausgraben lassen.«

»Gerade darüber denke ich nach, aber für eine richterliche Anordnung zur Exhumierung sind unsere Vermutungen wirklich noch zu dürftig. ›Bloße Spekulationen‹ wird man sagen. Ich höre schon die Stimme des Untersuchungsrichters: ›Wie bitte, der alte Baumbach? Der war ein sehr angesehener und bekannter Kollege im Ruhestand – Landgerichtsrat – anerkannter Experte – das kann ich mir kaum vorstellen – und wer soll ihn umgebracht haben – wie bitte? – vielleicht sein Neffe – niemals! – den kenne ich persönlich sehr gut, wir sind doch im selben Golfclub – und das Motiv? – Geldschwierigkeiten – diesen Eindruck hat mir der junge Baumbach nie gemacht – und alles wegen einem einzigen vagen Indiz, einer fehlenden Nachttischlampe und einem kleinen Schaden im Parkett – also, ich bitte Sie, meine Herren …‹«

»Aus der Unterhaltung mit dem Neffen habe ich jetzt auch nicht unbedingt den Eindruck, dass er den Richter gehasst hätte. Es lag eher Hochachtung und Anerkennung vor der Lebensleistung seines Onkels in den Worten des Anwalts.«

»So würde ich an seiner Stelle auch sprechen, um keinen Verdacht zu erregen. Vergiss den Aspekt Geld nicht,

Paul. Wenn der Neffe finanziell wirklich in der Klemme steckte, dürfen wir diesen Punkt keinesfalls außer Acht lassen.«

»Ja, schon ...« antwortete Wellmann zögernd. »Aber so leicht bringt man seine eigene Verwandtschaft dann doch nicht um. Es gehört schon eine ordentliche Portion Hass dazu.«

»Welchen Eindruck hat der Anwalt denn auf dich gemacht? Ich meine, rein gefühlsmäßig.«

»Jedenfalls nicht so unangenehm, wie ihn deine Frau beschrieben hat und immerhin hat er uns freiwillig das ganze Haus gezeigt. Hätte er ja auch nicht müssen.«

»Ja, Frauen neigen wirklich manchmal zum Polarisieren. Diese Erfahrung habe ich schon öfter gemacht. Da gibt es dann nur Freund oder Feind, nur schwarz oder weiß, nichts dazwischen, aber wenn man den Baumbach als Prozessgegner hat, kann das einen negativen Eindruck sicherlich noch verstärken.«

Sie waren mittlerweile wieder in der Beiertheimer Allee beim Polizeipräsidium angelangt. Paul Wellmann steuerte den Wagen auf einen freien Parkplatz, machte den Motor aus und öffnete die Tür. Oskar Lindt war aber noch so mit seinen Überlegungen beschäftigt, dass er keine Anstalten machte, auszusteigen.

»Vielleicht war es ja auch ganz anders, als wir im Moment überblicken können«, sinnierte er. »Vielleicht bilde ich mir das mit der Nachttischlampe nur ein. Vielleicht ist aber doch was dran. Vielleicht spielt uns der lachende Erbe ja nur kräftig Theater vor. Vielleicht konnte er es einfach nicht mehr erwarten, endlich an das Vermögen seines Onkels zu kommen. Vielleicht hatte er ihn schon mehrfach um Geld gebeten, aber keines bekommen. Vielleicht kam es bei einem Gespräch zu einer Auseinandersetzung ...«

»Und dann zu einer Handlung im Affekt«, setzte sein Kollege die Theorien fort. »Ausschließen lässt sich natürlich momentan gar nichts, aber wir sollten uns auch mal überlegen, wie wir die Verbindung zu unserem aktuellen Fall knüpfen können.«

»Knüpfen ... knüpfen ..., Paul, dieses Bild ist gar nicht so schlecht. Möglicherweise ist das alles noch viel komplizierter miteinander verbunden. Geknüpft, wie ein Teppich und wir sehen gerade mal das Muster an einer Ecke. Alles andere liegt noch im Dunkeln. Bisher haben wir nur die Verknüpfung, dass ein toter Richter von einer jetzt ebenfalls toten Krankenschwester gepflegt wurde.«

»Allerdings auch, dass der geldmäßig klamme Neffe vom Tod des alten Baumbach profitiert hat – und zwar ganz gewaltig«, nahm Wellmann den gedanklichen Faden seines Kollegen wieder auf, denn in den Jahrzehnten der Zusammenarbeit mit Oskar Lindt hatte er gelernt, dass dieser mit seinen Theorien meistens nicht ganz daneben lag.

»Ja, Paul, Motiv Geld ist immer möglich«, versuchte Lindt seine Gedankengänge näher darzustellen. »Möglicherweise hatte der Anwalt ja auch gar keine Wahl, möglicherweise war er praktisch schon bankrott, möglicherweise pflegte er einen sehr aufwändigen Lebensstil, um bei seinen erfolgreicheren Kollegen mithalten zu können, oder ... oder ... oder. Es gibt noch viele Möglichkeiten, die in Frage kommen können.«

»Bin mal gespannt, was Jan bei der Überwachung herausfindet, vielleicht hilft uns ja der Zufall und es gibt irgendeine Überraschung.«

»Entweder der Zufall oder unsere kleinen grauen Zellen, eines von den beiden wird uns schon weiterbringen. Du könntest mal nach Informationen über die finanziellen Verhältnisse von Baumbach junior suchen und ich für meinen Teil gehe jetzt nachdenken.«

Lindt tastete mit den Händen an die Taschen seiner Jacke, fühlte links zwei Pfeifen, rechts die Tabaksdose und machte sich solchermaßen zufrieden gestellt auf den Weg. Die Gehirnzellen durch einen Fußmarsch zur Arbeit zu ermuntern war auch eine seiner Methoden, den Dingen auf den Grund zu gehen. Mit ausladenden aber dennoch nicht übereilten Schritten, wie wenn er auf einer Wanderung wäre, strebte er voran – erst über die Kaiserstraße, dann am Verfassungsgericht entlang bis zum Schloss und durch eines der seitlichen Tore in den dahinterliegenden Schlossgarten. ›Fast wie wenn mich der Fundort der Leiche magnetisch anziehen würde‹, kam ihm in den Sinn, denn wenn er die Richtung beibehalten und am nördlichen Ausgang den Park wieder verlassen würde, wäre er ganz in der Nähe der Stelle, wo die ermordete Andrea Helmholz gelegen war.

Kurz vor der Schlossgartenmauer und dem großen Tor entschied er sich dann aber doch anders, umrundete rasch den See, ohne auf die Entenscharen und die friedlich laufenden Hunde der vielen Spaziergänger zu achten, schlug einen schmaleren Seitenweg ein und setzte sich schließlich unter einer großen Eiche auf den Boden. Den Schatten der ausladenden Äste dieses uralten Baumes hatte er schon oft aufgesucht, wenn er intensiv nachdenken wollte. Abseits der stark genutzten Rasenflächen fand er hier die nötige Ruhe und manchmal schien es ihm fast so, als könne er von der Erfahrung und Weisheit des knorrigen Überrestes vergangener Zeiten ein ganz kleines Stück abbekommen.

Er stellte sich vor, was diese alte Eiche in den drei oder noch mehr Jahrhunderten ihres langen Lebens schon alles mitbekommen hatte und ansehen oder anhören musste. Lindt legte sich flach auf den trockenen Boden und presste sein Ohr an einen Ausläufer der dicken Wurzeln. ›Vielleicht erzählt mir der Baum ja etwas‹, dachte er und versuchte alle seine Sinne zu konzentrieren.

Zuerst hörte er nur die Geräuschkulisse der Stadt, den ständigen Lärmpegel aus Verkehr, Fabriken, Maschinen, das durchdringende Signalhorn eines Rettungswagens, der sich durch die verstopften Straßen quälte.

Dann erkannte er die Geräusche der Fahrräder, die teils klappernd, teils quietschend auf dem knirschenden Sand der nahen Wege vorwärts getreten wurden.

Die Unterhaltung der Spaziergänger, das Lachen der spielenden Kinder, das Bellen zweier sich balgenden Hunde, der Gesang der Vögel in den Zweigen … all das filterte Lindt nach und nach aus und hörte schließlich nur noch das sanfte Rauschen des Windes in den frisch ausgetriebenen Eichenblättern.

Es kam ihm komisch vor, als er schließlich gar nichts mehr hörte, sich aber von Ferne über den Rasen eine Gestalt näherte. Eine Frau schien mit federnden Schritten vorbeizujoggen. Oskar Lindt erkannte abgenutzte Laufschuhe, die ihm irgendwie bekannt vorkamen. Merkwürdig, zur eng anliegenden Sporthose trug die Joggerin einen weißen Arbeitskittel und um ihren Hals baumelte ein … ja, er wollte sich die Augen reiben, hatte aber keine Macht über seinen Körper … er erkannte ein Stethoskop, wie es in der Medizin zum Abhören von Herztönen gebraucht wurde. Was soll denn das bedeuten, grübelte Lindt, versuchte noch einen Blick in ihr Gesicht zu erhaschen, aber da war sie schon vorbeigetrabt, nein eher geschwebt und auf dem Rücken ihres Kittels konnte der Kommissar gerade noch die farbenfrohe Aufschrift ›Herz und Verstand‹ entziffern, bevor sie entschwand.

Er kniff die Augen zu, um genauer zu sehen, erkannte statt der Frau aufs Mal ein Straßenschild, auf dem die Entfernungen nach Split, Dubrovnik und Mostar angegeben waren.

Er reckte den Hals, drehte seinen Kopf, um den Verlauf der Straße besser zu erkennen und gleich fiel ihm ein großes dreistöckiges Gebäude auf, an dessen linker Seite gerade Bauarbeiten im Gang waren. Er erblickte eine Maurerkolonne, die eine Wand aus grauen Hohlblocksteinen aufsetzte. Warum sind denn da so viele Kinder bei dem Haus? Lindt wunderte sich, sah dann aber einen großen dunklen ziemlich schmutzigen Geländewagen mit deutschem … ja mit ›KA‹ … mit Karlsruher Autokennzeichen heranfahren und eine Frau und einen Mann aussteigen. ›Den kenne ich doch‹, aber er konnte sich partout nicht erinnern, wer es war.

Wie bei einem Filmschnitt fand er sich urplötzlich an einem ganz anderen Ort wieder. In seiner Eigenschaft als Kommissar hatte er in einem Mordprozess auszusagen und die Ermittlungsergebnisse vorzustellen. Furchtbar klein kam er sich vor, als er in den Zeugenstand getreten war und erdrückend hoch ragte vor ihm die aus dunklem goldbraunem Eichenholz gefertigte Vertäfelung des Richtertisches empor. Auch die in der gleichen Art gestalteten Plätze von Verteidigung und Staatsanwaltschaft auf seiner linken und rechten Seite wirkten auf ihn wie übermannshohe Bollwerke und er musste seinen Kopf schmerzhaft weit nach hinten beugen, um die Gestalten dahinter in ihren schwarzen Roben überhaupt erkennen zu können.

Eine blecherne weibliche Stimme mit dem durchschneidenden Klang eines geschwungenen Säbels forderte ihn auf, mit seinem Vortrag zu beginnen und als Lindt aufschaute, erkannte er das hagere und scharf geschnittene Gesicht der gefürchteten Oberstaatsanwältin Lea Frey. Er war sich sofort im Klaren darüber, dass selbst die kleinsten Ungereimtheiten in seinen Ermittlungen zwar nicht hier vor Gericht, aber bei nächster Gelegenheit im düsteren Amtszimmer der Anklägerin von ihr in scharfem Ton gerügt werden würden.

Lindt hörte sich sprechen, ohne jedoch zu verstehen, was er selbst sagte. Er spürte sein Herz bis zum Hals schlagen, als er seitens der Verteidigung plötzlich unterbrochen wurde. Auf seinem Zeugenplatz fühlt er sich durch die an drei Seiten hoch aufragenden dunkelbraunen Hartholzwände beängstigend in die Zange genommen, doch die übertrieben freundliche Stimmlage des Rechtsanwalts erkannte er sofort.

›Baumbach‹, fuhr ihm durch den Kopf, ›das ist der junge Baumbach, der Neffe, der Erbe‹ und als dieser sich im Zeitlupentempo von seinem Stuhl erhob und über den Rand der hohen Brüstung auf den Kommissar nieder schaute, geschah etwas Fürchterliches.

Quälend langsam erschien nur nach und nach das fratzenhaft verzerrt lächelnde Gesicht des Juristen. Unerträglich lange dauerte es, bis sich dessen Kopf über die hölzerne Wand geschoben hatte. Er hörte aber nicht auf, sich vorzubeugen. Die Bewegung ging immer weiter und weiter. Unter dem Kopf wuchs der Oberkörper in der Robe und wurde länger und länger, bis er schließlich fast über dem Kommissar zu schweben schien.

›Das gibt es doch gar nicht, das ist doch unmöglich, wie komme ich denn hierher?‹ Lindt wusste nicht, wie ihm geschah, aber er konnte sich nicht bewegen und stand wie angenagelt tief unten auf seinem Zeugenplatz.

Er hörte einen Schwall von Worten aus dem immer größer werdenden Mund des Anwalts, aber diese Sätze passten gar nicht zu der Art, wie seine Lippen bewegte. Was er dort ablesen konnte, hieß für den Kommissar eindeutig: ›Ich mach dich fertig – lass mich in Ruhe‹ – ›Ich mach dich fertig – lass mich in Ruhe.‹ Ein um das andere Mal las der Kommissar diese Drohungen aus dem Gesicht des unheimlich über ihm schwebenden Verteidigers. Endlos wiederholte sich diese Szene wie bei einer Schallplatte mit Sprung, die immer wieder dieselbe Tonfolge von sich gibt.

Zum Fürchten waren aber nicht nur diese unhörbar ausgestoßenen Worte, sondern mehr noch die gleichzeitig stattfindende Verwandlung des Kopfes, der immer mehr die Form eines sich stetig füllenden Ballons annahm und über Lindt zu zerplatzen drohte. Je dicker der Kopf wurde, umso mehr schoben sich oberhalb der Stirn zwei kleine Ausbeulungen durch die dunkel getönten Haare des immer noch zwanghaft lächelnden Anwalts.

Mit schreckgeweiteten Augen, aber unfähig, davonzulaufen, starrte der Kommissar auf die ständig wachsenden hornartigen Gebilde und er begann sich ernsthaft vorzustellen, dass sich gleich der Boden unter ihm öffnen und ihn verschlucken müsste.

Erst eine leise Stimme, die vom Richterstuhl her an sein Ohr drang, lies den Spuk wieder verschwinden. ›Lindt, Lindt, bitte, Sie müssen mir helfen, bitte, helfen Sie mir, unbedingt.‹ Das gütige Gesicht eines uralten Mannes mit schlohweißem, aber vollem Haar, blickte ihn zwar freundlich, aber mit deutlich sichtbarer Verzweiflung in den Auge, an.

Er holte tief Luft, um dem Richter zu antworten, aber dieses Luftholen dauerte eine Ewigkeit und je länger es dauerte, umso niedriger wurden die Holzwände des Richtertisches vor ihm. Es schien ihm wie eine Erlösung, doch ehe er etwas sagen konnte, bekam er einen harten Schlag auf den Hinterkopf.

»Entschuldigung, war keine Absicht«, rief ein kleiner Junge, dessen Fußball den Kommissar so unsanft und schlagartig aus seinen Albträumen gerissen hatte.

»Schon recht, macht nichts.« Noch halb in Trance hörte Lindt seine eigene Stimme, die dem davoneilenden Kind nachrief. Er rappelte sich hoch, stand auf, um frei atmen zu können und lehnte sich erst mal mit dem Rücken an die tief zerfurchte Borke des Eichenstammes.

»Ich muss eingeschlafen sein«, sagte er halblaut vor sich hin. »Aber dieser Traum, dieser fürchterliche Traum.« Ruckartig bewegte er seinen Kopf, wie wenn er den eben erfahrenen Druck erst abschütteln müsste, um wieder ganz zur Besinnung zu kommen.

Gleichzeitig fielen ihm aber verschiedene Aspekte aus den psychologischen Fortbildungen ein, die er belegte, so oft er Zeit dazu hatte. ›Um das nicht zu vergessen, sollte ich soviel wie möglich davon notieren‹, schoss ihm durch den Kopf und instinktiv griff er zu seinem ledergebundenen Notizbuch. ›Der Schreibblock auf dem Nachttisch ist das wichtigste Hilfsmittel, um den Träumen auf den Grund zu gehen‹ – diesen Satz hatte er in mehreren Schulungen gehört und sich gut gemerkt.

Lindt setzte sich wieder, zog die Beine an und begann zu schreiben. Die beängstigende und erdrückende Situation vor dem Gericht war ihm noch ganz nahe, auch, weil er die Personen erkannt hatte.

Eine aggressive Oberstaatsanwältin, die nur nach Fehlern in der Polizeiarbeit suchte, um die jeweiligen Beamten dann ›gnadenlos‹ in die Pfanne zu hauen, war ihm noch genauso vor Augen, wie der in vernichtender Bedrohung über ihm schwebende gehörnte Kopf des verlogen lächelnden Rechtsanwaltes Baumbach.

›Das war wirklich der Leibhaftige, das personifizierte Böse‹ – dieser Gedanke ließ den Kommissar nicht mehr los.

Doch auch der mit verzweifeltem Blick hilfesuchende gütige alte Richter inmitten der aus dauerhaftem Eichenholz gearbeiteten Möblierung stand noch glasklar vor Lindts innerem Auge. ›Ganz sicher, der alte Baumbach‹ – auch wenn Lindt nicht recht wusste, ob er ihn jemals lebend gesehen hatte, so passte doch die Einrichtung des Hauses in der Waldstadt ganz genau zu der des Gerichtssaales.

Etwas schwerer tat sich der Kommissar mit der Erinnerung an die ersten Teile seines Traumes. Stark beanspruchte Laufschuhe fielen ihm wieder ein. Natürlich, in der Wohnung der ermordeten Andrea Helmholz hatte er die in der Hand gehabt. Die vorbeischwebende Joggerin mit Stethoskop und weißem Pflegedienst – Kittel, ganz klar die tote Krankenschwester, auch wenn er merkwürdigerweise ihr Gesicht nicht gesehen hatte, doch da war er sich völlig sicher.

Akribisch notierte Lindt jedes Detail, das er noch aus seinem Gedächtnis kramen konnte. Er hatte das Gefühl, irgendetwas Wichtiges müsste noch fehlen und strengte sich mächtig an, den Traum möglichst vollständig in seinem Notizbuch festzuhalten.

Der Geräuschpegel des Autoverkehrs kam ihm aufs Mal wieder ins Bewusstsein. Ach ja, die Straße, die Schilder mit den kroatischen Ortsnamen, die Kinder im Waisenhaus, an dem gerade gebaut wurde und das Ehepaar Weinbrecht, das mit seinem Geländewagen dort vorfuhr, um zu organisieren und die in Deutschland gesammelten Spenden zu überbringen.

Während er schrieb, wurde dem Kommissar ganz klar, dass sein Innerstes in der vergangenen halben Stunde sämtliche Zusammenhänge des aktuellen Falles aufgearbeitet hatte. Alles, was ihm durch den Kopf ging, hatte sich in dem Traum wieder gefunden.

›Aber hat es meine Arbeit vorwärts gebracht‹, fragte er sich. ›Ist dieser Anwalt wirklich das personifizierte Böse? Braucht der alte Richter tatsächlich Hilfe? Oder ist da vielleicht nur verstärkt zum Ausdruck gekommen, was ich selbst gerne glauben möchte?‹

Lindt war aufs Mal ganz erschöpft. Traum und Nachbearbeitung hatten enorme Energien von ihm verlangt und so legte er sich einfach wieder der Länge nach hin, starrte zwischen den Ästen der alten Eiche hindurch in den blauen Himmel und versuchte, sich zu entspannen.

Nach einiger Zeit setzte er sich erneut auf, lehnte an den Stamm und begann mit geübten Handgriffen eine Pfeife zu stopfen. Ganz automatisch zerbröselte er die Pressplatten des ›Navy Flake‹ und drückte die Tabakskrümel in seine große gerade Lieblingspfeife. ›Zwar Bruyère- und kein Eichenholz‹ dachte er beim Betrachten des dunkelbraunen schweren Pfeifenkopfes, aber der Farbton trifft fast den vom Gerichtssaal.

Der Ostwind versprach anhaltend schönes Wetter, aber er blies die Flamme des Feuerzeugs mehrmals aus, so dass Lindt schließlich seine Jacke vorhalten musste, um die Pfeife zu entzünden.

Er schaute den davon treibenden Rauchwolken nach und überlegte, ob der Mörder von Schwester Andrea wohl auch schon über alle Berge wäre.

›Vielleicht aber‹, sprach er sich unhörbar Mut zu, ›finden wir ihn ja doch unter den Personen, die wir bereits unter die Lupe genommen haben. Möglicherweise fehlt uns nur ein kleines Detail zum Beweis.‹

Er dachte dabei wieder an den unvollständigen Fingerabdruck auf dem Stadtplan mit den fünf Blutspritzern. Für einen Vergleich würde das Fragment schon reichen, aber dazu müssten erst mal Abdrücke vorliegen.

Von wem? Vielleicht von Anwalt Baumbach? Schnell verwarf er den Gedanken wieder – ohne konkrete und wirklich stichhaltige Verdachtsmomente keinesfalls zu machen. Bei einer erkennungsdienstlichen Behandlung würde der sich sofort an höchster Stelle beschweren und auf einen Rüffel aus der Chefetage hatte Lindt momentan überhaupt keine Lust.

Vielleicht an der Haustüre vom Anwesen Baumbach senior? Nein, erinnerte sich der Kommissar, die hatte der Anwalt nur mit dem Schlüssel geöffnet und außerdem könnten an einem vorher nicht abgewischten Türknauf ja die Abdrücke der verschiedensten Personen sein.

›Es wird mir schon was einfallen‹, ermutigte er sich selbst, ›ist mir schließlich immer noch ein guter Gedanke gekommen.‹

Lindt liebte mehr die eleganten und geräuschlosen Wege, um mit den Ermittlungen zum Ziel zu kommen.

Hau-Ruck-Methoden und Aktionen, mit denen die Verdächtigen gewarnt oder kopfscheu gemacht wurden, entsprachen ganz und gar nicht seinem Stil von kriminalistischer Arbeit.

Während er bedächtig ziehend seine Pfeife genoss, schaute er weiter umher, beobachtete Radfahrer, Kinder, Hunde, Spaziergänger und dachte immer wieder zurück an seinen fürchterlichen Traum, den er erst einmal verarbeiten musste.

Lange war es ihm nicht vergönnt, die Gedanken so treiben zu lassen, denn Kollege Paul Wellmann meldete sich übers Handy. Er berichtete von seinen Nachforschungen, die tatsächlich eine ziemlich desolate Finanzlage des Rechtsanwalts Baumbach zu Tage gebracht hatten. In den Monaten vor der Erbschaft schien sich die Situation dramatisch verschärft zu haben. Nicht nur ein ständig bis zum Limit überzogenes Girokonto und ein Vollstreckungsbefehl wegen nicht bezahlter Miete für seine Kanzleiräume, sondern auch mehrere Mahnungen über ausstehende Ratenzahlungen von der Bank, bei der er eine Hypothek auf seine Wohnung aufgenommen hatte, ergaben ein recht trostloses Bild.

»Wenn es bei einem Anwalt mal so aussieht, ist es nicht mehr weit bis zur Veruntreuung von Mandantengeldern«, stellte Lindt fest.

»Habe ich mich auch schon gefragt, aber aktenkundig ist in dieser Richtung noch nichts«, kam Wellmanns Antwort. »Und genauso ist mir bisher schleierhaft, wofür der Baumbach das ganze Geld gebraucht hat. Kaum Überweisungen vom Konto, aber laufend Barabhebungen mit der Scheckkarte.«

Lindt ermunterte seinen Kollegen, in dieser Richtung weiter zu suchen und meinte: »Vielleicht kann uns tatsächlich Jan und seine Beschattungsaktion weiterbringen.«

Außerdem nahm der Kommissar sich vor, bei der nächsten sich bietenden Gelegenheit den ›Kurzen‹, seinen Lieblingsstaatsanwalt Tillmann Conradi, unverfänglich nach Baumbachs Ruf in Juristenkreisen zu fragen. Vielleicht bewahrheitete sich dann auch, was ihm seine Frau in dieser Hinsicht schon erzählt hatte.

Den Gedanken an Carla assoziierte Lindt umgehend mit dem Begriff Feierabend und gemeinsamem Nachtessen und nach einem Blick auf seine Uhr beschloss er, den Dienst für den heutigen Tag zu beenden. Mangels Dienstwagen machte er sich eben zu Fuß in Richtung der Straßenbahnhaltestelle bei der Universität auf den Weg – gerade rechtzeitig, um dort die Waldstadt-Linie zu erwischen.

14

Als er wieder ausgestiegen war und die kurze Strecke von der Haltestelle heimwärts ging, holte ihn seine Frau ein, die mit dem Fahrrad ebenfalls von der Arbeit kam. Sie stieg ab, Lindt schob mit rechts das Rad und Carla hakte sich auf seiner anderen Seite unter.

»Na, wie war dein Tag, seid ihr weitergekommen?«, fragte sie, hatte aber auf den ersten Blick in sein Gesicht erkannt, dass ihren Oskar irgendetwas mächtig umtrieb.

»Stell dir bloß vor ...«, begann er, um von seinen wilden Träumen zu berichten, merkte aber, dass sie bereits schon vor ihrer Haustüre waren und winkte wieder ab: »Nein, das muss ich dir in aller Ausführlichkeit erzählen, lass uns erst mal reingehen oder, noch besser, ich hole auch schnell mein Rad aus dem Keller und wir fahren rüber nach Neureut zu unserer Pizzeria. Was hältst du davon?«

Carla Lindt war zwar für den Heimweg von ihrer Arbeitsstelle schon eine knappe Viertelstunde auf dem Rad gesessen, aber bei dem schönen Wetter des beginnenden lauen Frühlingsabends hatte sie gegen eine kleine Tour nichts einzuwenden.

Gemächlich traten die beiden in die Pedale. Als sie in die Rintheimer Querallee eingebogen waren und im Schatten der harzig duftenden Kiefern nebeneinander quer durch den Hardtwald radelten, begann der Kommissar zu berichten.

»Also, du kennst doch diese eine große alte Eiche im Schlossgarten, du weißt schon wo – ja, genau, unter die ich mich manchmal setze, um in aller Ruhe nachzudenken. Ich bin sicher, dieser Baum hat mir heute was erzählt.«

Er ging zuerst noch auf das Haus des verstorbenen Richters ein, das er mit Paul Wellmann zusammen am Vormittag besichtigt hatte und sprach dann in allen Einzelheiten von seinem Tag-Traum unter dem rauschenden Dach aus Eichenblättern.

Ab und zu, wenn andere Radfahrer entgegenkamen, mussten die beiden hintereinander fahren und die Erzählung wurde kurz unterbrochen. Der Kommissar ließ aber keine Kleinigkeit aus, Carla fragte gelegentlich dazwischen, wenn sie etwas nicht gleich verstand und so waren sie schon kurz vor den ersten Häusern von Neureut am Waldrand, als Oskar Lindts Traum-Story vollständig war.

Plötzlich mussten beide scharf bremsen, denn unmittelbar vor ihnen brach ein rotbrauner Rehbock in hoher Flucht aus dem Dickicht der Traubenkirsch-Büsche, überquerte mit zwei langen Sätzen die Allee und verschwand eilig im Unterholz auf der anderen Seite.

»Hast du diese beiden Hörner gerade gesehen? Klein, krumm und verdreht?«, rief der Kommissar ganz erregt seiner Frau zu und auch ihr war nicht entgangen, dass der recht schwache Bock ein eher abnormales und kümmerliches Gehörn trug.

»So in etwa musst du dir die Teufelshörnchen auf dem Kopf von diesem Baumbach vorstellen … und schwarz waren sie, kohlschwarz … und wachsen habe ich sie gesehen, richtig aus dem Kopf heraus haben sie sich gedrückt und sind immer größer geworden!«

Carla Lindt schüttelte nur den Kopf und kommentierte beim Weiterfahren: »Da hat dein Unterbewusstsein wohl ganze Arbeit geleistet.«

Und schließlich, als ihr Mann die abgestellten Räder vor der Pizzeria mit einer stabilen Kette zusammenschloss, meinte sie: »Das passt aber gut, dieser Baumbach als der Leibhaftige mit Bockshörnern – ich hab dir ja schon gesagt, was ich von dem halte.«

Er nickte nur stumm und strebte auf die Eingangstür von ›Mamma Giovanna‹ zu, doch seine Frau hielt ihn zurück: »Sollen wir nicht lieber hier draußen …?«

»Natürlich, bei dem tollen Wetter, wenn dich der Verkehr nicht stört«, stimmte er ihr zu und suchte einen Zweiertisch auf der fast vollbesetzten, leicht erhöhten Terrasse.

»Ist doch beruhigte Zone hier«, meinte sie, »und die paar Autos, die langsam durchfahren, so schlimm ist das nicht.«

Auch Lindt liebte es, in Straßencafés zu sitzen und die vorbeiflanierenden Leute zu beobachten. Manchmal allerdings kam es vor, dass er vor lauter Schauen glatt vergaß, sich mit seiner Frau zu unterhalten. Ein kurzes: »Hey, ich bin auch noch da!«, war dann nötig, um den neugierigen Kommissar wieder in einen höflichen Ehemann zu verwandeln.

»Braucht ihr die Speisekarte, oder …?« Eine freundliche dunkelhaarige Frau um die fünfzig war unbemerkt von hinten an den Tisch getreten.

»Hallo Giovanna, schön, dass uns die Chefin selbst begrüßt«, freuten sich die Lindts, die schon viele Jahre hier Stammgäste waren. »Bring uns bitte ›wie immer‹, du weißt schon!«

»Ich hätte auch fast nichts anderes erwartet«, meinte die italienische Wirtin und schaute zu Carla, »also, einmal unsere hausgemachte Lasagne …«

»Genau! Wir haben schon oft versucht, sie zu Hause nachzukochen, aber so wie bei dir gelingt es uns halt nie.«

»Tja«, schmunzelte Giovanna, »ihr wisst ja, dazu muss man nicht nur das richtige Rezept und die besten Zutaten haben, sondern …«

Lindt unterbrach sie: »Ja, ja, man muss in Italien geboren sein und statt Blut Tomatensugo in den Adern haben.« Diesen Spruch hatten sie immer wieder hören müssen, wenn sie versuchten, der Wirtin eines ihrer Rezepte abzuluchsen.

»Für mich bitte deine berühmte Pizza Gorgonzola – wie immer, eben.«

Die Wirtin notierte noch rasch Salat und Rotwein und eilte wieder zurück zur Theke.

Schon vor Jahren, als die Kinder noch kleiner waren, hatte Familie Lindt diese Pizzeria zu ihrem Stammlokal gemacht. Kein Nobel-Italiener mit weißen Tischdecken, Stoffservietten und astronomischen Preisen, sondern ein familienfreundliches kleines Ristorante, in dem sie sich wohlfühlen konnten und wo mit Herz und guten Zutaten gekocht wurde. Selbst jetzt als Studentinnen ließen sich die Töchter gerne von ihren Eltern zu einer sonntäglichen Radtour überreden, wenn ›Mamma Giovanna‹ das Ziel war. Ein kurzer Besuch in der Küche war dann obligatorisch, aber dennoch war es noch niemandem gelungen, hinter die wohlbehüteten Rezeptgeheimnisse zu kommen.

Es war viel Betrieb im Lokal und die Tische auf der Terrasse fast vollständig besetzt, so dass Lindt nur sehr leise weiter über die Ereignisse des Tages sprechen konnte, um das Mithören der anderen Gäste zu vermeiden. Schließlich ließ er es ganz. Seine Frau verstand, begann dann aber ihrerseits vom Telefonat mit einer weit entfernt wohnenden, allein lebenden Tante zu erzählen, der es gesundheitlich anscheinend nicht gut ging und die sie in der Mittagspause angerufen hatte.

»Oskar, du hörst mir ja schon wieder nicht zu«, gab sie ihm unter dem Tisch einen leichten Stups ans Schienbein.

»Doch, doch, ich habe alles mitbekommen, aber meine Ansicht zu Tante Alma kennst du ja. Sie klagt schon zwanzig Jahre, dass sie sterbenskrank sei und wahrscheinlich wird sie das auch noch die nächsten zwanzig Jahre mach…«

Mitten im Wort stockte der Kommissar und zuckte zusammen: »Das ist doch …«

Carla suchte seinem Blick zu folgen, der in einiger Entfernung an der Straße etwas entdeckt haben musste. Nach wenigen Sekunden hatte sie auch bemerkt, was ihrem Mann gerade aufgefallen war: »Ist das da vorne nicht dein Dienstwagen, der Citroën?«

»Genau«, bestätigte Lindt ganz leise, fast flüsternd, »das kann eigentlich nur der Jan sein, mein Mitarbeiter. Ich möchte bloß wissen, was der hier macht?«

»Du hast doch Feierabend, Oskar«, begann Carla, aber sie wusste genau, dass ihr Mann sich selbst nie ganz frei gab, wenn er in einem aktuellen Fall ermittelte. In Gedanken war er immer an der Sache dran und abschalten konnte er nur, wenn sie weit weg im Urlaub waren.

»Moment bitte, das muss ich jetzt wissen«, bat er um Verständnis und stand trotz des eben servierten Salates auf, um einige Meter nach hinten zu gehen, von wo er ungestört telefonieren konnte.

»Hallo Chef, was gibt's?«, tönte Sternbergs Stimme aus dem Handy des Kommissars.

»Seid ihr gerade in Neureut?«, fragte Lindt in gedämpftem Ton.

»Ja, aber woher wissen Sie …?«

»Dann habe ich ja doch richtig gesehen. Meine Frau und ich, wir sitzen gerade auf der Terrasse vom ›Mamma Giovanna‹, hundert Meter hinter euch. Was treibt ihr denn hier? Du solltest dich doch mal ablösen lassen?«

»Na, der Baumbach, dem sind wir durch die halbe Stadt gefolgt, der ist jetzt grad da rein in so einen Laden.«

»Was für ein Laden denn, die Geschäfte haben doch schon zu?«

»Nein, nicht zum Einkaufen, das ist … das muss so eine Spielhalle sein. Sie wissen doch, Chef, mit Flipper, Billard, Automaten und so weiter.«

Lindt pfiff leise durch die Zähne und musste erst mal kurz nachdenken. Ein Rechtsanwalt, der sich in einer Spielothek aufhielt? Da traf er sich aber sicherlich weder mit Mandanten noch mit Berufskollegen. Möglicherweise war das die Erklärung für Baumbachs Finanzprobleme. Oder vielleicht kamen die Probleme überhaupt erst da her?

Blitzschnell gingen dem Kommissar zig verschiedene Theorien durch den Kopf.

»Kannst du dranbleiben, Jan?«, fragte er schließlich durchs Handy.

»Natürlich, Chef, der Kollege ist schon rein und ich gehe auch mal gleich schauen, was der feine Herr Anwalt da so macht.«

»Gut, aber verhaltet euch ganz unauffällig, wirklich nur beobachten. Ihr wisst ja, ich kann nicht mitkommen. Paul und mich kennt er schon.«

»Keine Sorge, Chef«, antwortete Sternberg beruhigend und aus seiner Stimme klang der Unterton von Eifer, auf einer heißen Spur zu sein. »Keine Sorge, Sie können sich ganz auf uns verlassen, wir machen das schon. Wir schauen uns nur ein wenig um.«

»Na …, hoffentlich …«, antwortete Lindt zögerlich mit leisem Zweifel, denn für Action war sein junger Mitarbeiter immer zu haben.

Er wollte schon auflegen, da kam ihm blitzartig noch eine Idee: »Jan, Jan, bist du noch dran? Also, falls es sich machen lässt, wirklich nur, wenn der Baumbach nichts merkt, könnt ihr vielleicht seine Fingerabdrücke …? Vielleicht auf einem Glas oder so? Aber er darf keinesfalls was mitbekommen!«

»Super-Einfall, Chef«, tönte Sternberg aus dem Handy des Kommissars. »Das schaffen wir bestimmt und jetzt lassen Sie mal ihre Pizza nicht kalt werden.«

Lindt drückte auf seinen Apparat, um das Gespräch zu beenden und schaute anschließend mit leicht unsicherem Blick zuerst in Richtung des Dienstwagens und dann zu seiner Frau, die ihn mit recht kritischem Gesichtsausdruck während des ganzen Telefonats beobachtet hatte.

»Tut mir Leid, ich erklär's dir später«, versuchte er sein ungemütliches Verhalten zu entschuldigen, doch Carla nickte nur: »Hab mich schon an solche Situationen gewöhnt, ist ja nicht das erste Mal.« Und insgeheim war sie innerlich, auch ohne es deutlich zu zeigen, immer ein klein wenig stolz auf die erfolgreiche Arbeit ihres Oskars.

»Muss ja ein langer und interessanter Abend gewesen sein, gestern«, begrüßte Lindt am kommenden Morgen Jan Sternberg, der ganz gegen seine sonstige Gewohnheit erst kurz vor neun ins Büro kam. »Hat es sich denn gelohnt?«

»Auf jeden Fall, Chef, wir wissen jetzt einiges über diesen Baumbach«, kam die Antwort und er legte zwei Plastikbeutel auf den Tisch.

»Die Fingerabdrücke haben wir sicherlich hier auf der leeren Zigarettenschachtel und zum Vergleich auch noch auf diesem Glas.«

Lindt hob die durchsichtigen Tüten hoch und betrachtete die goldene Schachtel der Tabakmarke: »Ach, Dunhill raucht der Herr Anwalt, vornehm, vornehm! Von der Firma habe ich auch schon Pfeifentabak probiert, die klassisch-englische Richtung, nicht so mein Geschmack.«

Sternberg nahm die andere Tüte mit einem breiten stabilen Glas darin: »Und dem teuren Whisky hat er auch ziemlich zugesprochen. Mindestens vier bis fünf hatte er schließlich intus und noch anderes dazu. Der Wirt hat ihm dann die Autoschlüssel abgenommen und ein Taxi besorgt.«

»Ließ er das einfach so mit sich machen?«

»Das hat uns auch gewundert, aber als der Baumbach gegangen war, ist der Kollege dem Taxi gefolgt und ich habe mich ein wenig mit dem Kneipenpächter unterhalten. Als er meinen Dienstausweis gesehen hat, wurde er dann ganz gesprächig und hat bereitwillig Auskunft gegeben. Ich musste mich natürlich zu erkennen geben, auch, um das Glas und die Zigarettenschachtel mitnehmen zu können.«

Lindt unterbrach ihn und griff zum Telefonhörer: »Wart mal einen Moment, ich will erst kurz einen Boten bestellen, der die beiden Tüten zur Untersuchung ins Labor bringt und dann möchte ich deinen Bericht in aller Ausführlichkeit hören.«

Das Telefonat erübrigte sich, da gerade die Eingangspost gebracht wurde und Lindt diesen Beamten gleich mit dem Laborgang beauftragte.

»Also, Jan, erzähl weiter, wir sind gespannt«, ermunterte der Kommissar seinen Mitarbeiter, fortzufahren und auch Paul Wellmann zog sich einen Schreibtischstuhl heran, um alles mitzubekommen.

»Also, am besten von vorne«, begann Sternberg. »Als Sie mich angerufen haben, Chef, war der Kollege ja schon reingegangen in diese Spielhalle. Ich bin ihm dann gleich gefolgt und wie einige andere Gäste war auch der Baumbach an den Automaten beschäftigt. Scheint wirklich ein Profi zu sein, denn drei solcher Kisten hat er immer parallel bedient. Er war ganz konzentriert auf die Anzeigen und nur, wenn sein Whisky leer oder das Kleingeld aus war, ging er an die Theke. Den Wirt schien er recht gut zu kennen, sie haben sich geduzt, aber eine größere Unterhaltung hat nicht stattgefunden.«

»Hat er denn auch was gewonnen?«, wollte Paul Wellmann wissen.

»Na ja, gewonnen …«, Sternberg zögerte etwas, »einmal hat's geklimpert und bei einem seiner drei Automaten kamen ein paar Münzen raus, vielleicht zehn oder zwanzig, schätze ich. Wie viel Geld es dann tatsächlich war, haben wir allerdings nicht genau sehen können. Auf jeden Fall musste er öfter mal beim Wirt wechseln, um wieder Kleingeld zu haben, also hat er unterm Strich sicherlich mehr verloren als gewonnen.«

»So sind diese Automaten ja auch eingestellt.«

»Woher willst du das denn wissen, Paul?«, fragte Oskar Lindt interessiert. »Bist du seit neuestem Experte auf dem Gebiet?«

»Ach so, du denkst, weil ich auch in Neureut wohne, verbringe ich meine Abende in dieser Spielkneipe. Nein, nein, keine Angst, so frustriert bin ich über meine knappen Beamtenbezüge nun doch noch nicht, dass ich schon der Spielsucht verfallen wäre.«

»Und was denkst du über den Baumbach in dieser Hinsicht, Jan?«, wandte sich Lindt wieder an Sternberg. »Hat der Kneipenwirt gesagt, wie oft er kommt?«

»Klar doch, der hat mir alles erzählt. Der Anwalt war schon jahrelang Stammgast in diesem Etablissement und ist manchmal jeden zweiten Abend gekommen. Da ist der Gedanke an Spielsucht gar nicht so abwegig. Er hatte wohl vor zwei oder drei Jahren wirklich mal einen größeren Betrag gewonnen, als sich in einem der Automaten viel angesammelt hatte, aber seither war das Ganze mehr ein Draufleggeschäft. Der Wirt scheint seine Gäste recht gut zu beobachten, denn er konnte genau erkennen, wie es bei Baumbach nach und nach finanziell enger wurde.«

Lindt nickte, denn auch er war gewöhnt, aus dem Äußeren eines Menschen Rückschlüsse auf seine weiteren Lebensumstände zu ziehen: »Bestimmt wurde er immer ungepflegter, schlechter rasiert, die Kleidung mehr und mehr schmuddelig, muffiger Geruch und so weiter.«

»Genau, Chef«, bestätigte Jan Sternberg die Einschätzung seines Vorgesetzten. »Genau so hat es mir der Wirt beschrieben. Bis vor ungefähr zwei Monaten, da ging es plötzlich wieder bergauf. Der Baumbach hatte wieder mehr Geld, neues Auto, besser gekleidet, anscheinend richtig auffällig.«

»Das passt ja genau zum Zeitpunkt seiner Erbschaft«, konstatierte Paul Wellmann, »aber mir ist dann trotzdem schleierhaft, wie er in den zurückliegenden Jahren wei-

terhin als Rechtsanwalt arbeiten konnte. So ein herunter-
gekommener äußerer Eindruck muss doch jeden potentiellen Mandanten in die Flucht schlagen.«

»Vielleicht war es ja auch so«, meinte Sternberg.

»Zum Bild der krankhaften Spielsucht passt das alles
recht gut«, begann Lindt jetzt zusammenzufassen. »In
allen Lebensbereichen eine stetige Abwärtsbewegung,
kleinere Gewinne machen dazwischen wieder kurzfristig Hoffnung, aber der Abfall danach ist dafür umso stärker. Ich kann mir durchaus vorstellen, dass unser Anwalt
ohne die Erbschaft unmittelbar vor seinem finanziellen
Ende gestanden wäre und damit hätten wir natürlich ein
klassisches Motiv für Verbrechen aller Art.«

Wellmann stimmte zu: »Das würde zu den Ergebnissen meiner Recherchen passen, die ich dir gestern Nachmittag am Handy durchgegeben habe, Oskar.«

»Ach ja, da, wo ich im Schlossgarten diesen Traum
hatte«, antwortete Lindt etwas unüberlegt und wie aus der
Pistole geschossen fragten seine beiden Kollegen: »Traum,
welcher Traum denn?«

»Ach, nichts …«, versuchte der Kommissar auszuweichen, doch Wellmann und Sternberg blieben hartnäckig
und bestanden darauf, dass ihr Chef auch noch die letzte
Kleinigkeit seines zwar kurzen, aber dennoch umso scho-
ckierenderen Nickerchens preisgab. »Ein Glück, dass ich
diesen Fußball an den Kopf bekommen habe. Wer weiß,
was ich noch alles hätte mitmachen müssen«, schloss er
seinen Bericht.

»Ich sehe schon die Schlagzeile in der Zeitung«, witzelte Paul Wellmann: »Kripo-Kommissar Lindt löst Fälle
im Schlaf – neue Ermittlungsmethode bei der Karlsruher
Mordkommission.«

»Schön wär's, wenn wir eine Lösung hätten, aber das, was mir mein Gehirn da vorgegaukelt hat, war leider nur die Zusammenfassung unserer bisherigen Ergebnisse.«

»Und die Einschätzung, was Sie von den einzelnen Beteiligten halten, Chef«, meinte Sternberg. »Zum Beispiel der Hilferuf des alten Richters, das geht schon in eine eindeutige Richtung.«

»Wenn wir doch nur noch ein paar Indizien hätten, dann würde ich ihn sofort ausgraben lassen«, sinnierte Lindt, während er begann, die erste Pfeife des Tages zu stopfen.

»Das kannst du getrost vergessen, Oskar. Ich habe gestern auch schon in dieser Richtung gedacht und einmal rumtelefoniert, wo der alte Baumbach denn überhaupt begraben ist. Auf dem Hauptfriedhof bin ich dann schnell fündig geworden, aber …«

»Was aber?«, fragte sein Vorgesetzter. »Ist er etwa …?«

»Genau, die Hitze im Krematorium ist ihm nicht gut bekommen. Nur noch ein Häufchen Asche blieb für die Beisetzung im Doppelgrab neben seiner Frau übrig.«

»Ja wie jetzt, soll das vielleicht heißen, die Frau wurde im Sarg bestattet und der alte Richter später im gleichen Grab in der Urne?«

»Das hat die Mitarbeiter in der Friedhofsverwaltung auch gewundert, aber der Neffe hat wohl eine letztwillige Verfügung seines Onkels vorgelegt, die eine Feuerbestattung bestimmte.«

»Dieses Schreiben möchte ich auf jeden Fall sehen, denn wer ein Doppelgrab wählt, plant doch für beide Ehepartner eine herkömmliche Erdbestattung. Das ist ja wirklich höchst verdächtig«, meinte Lindt und wies Jan Sternberg an, umgehend das städtische Friedhofsamt aufzusuchen und das Schreiben zwecks Untersuchung mitzubringen.

Der machte sich sofort auf den Weg, doch unter der Tür rief ihn der Kommissar noch mal zurück: »Warte einen Moment, Jan. Du hast den Wirt nicht zufällig noch gefragt, ob sein Stammgast Baumbach zum Zeitpunkt, als die Andrea Helmholz ermordet worden ist, in dieser Automatenkneipe war?«

»Natürlich, Chef«, fasste sich Sternberg mit der flachen Hand an die Stirn, »das habe ich doch völlig vergessen, aber es war ja gestern auch ziemlich spät. An den fraglichen Abend konnte sich der Wirt noch erinnern, weil dem Baumbach da ein Glas runtergefallen war. Irgendwie hätte er sehr nervös gewirkt, aber von acht Uhr abends bis weit nach Mitternacht war unser Anwalt in dieser Kneipe mit Spielautomaten, Whisky und Zigaretten beschäftigt. Ein wirklich wasserdichtes Alibi, leider.«

»Hm, hm«, rieb sich Lindt unschlüssig am Ohr. »Vielleicht hat er ja jemanden für die Drecksarbeit bezahlt. Zu diesem Zeitpunkt waren seine Finanzprobleme schon überwunden und wer weiß, wen er in so einer Spielhölle kennen gelernt hat.«

Sternberg teilte diese Ansicht nicht so ganz: »Also rein optisch gesehen, war dieser Laden durchaus in Ordnung, keine typische Halbweltspelunke. Alles ziemlich sauber und wie ich schon sagte, auch der Kneipier war ganz okay – eher nicht von der Sorte, die krumme Geschäfte macht.«

»Lasst uns doch einfach mal abwarten, was die Fingerabdrücke ergeben und wie dieses Dokument vom Friedhofsamt aussieht«, schlug Paul Wellmann vor und seine beiden Kollegen verließen das Büro. Sternberg, um die besagte Verfügung des alten Richters zu organisieren und Lindt, um in seinem eigenen kleinen Büro die Beine auf den Tisch zu legen und unter der Rauchentwicklung seiner Pfeife die Situation nochmals zu überdenken.

15

Ein spielsüchtiger Rechtsanwalt – finanziell, sozial und beruflich geht es abwärts – Mandanten bleiben aus – die Abzahlungen sind kaum mehr zu leisten – er steht kurz vor dem Ende – all das merkt auch sein Onkel, der hoch angesehene alte Richter – den hat er schon öfter um Geld angegangen, aber keines bekommen …

Die Gedanken des Kommissars kreisten um Baumbach und es wurde für ihn immer wahrscheinlicher, dass der Anwalt in seiner aussichtslosen Lage schließlich Gewalt angewandt hatte, da er nicht mehr abwarten konnte, bis der Erbfall auf natürliche Art und Weise eintrat.

›Wie hat er die Tat ausgeführt?‹ Mehrere Möglichkeiten gingen Lindt durch den Kopf. Einen Schlüssel hatte der Neffe als einziger Angehöriger bestimmt besessen und so hätte er problemlos nachts ins Haus gelangen und seinen körperlich schon etwas gebrechlichen Onkel im Schlaf ersticken können.

›Mit einem Kopfkissen vielleicht? Im Todeskampf stößt der alte Richter dann die Lampe vom Nachttisch. Das könnte zu den Spuren passen.‹ Der Kommissar nickte unbewusst vor sich hin, wie wenn er seine eigenen Überlegungen bestätigen wollte. Einen Tod durch Ersticken hätte ein unbedarfter Hausarzt am nächsten Morgen vermutlich nicht bemerkt. Leider war der alte Richter nur noch ein Häufchen Asche, also war ein Beweis dieser

Theorie durch eine nachträgliche Obduktion nicht mehr möglich.

Lindt stand auf, um das Fenster zwecks besseren Rauchabzugs noch etwas mehr zu öffnen und setzte sich auf den breiten Sims.

›Eine gewisse Wahrscheinlichkeit für diese Theorie ist gegeben‹, dachte er, ›aber ein Beweis dürfte kaum möglich sein und außerdem … wo wäre eine plausible Verbindung zum Mordfall Andrea Helmholz? Irgendein Zufall vielleicht, dass die Schwester, die zu der Zeit den Richter gepflegt hatte, auch etwas von der desolaten Finanzlage des Neffen mitbekam? Möglicherweise erzählte der alte Mann ihr von der Situation seines einzigen Verwandten und nach dem überraschenden Tod ihres Patienten schöpfte sie Verdacht? Vielleicht hatte sie den Anwalt auch mal in eine Spielhalle gehen sehen?‹

Gedankenverloren schaute Lindt auf die Straße hinunter und beobachtete die Fußgänger und Autos, die vor dem Polizeipräsidium unterwegs waren.

›Eine Krankenschwester als Hobby-Detektivin? Zu dem Stadtplan mit den fünf Blutspritzern passt das alles jedenfalls überhaupt nicht‹ sinnierte er weiter. ›Ich wette, die Fingerabdrücke von Baumbach stimmen nicht mit dem unvollständigen Fragment überein, das die Spurensicherung auf dem Stadtplan festgestellt hat.‹

Der Kommissar wurde zunehmend unsicherer und begann, seine Theorie vom Mord am alten Richter wieder zu verwerfen. ›Vielleicht alles nur Einbildung – der junge Baumbach hat eben Glück gehabt, gerade im richtigen Moment zu erben.‹

Die Tür zu seinem Büro öffnete sich, worüber der konzentriert nachdenkende Kommissar so erschrak, dass er sich gerade noch reflexartig festhalten konnte, um nicht vom Fensterbrett nach draußen zu kippen.

»Hoppla, das war aber knapp, Oskar«, meinte Paul Wellmann, der eingetreten war.

Lindt war vor lauter Schreck noch so verdattert, dass er nur stottern konnte: »… war ganz in Gedanken … Was gibt's denn, Paul?«

»Die Fingerabdrücke von Baumbach, das Labor hat sie verglichen, sie passen nicht zu dem unvollständigen Abdruck auf dem Stadtplan.«

Der Kommissar nickte: »Hab ich mir schon gedacht. Das müssen zwei verschiedene Fälle sein. Oder der alte Richter ist doch eines natürlichen Todes gestorben und wir jagen einer ganz falschen Spur nach.« Resigniert zuckte er mit den Schultern.

»Wenn es einen Zusammenhang gibt, dann hätte der Anwalt auf jeden Fall merken müssen, dass Schwester Andrea Verdacht geschöpft hat.«

»Und wie hätte er das merken sollen? Meinst du, sie hat ihm ins Gesicht gesagt: ›Herr Baumbach, Sie haben ihren Onkel umgebracht!‹ Sicher nicht, da wäre sie doch eher zu uns gekommen. Nein, nein, das ist mir alles viel zu spekulativ. Uns fehlen wirklich handfeste Beweise.«

Jan Sternberg streckte seinen Kopf zur Bürotüre herein.

»Hier, Chef, vom Friedhofsamt.« Er reichte dem Kommissar eine Laufmappe.

Lindt setzte sich wieder an seinen Schreibtisch und las die Verfügung des alten Richters aufmerksam durch.

»Hmm«, brummte er schließlich. »Hmm, der Baumbach bestimmt hier und zwar mit Datum von vor fast zwei Jahren, dass er im Todesfall verbrannt werden will. Das würde also passen. Mit Maschine geschrieben …

mechanisches Modell würde ich sagen … nicht mit einer elektrischen Schreibmaschine, dazu ist das Schriftbild zu unregelmäßig … vielleicht auf dieser alten ›Adler‹ getippt worden, die wir dort im Arbeitszimmer gesehen haben.«

»Und die Unterschrift, Chef?«

»Tja, die könnte schon von einem alten Mann stammen, mit Tinte hat er jedenfalls unterzeichnet.«

Sternberg wurde ganz eifrig: »Wie wäre es mit einem Schriftvergleich? Ich meine, ob das Bild der Maschinenschrift passt und ob die Unterschrift wirklich von Baumbach senior ist.«

Lindt sah seinen Mitarbeiter schmunzelnd an: »Ich kann mir schon denken, was du vor hast. Mal ein wenig Einbrecher spielen und im Arbeitszimmer des Richters rumschnüffeln.«

Sternberg wurde etwas verlegen und begann zu stottern: »Da … da … da ist doch bestimmt kein modernes Schloss an dieser Haustüre … das würde ich mir schon zutrauen …«

»Und dann lässt du dich vom jungen Baumbach überraschen, so wie es Paul und mir gegangen ist, als wir uns das Haus nur mal von außen angeschaut haben. Nein, nein, Jan, das schlag dir lieber aus dem Kopf.«

»Aber, Chef, wenn der Anwalt mal einen Gerichtstermin hat … das könnte man doch herausfinden. Länger als zehn Minuten dauert das Ganze bestimmt nicht.«

Die beiden älteren Beamten schüttelten synchron ihre Köpfe.

»Schon mal was von wachsamen Nachbarn gehört? Nein, das Risiko ist mir auf jeden Fall zu hoch. Nachher gibt es noch ein Verfahren wegen Hausfriedensbruch …«, lehnte der Kommissar den Vorschlag seines jungen Mitarbeiters ab.

»Obwohl …«, Paul Wellmann zögerte etwas. »Der Gedanke mit dem Schriftvergleich hat natürlich einiges für sich, aber wir müssten es anders anstellen. Ich glaube, ich hätte da eine Idee.«

Sternberg und Lindt hörten gespannt zu.

»Der alte Richter war doch geistig immer noch sehr rege und hat bis zuletzt Aufsätze in juristischen Fachzeitschriften veröffentlicht. Diese Artikel hat er sicherlich auf seiner alten Schreibmaschine getippt und bestimmt auch unterschrieben. Wir müssten also nur herausfinden, in welchen Zeitschriften etwas von ihm gedruckt wurde und dann dort mal nachfragen. Die Originale sind doch bestimmt archiviert.«

Jan Sternberg war schon aufgesprungen und zur Tür geeilt: »Ich schaue gleich im Internet nach. Da gibt es ja auch Suchmaschinen für den Rechtsbereich.«

»Gut«, stimmte sein Vorgesetzter zu, »vielleicht findet sich dort was. Ich rufe parallel dazu bei unserem Staatsanwalt an, den wollte ich ohnehin noch über den jungen Baumbach ausfragen. Der müsste nach seinem kurzen Urlaub eigentlich wieder im Dienst sein.«

Erfreut hörte der Kommissar die Stimme von Tilmann Conradi aus dem Telefonhörer. Der kleine Staatsanwalt, mit dem der Kommissar einen sehr vertrauensvollen Umgang pflegte, war gerade erst von der gefürchteten Lea Frey über den aktuellen Stand der Ermittlungen im Mordfall Andrea Helmholz informiert worden.

Er hörte sich Lindts kurzen Bericht mit der neuen Spur in Richtung des Rechtsanwalts aufmerksam an. Er konnte sich zwar noch keinen Reim darauf machen, wieso juristische Fachartikel von Richter a.D. Alfons Baumbach für die Ermittlungen von Bedeutung waren, aber versprach, gleich in den Inhaltsverzeichnissen der Fachzeitschriften zu suchen.

Wie der Kommissar vermutet hatte, wusste Conradi über die beiden, den Alten und seinen Neffen, gut Bescheid.

»Auch, wenn sie den selben Namen tragen, unterschiedlicher können zwei Juristen und zwei Charaktere eigentlich nicht sein«, begann der Staatsanwalt seine Einschätzung vorzutragen. »Der alte Richter war eine wirklich anerkannte und geachtete Kapazität im Zivilrecht. Ich hatte das Glück, ihn kennen zu lernen, während ich am Landgericht Referendar war und kann nur bestätigen, dass er ein durch und durch honoriger Mensch war. Der junge Baumbach dagegen, sein Neffe also, hat mehrfach versucht, in den Staatsdienst zu kommen, aber es ist ihm glücklicherweise nicht gelungen. Einmal habe ich sogar das Gerücht gehört, sein eigener Onkel hätte sich gegen ihn ausgesprochen, aber das war, wie gesagt, nur ein Gerücht, denn schließlich hatte der Alte außer ihm gar keine anderen Verwandten.«

Der Kommissar war neugierig geworden: »Hatten Sie denn auch bei Gerichtsverhandlungen mit ihm zu tun?«

»Mit dem Jungen, meinen Sie? Na, und ob!«, ereiferte sich der Staatsanwalt. »Wenn ich dessen Namen als Verteidiger in den Akten sehe, dann reicht es mir schon. Ein Anwalt, der hart kämpft, um für seine Mandantschaft möglichst viel herauszuholen, das ist okay. Aber was der Baumbach da regelmäßig ablieferte, hat mit einem fairen Verhalten absolut nichts mehr zu tun!«

Lindts Erstaunen über die Worte von Conradi wurde immer größer. Dass sich der ›Kurze‹ so in Rage reden konnte, war ihm wirklich neu. Bisher war es immer der Staatsanwalt gewesen, der bei schwierigen Ermittlungen und empörenden Erkenntnissen die Erregung der Kripo-Beamten gedämpft und sie auf die sachliche Ebene zurückgebracht hatte.

»Die unterste Schublade der Trickkiste hat dieser Rechtsanwalt geöffnet – und nicht nur einmal. Entsprechend waren auch die Klienten, die er vertrat. Einmal quer durch die Karlsruher Halbwelt, Rotlichtszene, Anlagebetrüger und andere Gangster aller Couleur.«

»Also die, denen man hinter dem Schlossgarten im Wald begegnet, mit Schlangenlederstiefeln und zwei Pitbulls an der kurzen Leine.«

»Ja, die gehören zu seinen Mandanten, aber auch die unauffälligen mit dem weißen Kragen, wenn Sie wissen, was ich meine.«

Obwohl es der Staatsanwalt durch das Telefon nicht sehen konnte, nickte Lindt heftig vor sich hin. »Diese Sorte Ganoven fällt zwar nicht in unser Ressort, Herr Conradi, aber ich kann mir gut vorstellen, wen sie im Auge haben. Bestimmt solche, die gutgläubige Mitmenschen mit falschen Versprechungen um ihr Hab und Gut bringen.«

»Ganz genau und Sie wissen bestimmt, wie mühselig es ist, in Betrugsfällen stichhaltige Beweise herbeizuschaffen, denn meistens schämen sich die Opfer noch, dass sie so dumm waren, auf diese Kerle hereinzufallen. Wenn wir aber wirklich mal einen am Wickel hatten und meinten, genügend belastendes Material vorlegen zu können, kam im Gerichtssaal der große Auftritt des feinen Herrn Baumbach. Mit einem vordergründig superfreundlichen

Verhalten und rhetorisch sehr geschickt, gelang es ihm immer wieder, die Richter einzuwickeln. Wenn er dann merkte, dass die Stimmung im Saal zu seinen Gunsten war und wir von der Anklageseite quasi als die Bösen dastanden, präsentierte er regelmäßig Zeugen, die hundertprozentig gekauft waren und Stein und Bein auf die Unschuld des Angeklagten schworen.«

»Ich verstehe«, erwiderte der Kommissar, »mehrere Zeugen mit genau abgesprochenen Aussagen, die lügen wie gedruckt, denen man aber das Gegenteil nicht beweisen kann.«

»Völlig richtig, so ist es uns schon mehrfach ergangen. Anschließend werden noch einige entlastende Unterlagen – gefälscht natürlich, das aber so geschickt, dass es auch nicht zu beweisen ist – auf den Richtertisch gelegt und schon heißt es ›in dubio pro reo‹, im Zweifel für den Angeklagten. Der Freispruch kommt postwendend.«

»Das ist dann aber höchst ärgerlich für Sie und ihre Arbeit«, kommentierte Lindt die Schilderung des Staatsanwalts.

»Ärgerlich, ha«, schnaufte der durch das Telefon. »Fragen sie doch mal Ihre Kollegen aus den anderen Dezernaten. Wenn sie auch noch so sorgfältig ermittelt hatten, dieser Baumbach spürte selbst die kleinste Schwachstelle in den Akten auf und schlachtete das dann geradezu genüsslich aus. Aber alles in einem sehr freundlichen und verbindlichen Ton und einer Atmosphäre, die ihm gleich die Sympathie des Gerichts eintrug.«

»Das kann ich mir wirklich gut vorstellen. So wie ich diesen Anwalt erlebt habe, macht der voll auf Vertrauensperson und wenn ich mir dann noch Ihre resolute Kollegin als Anklagevertreterin vorstelle …«

»Ach, Sie meinen die ›Eiserne Lea‹, … äh, nein …, diesen Ausdruck vergessen Sie bitte gleich wieder …«

»Klar doch, das habe ich natürlich nicht gehört, aber die Frau Oberstaatsanwältin, die mit ihrer scharfen Zunge auch gerne mal uns Ermittlungsbeamte zur Schnecke macht, hinterlässt bei der Verhandlung bestimmt keinen sympathischen Eindruck.«

»Und wenn dann noch der entsprechende Richter vorne sitzt, vielleicht einer, der zur Milde neigt und der dem höchst freundlichen Anwalt auch noch das Ansehen seines Onkels – Richter am Landgericht a.D. – zugute hält … na, was dann passiert, brauche ich Ihnen wohl nicht weiter auszuführen. Aber der Tag wird kommen …«, grollte der Staatsanwalt, und Lindt spürte förmlich durchs Telefon, wie sein Gesprächspartner die Faust ballte, »… der Tag wird ganz sicher kommen, an dem er es zu bunt treibt und dann, dann …«

Er machte eine kurze Pause und atmete tief durch: »Wenn Sie diesem Kerl wirklich etwas nachweisen können, bin ich der Erste, der Sie unterstützt und zwar mit allen meinen Möglichkeiten.«

»Das beruhigt mich ungemein, Herr Conradi. Allerdings ist unser Hauptbeweis leider verbrannt.«

»Wieso denn das?«, stutzte der ›Kurze‹.

»Na, der verstorbene Baumbach senior, der wurde auf seiner letzten Reise leider schon im Hauptfriedhof durch das Fegefeuer geläutert.«

Stichwortartig ging der Kommissar nun noch auf die letztwillige Verfügung des Richters über Feuerbestattung ein, um dem Staatsanwalt die Notwendigkeit eines Vergleichs der Schreibmaschinenlettern und des Namenszuges zu erläutern. »Diese Untersuchung dürfte unsere einzige Möglichkeit sein, die Vorkommnisse um den Tod des Alten etwas aufzuhellen. An seiner Asche lässt sich ein eventueller Tathergang leider nicht mehr rekonstruieren, dafür war die Temperatur einfach zu heiß.«

Lindt räusperte sich: »Aber heiß und frisch gebrüht ist auch unser Kaffee – am besten, Sie schauen mal auf einen Becher vorbei, dann können wir den ganzen Sachverhalt in aller Ruhe durchsprechen.«

Der Gedanke an den ›besten Kaffee im ganzen Präsidium‹, wie sich der Staatsanwalt immer ausdrückte, war sehr verlockend und er versprach, erst nach Aufsätzen des alten Richters zu suchen und dann umgehend ins Büro der Ermittlungsgruppe zu kommen.

»Schon gefunden!« Mit einer aufgeschlagenen juristischen Fachzeitschrift wedelnd kam Tilmann Conradi bereits eine halbe Stunde später durch die Bürotür von Lindts Ermittlungsgruppe.

»Unser Kaffee scheint eine magische Anziehungskraft zu besitzen«, meinte Jan Sternberg, der immer noch mit der Recherche im Internet beschäftigt war.

»Bis zur Staatsanwaltschaft reicht der feine Duft zwar nicht«, erwiderte der Jurist, »aber irgendwie kam mir gleich das richtige Blatt in die Finger. Ich habe auch schon mit dem Verlag telefoniert. Die haben das Original archiviert und werden es uns gleich mal …«

Das Faxgerät neben Sternbergs Schreibtisch begann zu rattern.

»Genau, da kommt es schon. Für einen ersten Vergleich von Schriftbild und Unterschrift dürfte ein Fax ja genügen. Der Verlag dieser Fachzeitschrift sitzt übrigens hier in Karlsruhe. Vielleicht können Sie noch eine Streife hinschicken, um die Originale abzuholen.«

Oskar Lindt nickte: »Das ging aber fix!«, goss dem Staatsanwalt seinen speziell für ihn reservierten Kaffeebecher voll und gab den Kurierauftrag an die Schutzpolizei weiter.

Dann nahm er die eben eingetroffenen fünf Blätter aus dem Faxgerät und verglich sie aufmerksam mit dem Text auf der Einäscherungsverfügung. Der Staatsanwalt und die beiden Kripo-Kollegen beugten sich auch über die Seiten und studierten abwechselnd den Artikel zum Thema Erbrecht und das aus der Friedhofsverwaltung stammende Schriftstück.

»Hier«, Paul Wellmann zeigte mit der Spitze eines Bleistiftes an mehreren Stellen der Texte auf ein ›u‹, dessen kleiner oberer Querstrich an der linken Seite fehlte. »Das kleine ›u‹ sieht in beiden Texten gleich beschädigt aus. An diesem Buchstaben kann man zweifelsfrei erkennen, dass sie mit derselben Maschine getippt worden sind.«

Jan Sternberg nahm noch eine Lupe zu Hilfe, betrachtete das ›u‹ und wies dann auf ein großes ›T‹, das an seinem unteren Rand unvollständig war. »Diese beiden Schreibmaschinentypen sind sicherlich im Lauf der Zeit abgenutzt worden oder mal beim Verkanten abgebrochen. Auf jeden Fall stimmen die Schriftbilder überein.«

»Also«, fasste Staatsanwalt Conradi zustimmend zusammen, »können wir davon ausgehen, dass die Anweisung zur Feuerbestattung doch keine Fälschung ist. Auch die Unterschrift des Richters sieht wirklich echt aus. Schade, diesen Baumbach hätte ich gar zu gerne mal drangekriegt.«

Resigniert zuckten Paul Wellmann und Jan Sternberg mit den Schultern, doch ihr Chef wollte noch nicht so schnell aufgeben.

Lindt nahm die Pfeife aus dem Mund und schaute in Richtung des ›Kurzen‹. »Wenn ich mich recht an unser Telefongespräch erinnere, Herr Conradi, dann haben Sie sich doch schon öfter darüber geärgert, dass dieser Anwalt offensichtlich gekaufte Zeugen und gefälschte Beweismittel präsentierte, nur beweisen konnten Sie es ihm bisher nicht.«

Heftig zustimmend nickte der Staatsanwalt: »Es lag schon ein paar Mal quasi auf der Hand, dass die ganze Vorstellung getürkt war, aber so sehr wir uns auch bemühten, der Nachweis dafür war nicht zu erbringen. Dieser Baumbach hat sich dabei schön ins Fäustchen gelacht.«

»Mal sehen«, antwortete der Kommissar und nahm den Telefonhörer in die Hand. »Es kann ja sein, dass die Verfügung mit derselben Schreibmaschine getippt worden ist, wie dieser Artikel hier. Das besagt aber noch gar nichts, denn die Schreibmaschine seines Onkels hatte der Anwalt ja zur Verfügung.«

Er zeigte auf die Unterschrift des alten Richters.

»… sieht zwar täuschend echt aus, aber wenn man nur lange genug übt … Die Schulzeit liegt bei mir ja schon einige Jahrzehnte zurück, aber ich erinnere mich an einen meiner Klassenkameraden. Der hatte ein solches Geschick in der Hand, dass er die Schriftzüge sämtlicher Lehrer und seiner Eltern perfekt nachmachen konnte. Die Unterschrift des alten Baumbach auf dieser Verfügung sieht zwar wirklich echt aus, das gebe ich gerne zu, aber das alles besagt für mich noch gar nichts.«

Es war Lindts immer grimmiger werdendem Tonfall anzumerken, dass er diesen halbkriminellen Anwalt auf jeden Fall zur Strecke bringen wollte. »Ein Element hier wird uns aber auf jeden Fall verraten, ob der Richter wirklich selbst bestimmt hat, im Krematorium zu enden.«

Unter den ungläubigen Blicken seiner Kollegen wählte Lindt eine Nummer, schaltete sein Telefon auf Mithören und begrüßte gleich darauf einen alten Bekannten: »Hallo Ludwig, hier spricht die Abteilung für Mord und Totschlag.«

Noch ehe eine Antwort kam, war allen im Raum sofort klar, dass sich Ludwig Willms, der Leiter der Kriminaltechnik am anderen Ende der Leitung befinden musste.

»Aha«, tönte es flapsig aus dem Lautsprecher, »wie üblich, die Herren kommen nicht weiter und wir vom Labor sind mal wieder die letzte Rettung. Habt ihr denn den Mörder eurer Krankenschwester immer noch nicht gefunden? Ich möchte nur wissen, wofür ihr überhaupt bezahlt werdet.«

»Also bitte, lieber Ludwig, wir sind auf einer total heißen Spur und brauchen dringend deine unschätzbar wertvolle Hilfe«, antwortete Lindt mit betont schmeichelndem Ton. »Wir werden es im Bericht auch dreimal unterstreichen, welch entscheidenden Beitrag die KTU zur Aufklärung des Falles geleistet hat.«

»Du brauchst mir gar nicht so den Bart zu kraulen, Oskar, ich habe nämlich keinen, falls du dich noch erinnern kannst. Bei diesem süßlichen Tonfall muss ich ja doch wieder eine Nachtschicht einlegen. Jetzt red nicht lang um den heißen Brei herum!«

»Brei haben wir nicht, aber einen heißen Kaffee, den besten im ganzen Präsidium, wie unser Staatsanwalt immer sagt. Den kann ich dir versprechen, wenn du das richtige Ergebnis ablieferst. Ich möchte gerne wissen, ob du das Alter von Tinte bestimmen kannst.«

»Das Alter von Tinte …«, wiederholte der Techniker gedehnt und nachdenklich. »Auf der Verpackung steht doch bestimmt ein Produktionsdatum drauf.«

»Natürlich nicht von flüssiger Tinte. Wir müssen das Alter einer Unterschrift bestimmen.«

»Ach so, Tinte auf Papier, tja …« Einige Sekunden schwieg Ludwig Willms. »Ich glaube«, sagte er schließlich, »ich glaube, da gibt es was. Aber ich muss zuerst nachlesen.«

»Danke, genügt schon, bis gleich!«, antwortete Oskar Lindt und legte schnell auf, um nicht noch irgendwelche abwehrenden Äußerungen zu bekommen.

»Wenn ich das richtig verstanden habe«, resümierte Staatsanwalt Conradi, »soll das Labor über das Alter der Tinte bestimmen, wann dieses Schriftstück unterschrieben wurde.«

»Richtig«, bestätigte Lindt, »die Verfügung ist laut Datum vor zwei Jahren geschrieben worden. Falls das Labor jetzt nachweisen könnte, dass die Unterschrift noch nicht so alt ist, ja, möglicherweise erst nach dem Tod des Richters getätigt wurde, dann hätten wir ihn doch!«

»Langsam, langsam«, dämpfte der ›Kurze‹ die Euphorie des Kommissars. »Wir hätten dann zwar ein wichtiges Indiz, aber bis zum Beweis, so hieb- und stichfest, dass ihn ein Gericht anerkennen kann, würde uns leider noch sehr viel fehlen. Erstens müssten wir nachweisen, dass tatsächlich der junge Baumbach und kein anderer dieses Dokument gefälscht hat. Zweitens, dass er es getan hat, um durch die Feuerbestattung seines Onkels eine mögliche Obduktion der Leiche zu verhindern und drittens, dass er dadurch die Spuren eines von ihm begangenen Mordes vernichtet hat.« Conradi stöhnte: »Das wird auf jeden Fall noch ein langer Weg.«

Lindt wurde nachdenklich: »Da haben Sie natürlich Recht, aber in diesem Fall müssten wir es einfach andersrum betrachten. Falls die Prüfung im Labor ergibt, dass die Tinte der Unterschrift tatsächlich so alt ist, wie das Datum des Schreibens angibt, dann ist wenigstens klar, dass wir in dieser Richtung nicht weiter ermitteln müssen.«

»Das wird nicht einfach, Oskar«, begrüßte Ludwig Willms seinen alten Freund. »Möglicherweise brauchen wir sogar die Spezialisten vom LKA.«

»Oje, dann kann es dauern«, stöhnte der Kommissar. Mit der Arbeitsgeschwindigkeit der schwerfälligen Großbehörde in der Landeshauptstadt hatte er nicht die besten Erfahrungen.

Willms beruhigte ihn: »In letzter Zeit haben die ihre schwäbische Gemütlichkeit anscheinend abgelegt. Wir hatten erst vor zwei Wochen eine DNA-Analyse in Auftrag gegeben und das Ergebnis kam schon am nächsten Tag.«

Der Leiter der Karlsruher Kriminaltechnik zeigte seinem Kollegen verschiedene Internet-Seiten, die er auf der Suche nach dem richtigen Vorgehen mittlerweile aufgerufen hatte: »Hier zum Beispiel: Das Alter von Kugelschreibertinte lässt sich gar nicht bestimmen, lediglich in Amerika soll das möglich sein.«

»Prinzipiell«, unterbrach ihn Lindt, »glaube ich nicht alles, was angeblich da drüben in den Staaten passiert und wenn es im Internet steht, gleich zweimal nicht. Du kennst doch die Steigerung: Lüge – Meineid – Internet!«

Beide lachten und der Kommissar fuhr fort: »Außerdem sieht das hier …«, er zeigte auf die Unterschrift des Richters, »… meiner Ansicht nach nicht wie Kugelschreiber aus.«

Willms nahm das Blatt und legte es unter eine große stationäre Leuchtlupe. Nach eingehender Betrachtung bestätigte er die Ansicht des Ermittlers.

»Du hast schon Recht, Oskar. Hier zeichnet sich der Strich der Feder ganz deutlich ab. Diese Unterschrift wurde mit einem Füllfederhalter geleistet. Kugelschreiber scheidet aus, genauso wie auch Tintenroller oder irgendein Faserstift.«

Der Kriminaltechniker ging zurück zu seinem Computer und zeigte auf einige weitere Internet-Artikel. »In der Schweiz haben sie zum Beispiel im Jahr 2000 einmal festgestellt, dass man das Alter von ›Schreib-Einfärbungsmitteln‹ nicht angeben könne. Allerdings ging es da um eine vergleichende Untersuchung. Das LKA Bayern und auch verschiedene private Labore dagegen behaupten, es wäre möglich, das Alter von Dokumenten herauszufinden. Alles in allem finde ich hier recht widersprüchliche Angaben und denke deshalb, wir bringen das Schreiben mal schnell nach Stuttgart und legen es dort den Spezialisten vor.«

Lindt war einverstanden und nach einem kurzen Telefonat mit der zuständigen Abteilung des Landeskriminalamtes meldete er sich bei der Zentrale, um einen Wagen zu bestellen.

»Leider alle Mann im Einsatz«, war die Antwort. Frühestens am Nachmittag würde die Kurierfahrt möglich sein, so dass der Kommissar entweder warten oder jemanden aus der eigenen Ermittlungsgruppe beauftragen musste.

Er entschied sich dafür, selbst zu fahren, damit seine beiden Mitarbeiter ihre begonnenen Arbeiten nicht unterbrechen mussten.

»Außerdem«, verabschiedete er sich von Ludwig Willms, »kann ich ja vielleicht den Spezialisten dort ein wenig über die Schulter schauen.«

»Versprich dir nicht zu viel, Oskar. Beim LKA sind sie etwas eigen, da kannst du nicht gerade ins Allerheiligste reinspazieren, wie hier bei mir. Die lassen sich nicht gern bei der Arbeit beobachten.« Und hinter vorgehaltener Hand fuhr er fort: »Halten sich eben für was Besseres.«

16

Tatsächlich kam es so, wie Willms vorhergesagt hatte. Lindt übergab die Unterlagen, die Verfügung über Feuerbestattung und die Originale des juristischen Fachaufsatzes an den zuständigen Sachbearbeiter. Der machte sich ein paar Notizen und erklärte in eher emotionslosem Ton, man würde sich darum kümmern und wieder Bescheid geben. Der Kommissar versuchte noch die Wichtigkeit der Untersuchung zu betonen, bekam aber nur die kühle Antwort, dass beim LKA alle Angelegenheiten wichtig wären.

»Eins nach dem andern«, meinte der Beamte und erhob sich, um das Gespräch zu beenden und den Karlsruher zur Tür zu bringen.

Ernüchtert stieg der wieder in seinen weinroten Citroën und trat die Rückfahrt an. ›Nein‹, sprach er halblaut vor sich hin und schüttelte den Kopf, ›ob die auch so richtig mit kriminalistischem Herzblut bei der Arbeit sind?‹

Die Fahrerin eines Ford Fiesta hatte das kleine Selbstgespräch des Kommissars wohl beobachtet und schaute ihn kopfschüttelnd mit einem eindeutigen Gesichtsausdruck an.

Nichts wie heim, nahm er sich vor und gab Gas.

Das Autobahnkreuz Stuttgart und auch das Leonberger Dreieck passierte er trotz starkem Verkehrsaufkommen recht zügig, aber kurz nach Pforzheim-West erwischte es ihn dann doch. Der Verkehrsfunk in Lindts Lieblingssender SWR 4 hatte bisher keine Störung gemeldet und dennoch war die Autobahn dicht. Über Funk bekam er schnell Klarheit. Kurz vor der Ausfahrt Karlsbad waren zwei Lkw beim Überholen kollidiert. Einer davon blockierte nun querliegend sämtliche Fahrbahnen. Personenschaden hatte es nicht gegeben und die Kollegen von der Autobahnpolizei waren gerade dabei, die Bergung zu organisieren.

Der Kommissar stellte den Motor ab. Er schätzte, dass bis zur Unfallstelle mindestens fünf Kilometer Vollstau vor ihm lagen und fügte sich in sein Schicksal.

Er senkte beide Seitenscheiben und tastete an die Taschen seiner Jacke. Glücklicherweise fühlte er die Tabaksdose und zwei Pfeifen. ›Also etwas Zeit, um nachzudenken‹, nahm er die unfreiwillige Pause positiv und begann den gepressten Navy-Flake-Tabak zu zerkrümeln.

Es war schon kurz nach zwölf und sein Magen meldete sich, aber leider saß er wie mehrere tausend anderer Fahrzeuge auch in diesem Stau fest. Er hätte natürlich das Magnet-Blaulicht aufsetzen und sich mit Sondersignal eine Gasse bahnen können, aber den Kollegen vorne an der Unfallstelle dann irgendeine erfundene Geschichte zu erzählen, warum es dem Kripo-Kommissar aus Karlsruhe so pressiert, war gar nicht Lindts Stil. Geglaubt hätte es wahrscheinlich doch keiner und vielleicht gab es ja überhaupt kein Durchkommen, bis die Lkws geborgen waren. Er malte sich die Blamage aus, erst mit Tatü-Tata durch zu fahren und dann doch noch warten zu müssen. Die Gesichter der grinsenden und achselzuckenden Kollegen vom Autobahnrevier wollte er sich lieber ersparen.

Der Kommissar drehte das Autoradio lauter und hörte von sechs Kilometern Stau mit zunehmender Tendenz auf der Autobahn A 8 zwischen den Anschlussstellen Pforzheim-West und Karlsbad. Umleitungsstrecken wurden empfohlen, aber die letzte Abfahrt hatte Lindt schon vor einiger Zeit passiert. Es half alles nichts, er saß fest und der Rundfunksprecher verkündete gerade in sonorem Ton, dass die Bergungsarbeiten noch mindestens zwei Stunden andauern würden.

Er betrachtete den ›Sprinter‹, der direkt vor ihm stand und dessen hohe Rückwand die Sicht nach vorne total versperrte. Diese stark motorisierten Kleintransporter verursachten derzeit immer häufiger schwere Unfälle durch überhöhte Geschwindigkeit. Jetzt hatte er allerdings Zwangspause wie alle.

Sechs Kilometer Autoschlange ohne den geringsten Fortschritt. Lindt fühlte sich eingeengt. Vorne der Transporter und auf der Spur neben dem Citroën des Kommissars ein wenig Vertrauen erweckender uralter LUAZ-Lastzug mit ukrainischem Kennzeichen. Glücklicherweise hatte der seinen Ruß speienden Motor zwischenzeitlich abgestellt, so dass Lindts Pfeife die einzige Abgasquelle im Umkreis war, aber die dreckig-dunkelgraue Plane des Sattel-Aufliegers nahm ihm vollständig die Sicht zum Fahrbahnrand. Er kam sich tief unten in seinem Pkw irgendwie eingeklemmt vor. Selbst nach links konnte er nichts sehen. Auf den Leitplanken des Mittelstreifens waren hohe dunkelgrüne Kunststoffelemente als Blendschutz installiert und ließen keinen Ausblick zu.

Oskar Lindts Gedanken kreisten um den Fall Andrea Helmholz und die Worte von Staatsanwalt Conradi. Selbst, wenn die Einäscherungsverfügung gefälscht war, reiche ein Gutachten darüber noch längst nicht aus, den Anwalt festzusetzen.

Und wenn das Schriftstück echt war? Lindt raufte sich das noch erstaunlich dichte Haupthaar. Nur seine Stirn hatte sich schon deutlich nach oben verschoben. Unwillkürlich drehte er in einem Anflug von Eitelkeit den Innenspiegel so, dass er sich darin betrachten konnte.

›Volles Haar und nur noch ein paar Jahre bis zur Pensionierung – mit Ausnahme deines Körpergewichts hast du dich eigentlich ganz gut gehalten‹, sagte er unhörbar zu sich selbst, schaute aber gleich erschrocken herum, ob nicht jemand in den Autos, die hinter ihm standen, seine Selbstbetrachtung bemerkt hatte.

Ach ja, über die Verfügung des alten Richters Baumbach hatte er gerade nachgedacht. ›Irgendwie klammerst du dich gerade daran fest wie ein Ertrinkender an einen Strohhalm – da muss doch noch mehr sein, was die Ermittlungen vorwärts bringt‹, ging ihm durch den Kopf. ›Viel ist es allerdings nicht, was wir bisher haben. Die tote Krankenschwester mit rätselhaft unauffälligem Lebenswandel, ein grüner Fußabdruck auf ihrem Balkon, die eingeschlagene Scheibe, die durchsuchte Wohnung und dann noch der geheimnisvoll blutverspritzte Stadtplan mit den Fingerabdrücken der Ermordeten. Das war's! Keine Anhaltspunkte für ein Motiv, keine Personen, die vom Tod der Frau irgendeinen Vorteil hätten, Geld besaß sie sicherlich auch nicht viel.‹

Lindt hatte das Gefühl, mit seinen Ermittlungen genauso blockiert zu sein, wie momentan mit dem Wagen im Stau. Nichts bewegte sich – weder vorwärts noch rückwärts. ›Ja, rückwärts – vielleicht ist dieses Bild ganz passend, vielleicht haben wir einfach die richtige Ausfahrt verpasst, ein Richtungsschild übersehen, einen entscheidenden Hinweis nicht bemerkt.‹

Er krallte sich mit beiden Händen in die veloursbezogenen Seitenteile des Fahrersitzes und merkte, wie seine Selbstzweifel stärker und stärker wurden. ›Natürlich haben wir eine hohe Aufklärungsrate‹, versuchte er sich zu beruhigen, ›wir liegen mit an der Spitze im ganzen Land.‹ Doch er wusste genau, dass die wenigen unaufgeklärten Fälle seiner nun fast vierzigjährigen Dienstzeit bei passender Gelegenheit immer wieder aus dem Unterbewusstsein auftauchten, um dann als steinerne Mahnmale des Versagens vor ihm zu stehen.

Der alterfahrene Kriminalist dachte daran zurück, wie er vor langer Zeit mit siebzehn Jahren und dem heißen Wunsch, gegen das Unrecht zu kämpfen, in die Polizei eingetreten war. Ein starkes Verlangen nach Gerechtigkeit bestimmte sein Handeln immer noch – auch, wenn sein gemütlich wirkendes Äußeres und der behäbige Arbeitsstil nicht gerade das von der Öffentlichkeit gesuchte Bild eines dynamischen Verbrechensbekämpfers erfüllten.

Der Kommissar rief sich seine zahllosen Ermittlungserfolge ins Gedächtnis zurück, wurde aber dennoch immer nervöser. Er fühlte sich gefangen in diesem Fall, eingeengt durch die Sackgasse, in der er mit seiner Arbeit steckte – genauso gefangen wie in diesem verd… Stau!

Er musste raus, sofort hier heraus!

Reflexartig warf er seine Pfeife in den offenen Aschenbecher, riss, ohne sich umzublicken die Fahrertüre auf und stieg, nein, er sprang auf die Straße. Die erschrockenen Blicke der Familie aus dem Opel hinter ihm sah er glücklicherweise nicht, aber irgendwie fühlte er sich gleich besser, als er aufrecht stand und tief durchatmen konnte. Er drehte sich so, dass die Sonnenstrahlen des Frühlings seinen Rücken wärmten, lehnte sich an den Wagen und schloss für zehn oder zwanzig Sekunden die Augen.

Vielleicht brauchte er ja auch Abstand zu dem Fall, Distanz zu seiner Ermittlungsarbeit, Entfernung, um einen anderen Blickwinkel zu bekommen.

›Oskar, wo bleiben deine unkonventionellen Methoden, auf die du doch selbst so stolz bist?‹

Lindt ging einige Meter nach vorne, als wenn er das Ende des Staus sehen wollte. Nein, das Ende, die Lösung war noch lange nicht in Sicht, aber der Gedanke, dass eine andere Perspektive nötig wäre, eine Zäsur, um an einer neuen Stelle wieder frisch ansetzen zu können, bohrte sich tiefer und tiefer in sein Gehirn.

›Morgen ist Freitag‹, überlegte er. Ein verlängertes Wochenende vielleicht? Ob seine Frau wohl frei bekommen könnte? Aber wohin?

Er schaute nach Süden, ahnte die dunklen tiefen Wälder des Schwarzwaldes und fühlte, dass er dorthin musste.

»Ganz nach oben, Oskar«, antwortete Carla, die er vom Handy aus umgehend anrief. Sie war für spontane Unternehmungen immer zu begeistern und wusste auch sofort, wohin der Wochenendtrip gehen sollte: »Schwarzwaldhochstraße, ›Schliffkopfhotel‹, mal auf alles herunterblicken. Tolle Aussichten hat der Orkan ›Lothar‹ dort vor ein paar Jahren geschaffen. Gemütlich wandern, sich verwöhnen lassen und natürlich gut essen. Das wäre genau das Richtige, damit du auf andere Gedanken kommst.«

Eine kurze Rückfrage bei einer ihrer Chefinnen und zwei Tage Urlaub für Freitag und Montag waren genehmigt.

»Ich freue mich schon sehr«, klang ihre fröhliche Stimme durchs Telefon und hellte damit die Stimmung des Kommissars schlagartig wieder auf.

Auch mit Paul Wellmann waren die beiden Urlaubstage schnell besprochen. Er würde ihn falls nötig vertreten und hatte vollstes Verständnis für die Auszeit, die sein Kollege brauchte.

»Wenn etwas wirklich Wichtiges passiert, könnt ihr mich ja immer noch übers Handy …«, begann Lindt und überlegte es sich aber gleich wieder anders. »Nein, das Handy bleibt aus, ich brauche einfach Abstand.«

Der Kommissar fühlte sich durch die Vorfreude auf das lange Wochenende schon deutlich wohler – trotz des Autobahnstaus. Er zündete seine Pfeife wieder an, genoss die Musik auf SWR 4 und selbst die Meldung in den Vierzehn-Uhr-Nachrichten, dass die A 8 noch weiterhin blockiert sei, nahm er mit Gelassenheit.

Ein Reporter berichtete ausführlich von der Unfallstelle und über die ausgelaufene Ladung des querliegenden Sattelschleppers. Neunzehn Tonnen griechisches Olivenöl in Glasflaschen, die meisten davon zerbrochen und ihr Inhalt auf der gesamten Fahrbahn verteilt – Lindt begann, sich den Kampf Feuerwehr gegen Salatöl vorzustellen und musste bei dem Gedanken unwillkürlich lächeln.

Selbst Carla wunderte sich über den wesentlich heitereren Ton seiner Stimme, als er sie nochmals anrief, um von der schmierigen Autobahn zu erzählen.

Die Hotelbuchung war mittlerweile auch schon vorgenommen und sie konnten sogar am heutigen Abend noch anreisen. »Dann wird es Zeit, dass der Stau sich jetzt endlich auflöst«, kommentierte Lindt die Aussicht auf die bevorstehenden erholsamen Tage und versprach, so bald als möglich heim zu kommen.

»Ich war vollkommen lahm gelegt, nichts ging mehr, weder vorwärts noch zurück«, erzählte er seiner Frau, als sie Baden-Baden auf der B 500 durchquerten. Instinktiv versuchte er das Stau-Erlebnis verbal zu verarbeiten: »Neben mir ein alter dreckiger Ostblock-Laster, vorne die hohe Heckseite eines Transporters und der Mittelstreifen war auch wie eine Wand – fast ein Gefängnis. Da konnte ich es nicht mehr im Wagen aushalten. Raus, nur noch raus.«

»Jetzt weißt du endlich«, lachte Carla, »wie sich deine Kunden fühlen, die du hinter Schloss und Riegel gebracht hast. Die können allerdings nicht so schnell in die Freiheit.«

»Aber oje«, sie setzte eine übertrieben besorgte Miene auf und zeigte nach vorne, »dort kommt der neue Michaelstunnel. Da müssen wir durch. Wirst du das schaffen? Nicht, dass da drin der nächste klaustrophobische Anfall kommt, mein Lieber!«

»Keine Sorge«, Oskar tastete nach ihrer Hand, »alles überwunden.«

Schnell passierten sie die mondäne Kurstadt, durchquerten Lichtental und schraubten sich in ihrem betagten dunkelblauen Diesel Serpentine um Serpentine höher in den Nordschwarzwald hinauf.

Am geheimnisvoll dunkelgrün glänzenden Mummelsee legten sie noch eine kleine Pause ein und gingen Arm in Arm einmal rund herum. Sie waren fast allein auf dem schattigen Spazierweg. »Sonntags wird das hier zu einem richtigen ›Rummelsee‹, alles voller Tagestouristen«, meinte Lindt und beide empfanden die kühle frische Luft als sehr angenehm im Gegensatz zur oft drückenden Schwüle in den Häuserschluchten der Großstadt Karlsruhe.

Eine knappe Viertelstunde später erreichten sie ihr Ziel und bezogen eines der hellen freundlichen Zimmer des nach einem Großbrand vor einigen Jahren wieder neu aufgebauten ›Schliffkopfhotels‹.

»Tolle Aussicht«, schwärmte Carla auf dem Balkon, doch ihr Oskar hatte schon vorher am Restauranteingang einen Blick auf die Speisekarte geworfen.

»Die Aussicht auf einen leckeren Wildhasenrücken in Preiselbeersahne ist aber auch nicht schlecht.«

Mehrere Male wachte Carla Lindt in der Nacht auf. Ihr Mann wälzte sich unruhig von einer Seite auf die andere. Einmal schreckte sie sogar hoch, weil er undeutliche Laute von sich gab und die Bettdecke umklammerte, wie wenn er jemanden festhalten wollte.

Beunruhigend war das für sie allerdings nicht, denn immer, wenn der Kommissar mit seinen Ermittlungen nicht vorwärts kam, kämpfte er sich auf diese Weise durch den Schlaf.

Als er gegen halb sechs Uhr aufwachte, schlich er im Morgenmantel ganz leise auf den Balkon. Er zog die Tür hinter sich zu und genoss bei der ersten Pfeife, wie weit im Osten, wo er die Umrisse der Hochhäuser von Freudenstadt erkennen konnte, die Sonne langsam aufging.

Er wunderte sich selbst, dass er es fertig brachte, längere Zeit nicht an seinen aktuellen Fall zu denken und nur so dazusitzen und sich auf das Ziehen an der Pfeife zu konzentrieren.

Nach einigen erfrischenden Runden im hoteleigenen Schwimmbad schmiedeten die beiden beim Frühstück Pläne für den Tag.

Sie entschieden sich für eine Wanderung in der Nähe und zogen ihre stabilen Schuhe an. Die Tour vom Ruhestein zum Wildsee kannten sie noch von früher. Sonntags waren sie manchmal mit den Kindern hierher gefahren und auf dem schmalen steinigen Weg von der Höhe durch den unberührten Bannwald zum See hinunter geklettert.

An den Anblick der vielen, in den letzten Jahren durch Borkenkäferbefall abgestorbenen Bäume, mussten sie sich erst gewöhnen, aber nach und nach zog sie die Ästhetik der silbergrau, ohne grüne Nadeln und ohne Rinde dastehenden Riesen in ihren Bann.

»Bei uns im Hardtwald räumen die Förster immer gleich auf«, meinte Carla schließlich, »da sieht man gar keine solchen toten Bäume.«

»Genau so«, fuhr es ihrem Mann spontan heraus, »wie auch der junge Baumbach seinen toten Onkel gleich aufgeräumt hat, indem er ihn einäschern ließ.«

»Also bitte, Oskar, jetzt sind wir wohl weit genug entfernt von Karlsruhe, von deinem Mordfall und von diesem unangenehmen Winkeladvokat. Wenigstens bis Montag will ich nichts mehr davon hören!«

»Ist ja gut, entschuldige bitte, aber anscheinend braucht das Abschalten eben seine Zeit.«

»Schau dir lieber die Bäume etwas genauer an«, versuchte sie ihn abzulenken. »Siehst du die vielen Löcher in den Stämmen?«

»Kommen sicherlich von irgendwelchen Käfern, die im toten Holz wohnen.«

Ein großer schwarzer Vogel mit roten Federn auf dem Kopf flog vor ihnen davon.

Carla Lindt war begeistert: »Da Oskar, ein Schwarzspecht, ganz selten, der war schon mal Vogel des Jahres, der holt diese Insekten wieder raus und lebt davon.«

Verwundert schaute der Kommissar seine Frau an. »Woher kennst du denn die Vögel des Jahres?«

»Na, eine meiner Chefinnen in der Anwaltskanzlei, die ist ehrenamtlich stark im Naturschutz tätig. Ihre ganze Freizeit verbringt sie irgendwo draußen und unsere Büros hängen voller Naturfotos. Da bekomme ich zwangsläufig einiges mit.«

»Erwischt«, lachte er, »jetzt bist du es, die von der Arbeit spricht. Lass uns lieber vollends zum See gehen und die Beine im Wasser abkühlen.«

Sie verbrachten eine volle Stunde am moorbraunen Wasser, sprachen dabei nur wenig und merkten nach und nach, wie der Alltag von ihnen abfiel und sie abschalten konnten.

Nach einer Rast an der ›Darmstädter Hütte‹ und eindrucksvollen Ausblicken ins Rheintal kehrten sie am frühen Nachmittag wieder zum Hotel zurück, um sich dort im Wellnessbereich für den Rest des Tages verwöhnen zu lassen.

Genauso erholsam, leider nur viel zu schnell verlief auch der Sonntag. Schwimmbad, Wellness und eine kleine Wanderung, wobei sie fasziniert die leichten kleinen Hinterwälder Rinder betrachteten, die als vierbeinige Landschaftspfleger auf den Schwarzwaldhöhen beim Hotel weideten.

Lindt erinnerte sich, dass er von diesen sympathischen Tieren auch schon gelesen hatte.

»Wie«, wollte seine Frau wissen, »denkst du schon wieder an deine Arbeit? Gab es auch schon Kriminalberichte über diese Rindviecher?«

»Ach, wo denkst du denn hin, Carla, nichts Kriminelles, im Gegenteil, etwas sehr Positives. Im Hotel habe ich es gesehen.«

Sie schaute ihn fragend an.

»Na, auf der Speisekarte natürlich, als saftiges Steak!«

Beim Abendessen bestellte der Kommissar umgehend eines dieser Menüs mit regionalen Zutaten. Carla war eher für Fisch oder Geflügel zu begeistern. Dunkles Fleisch und möglicherweise noch blutig, nein, das war nicht nach ihrem Geschmack. Heute entschied sie sich für Steinpilze mit hausgemachten schmalen Bandnudeln.

Richtig entspannt genossen sie ihr Abendessen und freuten sich über das gelungene Wochenende, als der Kommissar plötzlich aufhorchte. Von irgendwo her hatte er eine Stimme vernommen, die ihm bekannt vorkam. Er hörte auf zu kauen, um besser hören zu können.

»Was hast du denn?«, fragte Carla, der die plötzliche Anspannung in seinem Gesicht nicht entgangen war. »Denkst du etwa schon wieder …?«

Lindt legte schnell den Finger auf seine Lippen. »Psst!«, und neigte seinen Kopf leicht zurück. Durch einen mit wildem Wein berankten Raumteiler drangen Gesprächsfetzen zu ihnen herüber, allerdings konnten sie nicht sehen, wer an den Tischen auf der anderen Seite des Ganges saß.

Langsam weiteressend versuchte der Kommissar – und als solcher fühlte er sich instinktiv wieder – der Unterhaltung zu folgen.

Zwei Personen, ein Mann und eine Frau.

Aussprache und Tonfall der männlichen Stimme ließen ihn rätseln, wo er diesen Klang schon einmal gehört hatte.

Die Frau sprach recht leise, aber ab und zu meinte Lindt, den Hauch eines osteuropäischen Akzents herauszuhören.

Es schien so, als würden die beiden einen erfolgreichen Geschäftsabschluss feiern.

»… nichts Besonderes, so wird das oft gemacht, aufbauen und dann zu einem guten Preis verkaufen, da gibt es viele Beispiele …«

»…aber meinst du wirklich, dass unsere Firma so viel wert ist?«

Ein leicht zweifelnder Unterton lag in der Stimme der Frau.

»… wenn man die Statistik und die Alterspyramide anschaut … auf jeden Fall eine zukunftsträchtige Branche …«

»… das müssen die drei Käufer ja glauben, sonst hätten sie uns nicht so viel Geld bezahlt …«

»… darfst nicht den Kundenstamm, die erfahrenen Mitarbeiter und unseren guten Ruf vergessen …«

»Ja schon, aber unsere Bekanntheit haben wir ja auch meiner Tätigkeit zu verdanken und außerdem, wenn die wüssten …«

»Ach was«, die Stimmlage des Mannes wurde resoluter, »das konnte niemand merken, völlig unauffällig und nur der Natur etwas nachgeholfen …«

Lindt zuckte zusammen. ›Was sollte diese Bemerkung bedeuten? Wobei wurde hier nachgeholfen?‹

Die Unterhaltung der beiden Unsichtbaren am Nebentisch verstummte für einige Zeit und der Kommissar überlegte krampfhaft, woher er die Stimme des Mannes kannte. Hatte er sich schon einmal mit ihm unterhalten, vielleicht bei einer Vernehmung?

Kurz dachte er darüber nach, unauffällig zur Toilette zu gehen, um dabei einen Blick auf das Paar zu erhaschen. Die Gefahr, erkannt zu werden, war ihm dann aber doch zu groß, denn er wurde das Gefühl nicht los, dass bei den beiden etwas faul war.

Er entschied sich schließlich dafür, einfach weiter zuzuhören. Irgendwann würde er bestimmt draufkommen, wem diese Stimme gehörte.

Carla Lindt missfiel das gespannte Horchen ihres Mannes. Sie wollte gerade etwas Entsprechendes sagen, da kam er ihr zuvor – »Lass bitte, ich erkläre es dir später« – und konzentrierte sich weiter darauf, dem Gespräch von nebenan zu folgen.

»Hat es Ihnen geschmeckt?« Der Kellner unterbrach Lindts Lauschangriff.

»Prima, wirklich erstklassig«, lobte er sein Steak. »Sagen Sie, stammt das Fleisch wirklich von den Tieren da draußen? So zart – trotz diesem rauen Klima hier oben? Und was diese Hinterwälder alles fressen, wir haben sie beobachtet, lauter so borstiges hartes Zeug, also mir würde das nicht schmecken.«

Der Kellner lachte: »Ehrenwort, alles von hier, wir kennen jedes Rind mit Namen. Die verbringen den ganzen Sommer auf den Weiden dort drüben. Ja und was das Futter anbelangt, das landet quasi umgewandelt und zum Steak veredelt auf den Tellern unserer Gäste.«

Lindt schmunzelte: »Hervorragend, Kompliment an den Küchenchef. Der versteht sein Handwerk wirklich.«

Carla nickte zustimmend: »Meine Pilze waren auch ganz hervorragend. Sagen Sie bloß, die sind auch noch selbst gesammelt?«

»Leider nicht, aber unsere langjährigen Lieferanten versorgen uns immer mit erstklassiger Ware«, antwortete der Ober und griff nach den Tellern, um abzuräumen.

»Hoppla«, Lindt machte noch eine ausweichende Bewegung, doch es war schon passiert. Ein winziger Spritzer Soße verzierte jetzt sein Hemd.

Der Kellner war absolut untröstlich und entschuldigte sich mehrmals für die Ungeschicklichkeit.

»Ach, nicht so schlimm, das geht beim nächsten Waschen wieder raus«, wollte Carla abwehren, doch sicherlich ging es dem Ober gegen die Berufsehre. Zudem hatten mehrere Kolleginnen schon herübergeschaut und so bestand er darauf, das Gericht von der Rechnung zu nehmen.

Lindt tauchte einen Zipfel der vornehmen Stoffserviette in sein Mineralwasserglas und wollte damit den Soßenfleck wieder entfernen.

»Oskar, nein, lass das bloß! Du machst es nur noch schlimmer. Ist doch nicht das einzige Hemd, das du dabei hast.« Carla war genervt. Erst das Belauschen der Leute am Nebentisch und dann noch dieses unmögliche Benehmen.

»Meines Wissens ist ›Versuchte Fleckentfernung‹ aber nicht strafbar«, begann ihr Mann die Situation wieder zu entspannen.

»Dafür sollte man einen extra Paragraphen ins Strafgesetz aufnehmen, gleich nach der ›fahrlässigen Hemdverschmutzung‹«, flachste sie zurück, »aber wahrscheinlich ziehen sie das dem armen Ober jetzt vom Gehalt ab.«

Sie hatte sich wieder weitgehend beruhigt, da bemerkte Lindt, dass er vom Nebentisch gar nichts mehr hörte.

»Die werden doch nicht ...«

Schnell stand er auf und machte ein paar Schritte, um seitlich an dem Raumteiler vorbeispähen zu können. Tatsächlich, ›Mist‹, durchfuhr es ihn, der Tisch war leer.

»Kann ich Ihnen helfen?« Unbemerkt war der Ober von hinten herangetreten und hatte Lindt beim Um-dieE-cke-Schauen ertappt.

»Äh, nein ...«, stotterte er und es war ihm ganz unangenehm, quasi ›in flagranti‹ erwischt worden zu sein, »ich wollte nur ... also ... ach, nichts.«

Schnell fing er sich aber wieder und versuchte, die Situation auszunutzen. »Die Leute, die dort saßen ...«, sagte er zum Kellner und zeigte auf den leeren Tisch, »der Stimme nach meinte ich sie zu kennen, aber ich kam nicht drauf. Wissen Sie vielleicht, wer ...«

»Bedaure«, schüttelte der Ober mit dem distinguierten Blick eines altenglischen Butlers den Kopf, »völlig unbekannt und außerdem hat dort eine Kollegin serviert.«

»Das hast du nun davon«, schalt zu allem Überfluss auch noch Carla, als ihr Mann an den Tisch zurückkehrte. »Herumspionieren mag man in solch vornehmen Häusern nun mal gar nicht.«

»Gesagt hätte er es mir ohnehin nicht, die sind hier alle sehr diskret«, ließ er sich schulterzuckend wieder auf seinen Stuhl sinken.

Den schweren dunkelgrauen Wagen, der eben draußen vor dem Hotel wegfuhr, bemerkte er leider nicht mehr.

17

»Richtig gut erholt sieht er aus, unser Chef«, stellte Jan
Sternberg fest, als Lindt am Dienstag wieder ins Präsidium kam. Auch Paul Wellmann pflichtete ihm bei:
»Doch, Oskar, du hast Farbe bekommen. Darf man fragen, wo …?«

Bereitwillig berichtete der Kommissar vom verlängerten ›Wander – Wellness – Schlemmer-Wochenende‹ auf
den Schwarzwaldhöhen. »Und gestern auf der Rückfahrt
noch ein kleiner Bummel durch Baden-Baden, wunderbar,
die Lichtentaler Allee, und weiter an der Oos entlang …«

»Aha«, Jan Sternberg grinste, »waren auch ein paar
Runden Roulette im Kasino angesagt?«

»Rien ne va plus, meinst du wohl, nein, nein, ich hatte
gar keine Krawatte mitgenommen, aber wenn wir schon
beim Thema sind: Was macht denn die Spielleidenschaft
unseres Herrn Rechtsanwalts?«

»Ja, in der Spielbank hättest du den nicht treffen können«, antwortete Paul Wellmann. »Wir haben mal durch
unsere Baden-Badener Kollegen auf Verdacht nachfragen
lassen. Die haben dann tatsächlich die Auskunft bekommen, dass sich ein Herr Rechtsanwalt Baumbach aus Karlsruhe vor mehr als zwei Jahren freiwillig hat sperren lassen.«

Lindt pfiff durch die Zähne: »Freiwillig?«

»Ganz freiwillig, aber zuvor war er dort ein häufiger
Gast, intern nur ›Zocker-Baumbach‹ genannt.«

»Was ist denn das für ein Name? Der passt ja sicherlich nicht zur vornehmen Spielbank-Atmosphäre in der Kurstadt?«

Wellmann berichtete kurz über die Recherchen der Kollegen, die von den Croupiers nicht viel Schmeichelhaftes über die recht rüden Umgangsformen des Anwalts erfahren hatten. Vor allem bei größeren Verlusten, die wohl im Lauf der Zeit immer häufiger wurden, hatte er damals recht heftige Wutanfälle bekommen und musste einige Male durch das Sicherheitspersonal von den Roulette-Tischen entfernt werden.

»Aber trotzdem hat er sich freiwillig sperren lassen?«, hakte Lindt nochmals nach.

»Da diskutieren wir gerade zwei Möglichkeiten, Chef«, warf Jan Sternberg schnell ein. »Entweder kam er damit der Blamage zuvor, von der Spielbank auf die Schwarze Liste gesetzt zu werden oder ...«

»Oder was?«, fragte der Kommissar gespannt.

»Oder sein reicher Onkel bemerkte den Grund, wieso er kurz vor dem Bankrott war und hat kein Geld mehr rausgerückt.«

»Ach so, ja, ich verstehe, was ihr meint. Geld vom Alten gab's nur unter der Bedingung, dass sich der Neffe sperren ließ.«

»Genau und deswegen hält er sich jetzt bloß noch in Automaten-Spielhallen auf. Dort sind die Verluste nicht so hoch.«

Langsam war Lindt wieder mit dem Fall vertraut. Er stellte sich ans Fenster und stopfte seine größte Pfeife.

»Habt ihr auch die Spielbank im Elsass überprüft? Heißt der Ort nicht Bad Niederbronn?«

»Mussten wir gar nicht, denn über die Grenze kann

sich der feine Herr Anwalt keinesfalls trauen. Unsere französischen Kollegen würden ihn sofort in Arrest nehmen. Da wartet irgendeine komplizierte Geldforderung von früher auf ihn, die aber in Deutschland nicht eingetrieben werden kann. Angeblich aus Grundstücksspekulationen, die vor Jahren in die Hose gingen ...«

»Das wird ja immer besser mit dem Kerl. Habt ihr noch was über ihn herausgefunden? Vielleicht etwas, um ihn mal achtundvierzig Stunden hier festzusetzen?«

Paul Wellmann machte eine bekümmerte Miene: »Leider nichts Passendes, eher das Gegenteil davon.«

»Wie, etwas Entlastendes?«, schnaubte Lindt und blies eine dicke Rauchwolke an die Decke.

Wellmann nickte: »Der alte Baumbach wurde doch eingeäschert und in dem Zusammenhang ist mir eingefallen, dass dabei immer eine zweite Leichenschau vorgeschrieben ist.«

»Habt ihr den Arzt aufgetrieben?«

Wellmann nickte.

»Und, mit welchem Ergebnis?«

»Auch der hat nichts Außergewöhnliches feststellen können. Natürliche Todesursache steht in beiden Totenscheinen.«

Lindt unterdrückte einen Kraftausdruck und zuckte nur mit den Schultern. »Wäre ja auch zu schön gewesen ...«

»Andererseits, Chef«, meldete sich Jan Sternberg wieder. »Ganz sollten wir diese Spur noch nicht aufgeben, denn falls der alte Richter erstickt worden ist, zum Beispiel mit einem Kissen – das hätte nur bei einer richtigen Obduktion entdeckt werden können.«

»Richtig Jan, du machst mir wieder Mut«, nickte Lindt

anerkennend. »Bei einer normalen Leichenschau ganz leicht zu übersehen.«

»Von den fünf anderen Todesfällen, die zu den Blutstropfen auf dem Stadtplan passen, ist übrigens auch keiner obduziert worden«, warf Paul Wellmann ein.

»Macht nur so weiter, dann ist meine ganze Erholung gleich wieder dahin«, schüttelte Lindt mit wenig glücklichem Gesichtsausdruck seinen Kopf. »Wir können es drehen und wenden, wie wir wollen. Es geht einfach nicht vorwärts. Ob der Richter und die alten Leute gewaltsam gestorben sind, wissen wir nicht, alles nur Spekulation, und ob es einen Zusammenhang mit dem Mord an der Schwester Andrea gibt, ist auch eher fraglich. Vielleicht sollten wir doch in ihrem Umfeld weiter ermitteln. Noch mehr Arbeitskolleginnen befragen zum Beispiel …«

Paul Wellmann zuckte zusammen: »Ach, gut, dass du das Stichwort gibst, Oskar. Die Pflegekräfte dort haben jetzt einen neuen Arbeitgeber.«

»Wie meinst du das?«

»Doch, du hast schon recht gehört. Kam ganz groß in der Samstagszeitung, redaktionell und als viertelseitige Anzeige. ›Pflegedienst Weinbrecht‹ heißt jetzt ›Die Pflegeprofis‹. Das Geschäft ist anscheinend an drei Krankenschwestern verkauft worden, die sich damit selbständig gemacht haben. Existenzgründung sozusagen.«

Irritiert runzelte Lindt die Stirn. Er versuchte, die Befragung des Pflegedienst-Inhabers ins Gedächtnis zurückzurufen.

Einige Sekunden lang sagte er gar nichts, dann riss er die Augen auf, schlug sich mit der flachen Hand an die Stirn, ließ sich schwer atmend in Jan Sternbergs Bürostuhl fallen und ächzte nur: »Ich Esel, da hätte ich doch draufkommen müssen.«

Fassungslos schauten die Kollegen ihren Chef an. Paul Wellmann fand als Erster wieder Worte: »Oskar, ist dir nicht gut? Was hast du? Was meinst du mit ›draufkommen müssen‹?«

Lindt antwortete nicht. Mindestens eine Minute lang schüttelte er nur mit geschlossenen Augen den Kopf, dann stand er auf und goss sich einen Milchkaffee ein.

»Wenn mir nur eingefallen wäre, woher ich die Stimme kannte und wenn der Kellner mir nicht das Hemd verkleckert hätte.«

Wellmann und Sternberg begannen am Geisteszustand des Kommissars zu zweifeln.

»Das Hemd verkleckert?«, kam von beiden wie aus einem Mund.

Lindt fasste sich wieder und begann von dem zufällig mitgehörten Gespräch zu berichten. Nach und nach erinnerte er sich an die Einzelheiten. Dass von einer zukunftsträchtigen Branche die Rede war und vom Aufbau der Alterspyramide. Natürlich, zukünftig würde es immer mehr pflegebedürftige Senioren geben, ein stetig wachsender Markt eben.

Der Ausdruck von ›viel Geld‹, das für die Firma erlöst worden war, fiel ihm wieder ein, genauso aber auch die Gesprächsfetzen, die sein Misstrauen ausgelöst hatten.

Lindt musste intensiv nachdenken und trank dazu gewohnheitsmäßig seinen zwischenzeitlich abgekühlten Milchkaffee mit großen Schlucken leer.

Die Frauenstimme mit dem leicht östlichen Akzent kam ihm wieder in den Kopf: ›wenn die wüssten …‹

Und dann was der Mann gesagt hatte: ›konnte niemand merken, unauffällig, nur der Natur etwas nachgeholfen …‹

Diese Stimme gehörte eindeutig Weinbrecht, Lindt war sich jetzt ganz sicher: »Wenn dem Ober das Malheur nicht passiert wäre, dann hätte ich vielleicht noch mehr mitbekommen, aber dass da irgendwas faul ist, war mir sofort klar.«

Er machte eine kurze Pause, bevor er von der Soße auf seinem Hemd berichtete.

»Und danach waren sie weg!«

»Wie weg?«, wollte Sternberg wissen.

»Gegangen halt, verschwunden, abgehauen, was weiß denn ich – hoffentlich nicht, weil sie meine Stimme erkannt haben«, sorgte er sich.

»Und an dieser einen Bemerkung willst du gemerkt haben, dass bei denen etwas nicht stimmt?« Es machte den Eindruck, als wollte Paul Sternberg die Weinbrechts in Schutz nehmen. »Das kann doch allerlei bedeuten, ein paar Worte, so aus dem Zusammenhang gerissen.«

Sein Chef ließ sich aber nicht von dem Gedanken abbringen. »Ihr hättet es hören sollen, es klang irgendwie … na, wie soll ich's ausdrücken … so verschwörerisch, kriminell halt und dann noch mit diesem östlichen Klang in der Sprache.«

»Ein osteuropäischer Akzent? Das würde allerdings passen, Oskar. Laut Presse stammt die Frau Weinbrecht aus Kroatien, lebt aber schon fast zwanzig Jahre hier in Deutschland.«

Er kramte im Papierkorb und zog die zerfledderte Samstagsausgabe der ›Badischen Neuesten Nachrichten‹ hervor, die er extra mit ins Büro gebracht hatte, um seinen Kollegen den Bericht von der Übernahme des Pflegedienstes zu zeigen. Schließlich hatte er doch mit Lindt zusammen Harald Weinbrecht vor einigen Tagen befragt und war immer noch begeistert von der Arbeit des Kinderhilfsvereins.

»Hier steht es ganz deutlich!« Wellmann zeigte auf den vorletzten Absatz des Artikels und begann vorzulesen: »… wollen sich nun in Kroatien, dem Heimatland von Branka Weinbrecht, ganz der Arbeit in den Waisenhäusern der ›Kindernothilfe Südost‹ widmen.«

»Edel, edel«, kommentierte sein Vorgesetzter mit erhobenen Augenbrauen. »Geben ihre florierende Firma im sicheren Deutschland auf, um sich nur noch mit dem Elend der Kriegswaisen abzugeben.«

»Also bitte, Oskar, sei doch nicht so sarkastisch!« Paul Wellmann war empört über die zynische Bemerkung seines Kollegen. »Dieser Verein ist eine sehr anerkannte Institution und wird von vielen bekannten Persönlichkeiten gefördert. Die tun wirklich gute und wichtige Arbeit.«

»Ist ja recht, Paul. Die Waisen brauchen Hilfe, darüber gibt es keinen Zweifel, aber trotzdem geht mir dieses Gespräch nicht aus dem Kopf. Irgendwas ist da faul. Ich kann es förmlich riechen.«

Jan Sternberg schaltete sich ein: »Vielleicht wollte die Frau ja einfach wieder zurück in ihre Heimat – ist doch immer schön warm da unten.«

»Ja, besonders warm wird's, wenn unter dir eine Mine explodiert. Diese grausamen Kriege haben so viele Opfer gefordert … am stärksten leiden sowieso immer die Kinder«, stellte Paul Wellmann nochmals mit Nachdruck fest und fast hätte man meinen können, er wäre selbst in dem Hilfsverein aktiv.

»Wie ich schon sagte, Paul, ich bin ganz deiner Meinung, aber wir müssen weiterkommen«, beendete Oskar Lindt die Diskussion. »Ich möchte nochmals alle Informationen über die Weinbrechts haben. So schnell es geht, bitte. Pflegedienst, Kindernothilfe, persönliches Umfeld, Verwandte, finanzielle Situation, Immobilien, einfach alles, was sich irgendwie herausfinden lässt – auch international.«

Jan Sternberg machte sich sofort ans Werk, während Lindt und Wellmann zum Wagen eilten, um in Hagsfeld die Situation im Hause Weinbrecht zu checken.

Außer den beiden großen Möbel-Lastzügen im Hof war bei den Gebäuden des Pflegedienstes auf den ersten Blick fast alles unverändert. Ein Ford-Ka, der noch das alte Firmenlogo trug, wurde gerade von Mitarbeitern einer Autolackiererei abgeholt, wahrscheinlich, um sein neues Outfit zu bekommen.

›Die Pflegeprofis‹ stand bisher nur am Türschild. Die große Weinbrecht-Leuchtreklame über der Bürotüre war abmontiert worden und lehnte umgedreht seitlich am Haus.

Die beiden Kommissare gingen zum Privateingang und betätigten mehrfach aber erfolglos die Klingel.

Ganz anders, als sie es am Büro versuchten. Kaum hatte Wellmann den Knopf gedrückt, als die Tür auch schon stürmisch aufgerissen wurde. Eine vielleicht vierzigjährige Frau in peinlich sauberer weißer Berufskleidung und leuchtend kastanienroter Kurzhaarfrisur begrüßte sie.

»Hallo, hier sind Sie richtig bei den Pflegeprofis. Womit können wir Ihnen helfen? Ich bin übrigens Schwester Linda.«

Noch bevor einer antworten konnte, wurden sie auch schon hereingenötigt.

»Starkes Geschäftsinteresse«, konstatierte Lindt halblaut zu seinem Kollegen, während beide in die Firmenräume traten und ohne sich vorzustellen, antwortete er der Pflegekraft: »Ob Sie uns helfen können, wissen wir nicht, denn eigentlich suchen wir …«

»Bestimmt Herrn Weinbrecht«, fiel ihm die Krankenschwester ins Wort.

»Ja, genau …«, antwortete er und wollte erklären, aber schon wieder war die Frau schneller: »Leider nicht mehr da, meine beiden Kolleginnen und ich haben den Pflegedienst übernommen.«

›Hui‹, dachte der Kommissar, ›wenn die genauso schnell pflegt, wie sie spricht, dann muss man doch an der Arbeitsqualität und Gründlichkeit etwas zweifeln.‹

Lindt zeigte sich überrascht: »Ich war einige Tage in Urlaub, aber letzte Woche war er noch …«

»Seit gestern«, lächelte ihn die Schwester an und ihr Gesichtsausdruck spiegelte eine Mischung aus Enthusiasmus und der Vorfreude aufs große Geld wider. »Zwanzig Jahre angestellt im Krankenhaus und endlich selbständig, ein tolles Gefühl!«

»Das kann man Ihnen direkt ansehen«, schaltete sich Paul Wellmann ein. »Na dann, herzlichen Glückwunsch zur Eröffnung und allzeit genug … äh … was kann man denn wünschen? Genug bettlägerige Patienten vielleicht?«

Sie verzog das Gesicht: »Über mangelnde Arbeit können wir uns nicht beklagen, denn die Pflegeheime sind sehr teuer und deshalb werden immer mehr alte Leute zuhause gepflegt – sicherlich zukunftsträchtig.«

»Was macht denn der Herr Weinbrecht jetzt?«, lenkte Lindt das Gespräch flugs in eine andere Richtung.

»Also momentan zieht er gerade aus«, zeigte die Krankenschwester auf die Umzugswagen. »Wir brauchen nämlich das ganze Haus, um noch eine Tagespflege einzurichten.«

Sie schien lieber über ihre Firma, als über den Vorgänger zu sprechen.

»Und wo zieht er hin?«, fragte der Kommissar etwas gedehnt und überdeutlich, um endlich zu erfahren, was er wissen wollte.

»Soviel ich weiß, direkt nach Jugoslawien, also nein, so heißt das ja nicht mehr. Kroatien glaube ich, da, wo seine Frau die Kinderheime verwaltet. Haben Sie doch bestimmt schon gehört: ›Kindernothilfe‹ oder so.«

»Ach ja, vielen Dank«, nickten beide Kommissare fast synchron und beeilten sich zu gehen, um einem weiteren schnellen Wortschwall zu entkommen.

Nur unter der Tür machte Lindt nochmals kehrt, um zu erfahren, ob das Ehepaar Weinbrecht schon ganz abgereist wäre.

»Sie ist bereits gestern geflogen, aber er müsste eigentlich noch in der Stadt sein, um die letzten Formalitäten abzuwickeln.«

»Haben Sie vielleicht seine Handynummer?«

»Leider nicht, aber was möchten Sie denn von ihm, vielleicht könnten wir …?«

Fluchtartig strebten die Kripo-Beamten zu ihrem Dienstwagen, um über Funk schnell das Autokennzeichen von Weinbrecht zu erfragen.

»Fahndung?« Die beiden blickten sich an und nickten fast gleichzeitig: »Ja, Fahndung!«

Lindt gab die entsprechenden Anweisungen, betonte aber, dass nach dem Mercedes-Geländewagen nur unauffällig und ohne großes Aufsehen gesucht werden dürfte. Der Fahrer werde lediglich als wichtiger Zeuge gesucht.

Das Handy des Kommissars meldete sich und zeigte die Büronummer von Jan Sternberg an.

»Die Stuttgarter haben gerade angerufen«, berichtete er ganz erregt. »Wegen der Analyse der Schriftstücke.«

Lindt erinnerte sich mit Unmut gleich wieder an die ernüchternde Abfertigung im LKA vom vergangenen Freitag, als er den juristischen Fachaufsatz des alten Richters Baumbach und dessen Einäscherungsverfügung dort abgegeben hatte, um beide vergleichen zu lassen.

»Und – die Ergebnisse?«, antwortete er in einem etwas harschen Ton, der Sternberg zum Stottern brachte.

»Ja, also ... die ... die ...«

»Was denn jetzt? Ach, Entschuldigung Jan, mir ist nur gerade wieder eingefallen, wie unpersönlich die mich dort behandelt haben, aber das habe ich euch ja noch gar nicht erzählt.«

Sternberg war erleichtert, dass sich der ungewöhnliche Tonfall nicht auf ihn und seine Arbeit bezog und gab schnell die Analyseergebnisse durch: »Die Tinte, mit der die Verfügung zur Feuerbestattung unterschrieben war, Fabrikat ›Lamy‹ übrigens, muss älter als zehn Jahre sein. Damals hat sich die Rezeptur geändert. Das haben die Spezialisten herausgefunden. Auch das Papier ist schon mindestens genauso alt. Beide Dokumente sind auf demselben Papier getippt worden – auch mit derselben Schreibmaschine. Alles passt. Wann genau die Unterschrift auf das Papier kam, konnte aber leider nicht näher angegeben werden.«

»Schade, da hatte ich mir etwas Hoffnung gemacht«, antwortete Lindt ernüchtert, als sein Mitarbeiter kurz innehielt. Kein Anhaltspunkt für eine Fälschung – und diesen windigen Rechtsanwalt hätte er doch zu gerne einmal auf der Anklagebank gesehen.

»Das ist aber noch nicht alles, Chef. Das Beste kommt jetzt«, setzte Sternberg seinen Bericht fort und der Kommissar horchte wieder auf. »Das Alter der Unterschrift ist zwar fraglich, aber der Schriftzug selbst – eine einwandfreie Fälschung! Die vom LKA sind sich da ganz sicher!«

Paul Wellmann hatte über den Lautsprecher der Freisprechanlage mitgehört und war genauso verblüfft wie sein Kollege.

Beide schauten sich nur sprachlos an. Jetzt gab es plötzlich zwei Verdächtige. Einer fälscht die Unterschrift und lässt seinen Onkel schnell einäschern, um eine mögliche Obduktion zu verhindern und der andere ist gerade im Begriff, sich nach Südosteuropa abzusetzen.

»Hallo Chef, sind Sie noch dran?« Jan Sternbergs Stimme ertönte.

»Natürlich, wir haben alles genau mitgehört. Jetzt kommt ja plötzlich Bewegung in die Angelegenheit.«

Er dachte kurz nach.

»Paul und ich statten dem Herrn Rechtsanwalt nun mal schnell einen Besuch ab und dann wollen wir hoffen, dass die Schutzpolizei auch den guten Weinbrecht bald findet.«

»Nicht mehr nötig«, rief Paul Wellmann dazwischen, »da kommt er schon.«

Er zeigte auf den dunkelgrauen Mercedes M-Klasse, der eben in den Parkplatz des Pflegedienstes einbog.

»Na also, dann wollen wir mal«, meinte Lindt und öffnete die Fahrertür, um auszusteigen.

Diese Bewegung musste Weinbrecht erfasst und die beiden Kommissare blitzartig erkannt haben, denn mit aufheulendem Motor und quietschenden Reifen wendete er und raste wieder zurück auf die Straße.

»Jan, hörst du noch? Er flüchtet!«, rief Paul Wellmann in das Mikrofon des Autotelefons, während Oskar Lindt das Gaspedal des Sechszylinders ganz durchdrückte, um die Verfolgung aufzunehmen.

Magnetblaulicht aufs Dach, Signalhorn eingeschaltet und die Zentrale per Funk um Verstärkung gebeten – routiniert unterstützte Beifahrer Wellmann seinen Chef, obwohl solche Einsatzfahrten in Lindts Team wirklich die Ausnahme waren.

In derartigen Fällen bediente er sich lieber der Schutzpolizei oder den Einsatzkommandos, die mehr Übung hatten.

Nun jedoch gab es keine Wahl und mit höchster Konzentration jagten die beiden Kommissare dem flüchtenden Geländewagen nach.

Auf der breit ausgebauten Landstraße nach Blankenloch verringerte sich der Abstand zunehmend.

»Gleich haben wir ihn, Oskar«, stieß Wellmann hervor, doch dann bog Weinbrecht zur Waldstadt und dort in Richtung Eggenstein ab. In den engen Kurven neigte sich der hohe Mercedes-Jeep so abenteuerlich zur Seite, dass die Verfolger fürchteten, er werde jeden Augenblick umkippen, doch die Bordelektronik schien ihn davor zu bewahren.

»Der will uns bestimmt in den Wald locken und dort abhängen. Auf der Straße kriegen wir ihn, das weiß er genau«, keuchte Lindt, während auch er waghalsig durch die Kurven jagte.

Kaum ausgesprochen, bewahrheitete sich diese Vermutung schon. Nahezu ungebremst schlidderte der schwere Wagen quer über die Straße, bog im rechten Winkel in einen Waldweg ein und raste dort weiter. Glücklicherweise war der Abstand noch so groß, dass Lindt rechtzeitig abbremsen und einigermaßen sicher abbiegen konnte.

Zwei Radfahrer sahen die Wagen kommen und zogen eine Notbremsung im Grünen der sicheren Kollision vor. Kopfschüttelnd konnten sie es nicht fassen, dass mitten im Wald ein weinroter Citroën mit Blaulicht einen großen Geländewagen verfolgte.

Den nächsten Querweg nutzte Weinbrecht gleich wieder, um seine Verfolger abzuschütteln. Der Kommissar driftete in bester Rallye-Manier hinterher, allerdings mit Heimvorteil, denn die Wege nahe der Waldstadt kannte er vom Radfahren und Spazieren gehen natürlich wie seine Westentasche. Dennoch schien der Verfolgte den Abstand etwas vergrößern zu können. Erneut bog er ab und war kurzzeitig aus dem Blickfeld der Verfolger verschwunden.

Ein lautes Krachen! Instinktiv nahm Lindt die unübersichtliche Abzweigung mit verringerter Geschwindigkeit und konnte seinen Wagen gerade noch zum Stehen bringen.

Ein Langholzlastzug beim Beladen stand mitten im Weg. Den Kommissaren stockte der Atem. Der graue Mercedes steckte schräg eingekeilt hinter dem Nachläufer des Lkws unter den nach hinten ragenden Baumstämmen.

Sie hasteten nach vorne.

Weinbrecht hing in seinem Sicherheitsgurt zusammengesunken und regungslos auf dem Fahrersitz. Vor ihm der schlaffe weiße Sack des Airbags, daneben die zerbrochene Seitenscheibe und knapp über seinem Kopf das eingedrückte Dach.

Er öffnete die Augen, als er die Beamten bemerkte. Kein Ton kam über seine Lippen, aber auf den ersten Blick waren weder Blut noch größere Verletzungen zu bemerken.

Die verbogene Fahrertür ließ sich nicht öffnen und auch die Beifahrerseite klemmte.

Weinbrecht zeigte keine Reaktion, als Lindt versuchte, ihn anzusprechen. Lediglich ein hasserfüllter Blick stand in den Augen des Verunglückten. Ein krasser Gegensatz zur gewinnenden Freundlichkeit des sympathischen und seriös wirkenden Geschäftsmannes, der die Kommissare noch vor einigen Tagen so beeindruckt hatte.

Der Fahrer des Langholzlasters war von seinem Ladekran abgestiegen und schnell herbeigeeilt.

»Die Türen gehen nicht auf«, rief Wellmann ihm zu. »Haben Sie eine Brechstange dabei?«

Er nickte und hatte in Windeseile ein langes Eisen herbeigeschafft. Zu zweit schafften sie es nach mehreren Anläufen und mit lautem Krachen öffnete sich die Beifahrertür.

Lindt hatte mittlerweile seine Dienstpistole entsichert und sich seitlich postiert.

»Sind Sie verletzt, oder können Sie hier aussteigen?«

Langsam begann Weinbrecht, sich zu bewegen, kletterte mühsam über die Mittelkonsole hinweg, kroch vom Beifahrersitz und richtete sich am Türholm auf.

»Haben Sie irgendwelche Beschwerden?«, fragte Lindt nochmals, und als Weinbrecht den Kopf schüttelte, schlossen sich zur Sicherheit erst einmal Paul Wellmanns Handschellen um seine Gelenke.

Lindt forderte dennoch Rettungsdienst und Notarzt an, um kein Risiko einzugehen. Eine nicht erkannte innere Verletzung konnte übel ausgehen. Automatisch setzte auch das Polizeirevier Waldstadt zwei Streifenwagen in Marsch. Aufgrund seiner guten Ortskenntnis konnte der Kommissar den uniformierten Kollegen am Funk die Lage der Unfallstelle ganz genau beschreiben.

Er nahm eine Wolldecke aus dem Kofferraum des Dienstwagens und breitete sie auf dem Waldboden aus.

Schweigend setzte sich Weinbrecht darauf, liegen wollte er nicht.

Pflichtgemäß belehrte Wellmann ihn über seine Rechte und erklärte ihn für vorläufig festgenommen.

»Wieso um alles in der Welt sind Sie denn nur vor uns abgehauen?«, wollte Lindt wissen, aber er bekam keine Antwort.

Weinbrecht schwieg und schloss die Augen.

Die Beamten nahmen das Fahrzeug und die Umgebung näher in Augenschein.

Die Kiefernstämme auf dem Lkw hatten den Wagen regelrecht eingekeilt. Bis zum Boden war gerade so viel Platz, dass der Mercedes erst darunter passte, dann oben am Dach streifte und dadurch immer mehr abgebremst wurde.

»Glück im Unglück«, konstatierte Wellmann.

Der Fahrer des Holztransporters nickte. »Der hat genau die richtige Höhe. Vor vier Jahren ist mir auf der Autobahn ein Sprinter hintendrauf, so ein überschneller

Kleintransporter. Dort sitzt man höher, meine Ladung beim Fahrer leider in Brusthöhe. War sofort tot, nichts mehr zu machen, kein schöner Anblick.«

Alle schwiegen betreten.

»Ein normaler Pkw hätte unter dem Stammholz durch gepasst und wäre hinten auf den Anhänger geprallt«, malte sich Wellmann aus, was mit ihnen hätte geschehen können.

»Bei der Geschwindigkeit hat es für ihn …«, Lindt versuchte den Unfallhergang zu rekonstruieren und schaute zu dem am Boden sitzenden Weinbrecht, »… und seinen schweren Wagen einfach nicht mehr gereicht. Wegen dem dichten Unterholz konnte er nicht um die Abzweigung sehen und dann war der Bremsweg eindeutig zu lang.«

»Und keine Chance, auszuweichen!« Sein Kollege zeigte auf die noch nicht verladenen Kiefernstämme, die auf beiden Seiten des Waldweges neben dem Lastzug gestapelt waren.

Die Sirenen der Rettungsfahrzeuge waren in der Ferne zu hören und kamen schnell näher.

18

Rechtsanwalt Baumbach saß gerade bei Latte Macchiato in einem sonnigen Straßencafé nahe seiner Kanzlei und überlegte, wie er den weiteren Tag angenehm gestalten könnte. Aktuelle Fälle hatte er im Moment nicht. Ohne Klienten kein Einkommen, das war bis vor wenigen Wochen noch seine Hauptsorge gewesen, aber dank der Erbschaft, die ihm der Onkel hinterlassen hatte, brauchte er sich den Tag nicht mit dem Gedanken an Arbeit zu verderben.

Selbst nach Abzug der Erbschaftssteuer waren noch mehr als 900.000 Euro übrig und auch der Verkauf des Hauses musste eine gute halbe Million einbringen.

Eine vernünftige Anlage für das große Vermögen hätte sich angeboten, aber momentan dachte er mehr daran, wofür er es ausgeben könnte. Das fabrikneue Saab-Cabrio war seine erste Anschaffung gewesen und die lächerlich geringe Summe von 40.000 Euro, die er in der Spielbank von Konstanz an einem Abend verloren hatte, bereitete ihm keinerlei Kopfzerbrechen.

Ein Penthouse schwebte ihm vor – oder sollte er doch die Hypothek für seine jetzige Wohnung ablösen?

Eine Reise nach Amerika vielleicht? Das Spielerparadies Las Vegas war schon lange der Traum seiner schlaflosen Nächte gewesen. Gigantische Gewinnchancen lockten in der riesigen Wüstenstadt.

Er merkte, wie ihn das Zockerfieber wieder packte. Die Schmach, sich in Baden-Baden sperren zu lassen, wo ihn doch jeder kannte, saß immer noch tief. Dass sein Onkel so etwas von ihm verlangt hatte, würde er ihm nie vergessen.

Jetzt allerdings ... ein volles Bankkonto entschädigte wieder für die erlittenen seelischen Grausamkeiten.

Alt genug war der Richter ja auch schon gewesen ... und seine angeschlagene Gesundheit ... eine echte Erlösung ... gut, dass er so überraschend und trotzdem so friedlich eingeschlafen war ...

Leider entdeckten zwei vorbeifahrende Kriminalbeamte den in der Sonne sitzenden und vom Geldausgeben träumenden Rechtsanwalt, was eine schlagartige Verschlechterung seiner gerade noch so angenehmen Situation bedeutete.

»Herr Baumbach, schön, Sie hier zu treffen«, begrüßte ihn der Kommissar. »Wir kennen uns ja schon. Lindt, Oskar Lindt, Kripo Karlsruhe, Dezernat für ungeklärte Todesfälle. Auch an meinen Kollegen Wellmann erinnern Sie sich bestimmt noch – Stichwort Hausbesichtigung.«

Zögerlich ergriff der Anwalt Lindts ausgestreckte Hand und bot den beiden Kommissaren einen Platz an.

»Eigentlich wollten wir Sie bitten, uns zu begleiten«, meinte Lindt und blieb stehen.

»Begleiten? Wieso? Wohin? Ich habe viel zu tun!« Baumbachs Miene verfinsterte sich zunehmend und zwei große senkrechte Zornesfalten bildeten sich über seiner Nasenwurzel.

»Wir würden uns gerne auf dem Präsidium etwas eingehender mit Ihnen unterhalten.«

»Und worüber bitte?«, stieß der Anwalt nun ganz ungehalten hervor.

Lindt dagegen blieb völlig ruhig: »Das Ableben Ihres werten Herrn Onkels bedarf noch einiger Aufklärung.«

»Wenn ich mich weigere, mitzukommen?« Baumbachs Gesichtsausdruck entgleiste wieder für einen kurzen Moment und verriet, dass er genau wusste, was auf ihn zukam.

»Das würden wir im Moment leider nicht akzeptieren«, verkündete Paul Wellmann und ließ seine Handschellen gerade so weit aus der Jackentasche hervorschauen, dass Baumbach sie bemerken musste.

»Sie dürfen Ihren Kaffee aber gerne in Ruhe austrinken, wir haben wirklich genügend Zeit«, erklärte Lindt betont liebenswürdig und setzte sich, um eine Pfeife zu stopfen.

Die Fahrt ins Karlsruher Polizeipräsidium verlief zwar schweigend, aber auch ohne Zwischenfälle. Es schien so, als wolle jeder sich eine Strategie für die kommenden Stunden zurechtlegen. Hauptkommissar Lindt machte sich intensive Gedanken, wie der aalglatte Jurist am besten zu packen wäre und der Anwalt überlegte, wie er der Polizei möglichst schnell wieder entrinnen, aber dennoch alle Verdachtsmomente entkräften konnte.

Die zwei Kriminalisten strebten mit Baumbach direkt den fensterlosen Verhörraum an, um ihn dort bei mitlaufendem Tonbandgerät zu befragen. Staatsanwalt Conradi war informiert worden und beobachtete die Geschehnisse durch die einseitig verspiegelte Glasscheibe an der Stirnseite des Raumes.

Zuerst wurde der Rechtsanwalt gebeten, ohne dass man ihm näher erklärte warum, einen halbseitigen Text von Hand abzuschreiben. Das Blatt sollte sofort nach Stuttgart ins Landeskriminalamt gefaxt werden, um einen Vergleich mit der gefälschten Unterschrift auf der Verfügung zur Feuerbestattung des alten Richters durchführen zu können.

Baumbach hatte sich dafür entschieden, alles mitzumachen, um bloß kein Missfallen zu erregen. Schnell wieder entlassen würde er nur, wenn es ihm gelang, sich voll kooperativ zu zeigen und sonst den absolut Ahnungslosen und Unschuldigen zu spielen. Sein aufbrausendes Verhalten im Straßencafé ärgerte ihn im Nachhinein sehr und er nahm sich vor, nicht wieder in diesen Ton zu verfallen.

Selbst als man ihn nach dem Schrifttest vertröstete, es würde bald weitergehen und er dennoch über eine Stunde allein mit einer Plastikflasche voll Mineralwasser im Verhörzimmer warten musste ließ, protestierte er nicht.

»Etwas schmoren lassen kann nicht schaden«, begründete Lindt diese Wartezeit gegenüber dem Staatsanwalt, dem ›Kurzen‹, zu dem er sich hinter die Spiegelscheibe gesetzt hatte. »Außerdem soll das Ergebnis der Schriftanalyse vom LKA bald eintreffen. Falls die gefälschte Unterschrift tatsächlich von ihm da stammt, wäre das noch ein weiteres Indiz.«

Der ›Kurze‹ hatte Bedenken. Zu gerne hätte er diesem windigen Anwalt eines ausgewischt, aber er war immer noch der Meinung, die bisherigen Fakten würden einen Haftbefehl nicht rechtfertigen.

»Da macht kein Untersuchungsrichter mit«, wandte er sich an den Kommissar. »Alles noch zu dünn und sehen Sie nur ...«, er zeigte durch das Glas auf den seelenruhig dasitzenden Baumbach, »... das steht ihm doch ins

Gesicht geschrieben. Der weiß genau, wie die Beweislage ist.«

»Ach was«, wischte Lindt die Bedenken weg. »Als Profizocker fällt es dem nicht schwer, ein richtiges Pokerface aufzusetzen. Und außerdem, Herr Conradi, Sie finden doch bestimmt einen Richter, den er in einem Prozess mal so richtig geärgert hat. Ich bin sicher, dass es da einige gibt, die diesen Winkeladvokaten dort mit Hochgenuss eine Weile festsetzen würden.«

Jan Sternberg hatte die Schriftprobe in hoher Auflösung an die Spezialisten nach Stuttgart gefaxt und gleich anschließend noch eingescannt und als E-Mail verschickt.

Das Ergebnis sollte binnen einer Stunde eintreffen.

Unter Aufsicht eines uniformierten Polizeibeamten wurde Baumbach zurückgelassen und die beiden Kommissare samt Staatsanwalt stärkten sich erst einmal in der Kantine für die bevorstehende Schlacht.

Erleichterung machte sich breit, als nach der zugesagten Bearbeitungszeit tatsächlich das Ergebnis vom LKA eintraf und die Vermutung der Karlsruhe Kriminalisten bestätigte.

Ohne langes Herumreden konfrontierte Lindt den Rechtsanwalt mit dieser Tatsache.

Der aber gab sich völlig ahnungslos und überrascht. Das müsse bestimmt ein Irrtum sein, ja, vielleicht hätten sein Onkel und er ein ähnliches Schriftbild, schließlich seien sie nahe Verwandte, bestimmt eine Verwechslung, die sich bald zum Positiven aufklären würde.

Außerdem hätte sein Onkel schon vor vielen Jahren festgelegt, nach seinem Tod einmal verbrannt zu werden.

»Bitte, Herr Hauptkommissar«, fuhr der Anwalt fort, »welches Interesse sollte ich denn daran haben, diese Verfügung zu fälschen?«

»Dazu kommen wir später noch.« Der Kommissar wollte nicht gleich alle Karten auf den Tisch legen.

»Bitte erzählen Sie uns nochmals ganz ausführlich, wo Sie waren, als ihr Onkel gestorben ist.«

Baumbach überlegte kurz: »So, wie sein Hausarzt mir sagte, muss er wohl am späten Abend gestorben sein. Zu dieser Zeit war ich längst zuhause.«

»Zeugen dafür?«

»Leider nein, ich lebe alleine.«

»Ein Nachbar vielleicht, dem Sie auf der Treppe begegnet wären?«

»Tut mir Leid, ich glaube nicht, dass mich jemand gesehen hat.«

»Schade, schade«, schüttelte der Kommissar den Kopf. Der Anwalt hatte nun zwar kein Alibi für den möglichen Todeszeitpunkt des alten Richters, aber einen Beweis, dass seine Angaben falsch waren, ließ sich ebenso wenig erbringen.

»Zuhause habe ich allerdings ferngesehen.« Mit dem Lächeln eines Spielers, der ein falsches As aus dem Ärmel zieht, unterbrach Baumbach die kurze Reflexion des Kommissars. »Erst im Zweiten das ›Heute-Journal‹ und später dann den Krimi. Mit der Kieler Kommissarin – sehr fähige Ermittlerin übrigens – ›Tod am Norwegenkai‹, toller Film, erinnern Sie sich?«

»Leider zu wenig Zeit, um fernzusehen, ich habe hier den ganzen Tag Krimi-live«, brummte Lindt ärgerlich, denn er bezog die spitze Bemerkung ›sehr fähige Ermittlerin‹ auf sich und den unbefriedigenden Stand seiner eigenen Arbeit.

Er machte eine kurze Notiz, das Fernsehprogramm des betreffenden Abends zu überprüfen, war sich aber schon ziemlich sicher, dass diese Sendung zu der fraglichen Zeit gelaufen war.

›Hat bestimmt damit gerechnet, einmal nach seinem Alibi gefragt zu werden‹, ging dem Kommissar durch den Kopf. Der Anwalt konnte zwar einfach das TV-Programm studiert und sich das Wichtigste gemerkt haben, aber widerlegbar war auch diese Aussage nicht.

»Danach sind Sie bestimmt gleich zu Bett gegangen?«

»Woher wissen Sie …, Herr Kommissar?«, grinste Baumbach ebenso süffisant wie arrogant.

Lindt ging nicht darauf ein: »Und vorher? Wie war Ihr Abend, wo haben Sie ihn verbracht?«

»Ich kam direkt von meinem Onkel, den ich in der letzten Zeit öfter besucht hatte. Ich erwähnte es ja bereits – gesundheitlich war er recht angeschlagen und als sein einziger Verwandter habe ich ein paar Mal in der Woche nach ihm gesehen. Meist abends, so zwischen acht und neun. Da können Sie auch gerne die Nachbarn dort befragen …«

›Wahrscheinlich nur, um ihn anzupumpen‹, wäre dem Kommissar fast herausgerutscht. Eine solche Bemerkung schluckte er lieber schnell hinunter, da er sich schon die Dienstaufsichtsbeschwerde vorstellen konnte, mit der dieser windige Jurist auf eine derartige unbedachte Äußerung reagieren würde.

»Also, noch mal von vorn«, fuhr Lindt mit der Vernehmung fort. »Besuch bei Ihrem Onkel.«

Baumbach nickte.

»Dem ging es um neun Uhr abends noch gut.«

Ein weiteres Kopfnicken.

»Dann direkt nach Hause gefahren und ab vor den Fernseher.«

»Um halb zehn war ich ungefähr daheim«, vervollständigte der Jurist ganz beflissen die Angaben.

»Haben Sie nichts gegessen?« Lindt ging bei dieser Frage von sich selbst und seinem abendlichen Appetit aus.

»Am Abend verzichte ich meist. Ich möchte auf meine Linie achten …«

Schon wieder eine spitze Bemerkung, die den Kommissar persönlich traf, vor allem, weil der Anwalt dabei nochmals das freche Grinsen aufsetzte und unverhohlen auf den deutlich erkennbaren Bauchansatz seines Gegenübers blickte.

Paul Wellmann wusste, dass sein langjähriger Kollege bei derartigen Anspielungen besonders empfindlich war und fragte dazwischen: »Was hat Ihr Onkel denn an diesem Abend gemacht? Er besaß ja keinen Fernsehapparat.«

»Als ich kam, war er wie so oft im Arbeitszimmer und las in seinen Büchern oder Fachzeitschriften. Häufig hat er auch an alte Freunde geschrieben. Ich habe ihm dann meistens einige Kleinigkeiten im Haushalt erledigt und fast immer hatten wir ein interessantes Gespräch über rechtliche Themen.«

›Ach wie edel, der fürsorgliche Neffe‹, fast hätte Oskar Lindt ausgesprochen, was er dachte. ›Hilft nach einem harten Arbeitstag im Büro noch seinem alten kranken Onkel, und die juristischen Themen der Unterhaltungen, die haben sich sicherlich um einen beinahe bankrotten, spielsüchtigen Rechtsanwalt gedreht.‹

Wellmann fragte weiter: »Wie stand es an diesem Abend gesundheitlich bei ihm? Hat er über irgendwelche Beschwerden geklagt? Manchmal kündigt sich der Tod auch schon einige Zeit vorher an.«

»Sie meinen, mein Onkel hätte den Sensenmann bereits kommen sehen? Nein, überhaupt nicht, er war putzmunter, ich hatte keinen Grund zur Sorge. Seine Beine zwar, die machten ihm wie immer schwer zu schaffen, doch das Medikament zur Blutverdünnung wollte er partout nicht einnehmen, so sehr sein Hausarzt und ich auch darauf drängten.

»Ging er regelmäßig zum Arzt?«

»Manchmal bestellte er sich ein Taxi, aber nur, wenn es unbedingt sein musste. In der Regel kam der Arzt einmal in der Woche auf einen kurzen Hausbesuch.«

Lindt hatte eine Idee und schaltete sich ein: »Dauerte es lange, bis er Ihnen am fraglichen Abend die Tür öffnen konnte? Eine Sprechanlage habe ich an dem Haus nicht bemerkt.«

»Mir als einzigem Angehörigen hatte er natürlich schon längst einen Schlüssel gegeben, damit er sich nicht so plagen musste.«

Beide Kommissare nickten verständnisvoll und freuten sich, wieder ein kleines Indiz gesichert zu haben. Einerseits klang es logisch, dem nächsten Verwandten einen Hausschlüssel zu geben – andererseits konnte ein potentieller Mörder sich so natürlich völlig unbemerkt Zutritt verschaffen.

»Ja, Herr Baumbach, wir müssen jetzt noch mal eine kleine Pause machen«, beendete Lindt das Verhör vorerst und zeigte auf Kaffee und Kekse, die mittlerweile gebracht worden waren. »Bitte, bedienen Sie sich doch!«

Die zwei Kriminalbeamten verließen den fensterlosen Raum, um sich mit dem Staatsanwalt zu beraten.

»Meinen Sie nicht, es gäbe jetzt genügend Anhaltspunkte, um ihn für eine Weile festzusetzen?«

Conradi zögerte: »Gut, er hätte ein starkes Motiv, nämlich Geld, das er dringend brauchte, um seinen drohenden Bankrott zu verhindern. Dann der eigene Hausschlüssel, mit dem er jederzeit und ungehindert Zutritt zum Haus des Richters hatte. Für sein Tatzeit-Alibi hat er keine Zeugen, sondern kann nur das Fernsehprogramm nennen und nicht zu vergessen die gefälschte Unterschrift auf der Einäscherungsverfügung.«

»Das müsste doch wirklich reichen«, drängte Lindt. »Wir brauchen endlich mal wieder einen Erfolg, auch wegen der Öffentlichkeit.«

Der kleine Staatsanwalt wiegte bedenkenschwer seinen Kopf und zeigte durch die einseitig verspiegelte Glasscheibe auf den Anwalt. »Sehen Sie sich doch mal den Gesichtsausdruck an. Dieser Baumbach ist sich seiner Sache so sicher, dass ich wirklich zweifle, ob er es gewesen ist. Was meinen Sie, wie der uns alle durch den Kakao zieht, wenn wir ihn zu Unrecht einsperren. Das wäre gar nicht auszudenken. Da macht der die größte Publicity daraus und wir stehen nachher im Regen. Ich weiß wirklich nicht – die Beweislage ist einfach noch zu unsicher. Hat denn die Spurensicherung nichts ergeben?«

»Ach was«, Lindt reagierte mehr und mehr genervt. »Spu-Si, das hat doch jetzt keinen Wert mehr. Die Leiche ist restlos verbrannt und im Haus des alten Baumbach gibt es natürlich jede Menge Spuren von seinem Neffen. Schließlich ist er ja auch der Erbe. Nein, so kommen wir nicht weiter. Ich wäre für Untersuchungshaft. Irgendwann wird er bestimmt gestehen.«

Conradi war mit diesem Vorschlag nicht glücklich: »Sie wollen also wirklich die Daumenschrauben ansetzen?«

»Nein, so brutal sicherlich nicht«, antwortete der Kommissar, »aber wir würden uns freuen, wenn Sie wenigstens den Versuch machen würden, die ganze Angelegenheit mit einem Richter zu besprechen. Vielleicht gibt es ja einen, der den alten Baumbach noch gekannt hat oder einen, der kurz vor der Pension steht, und den das Risiko, diesen windigen Anwalt ein paar Tage oder Wochen zu Unrecht einzusperren, nicht sehr belasten würde.«

»Also gut, ich lasse mich breitschlagen, ich werde mein Möglichstes tun«, erklärte der Staatsanwalt und setzte noch ganz grimmig hinzu: »Verdient hätte der da drin es auf jeden Fall!«

»Bravo, Herr Conradi, das hören wir gerne!« Jan Sternberg stand in der Tür und applaudierte. Er hatte die letzten Sätze gerade noch mitbekommen.

»Was gibt es Neues, Jan«, forderte ihn Lindt auf, zu berichten. »Es interessiert unseren Staatsanwalt bestimmt auch.«

Sternberg berichtete Aktuelles von Harald Weinbrecht, dessen spontane Flucht vor den beiden Kommissaren unter den Stämmen des Langholzlasters geendet hatte.

»Diese spektakuläre Verfolgungsjagd, Chef – alle Achtung übrigens, in Ihrem Alter und dann noch mit so einer Franzosenschaukel von Dienstwagen …

Der Kommissar unterbrach ihn mit gespielter Entrüstung: »Was soll das heißen, in meinem Alter und mit meinem Wagen? Das musste jetzt mal wieder sein, damit ihr Jungen nicht meint, wer jenseits fünfzig ist, gehört in den Innendienst. Und was meinen großen Citroën angeht, der hat wirklich gezeigt, was er kann. Aber sag doch, hast du etwas vom Krankenhaus gehört? Wie geht es dem Weinbrecht?«

»Zum Glück keine größeren Personenschäden. Der Airbag muss ihn wohl vor Schlimmerem bewahrt haben. Nur eine leichte Gehirnerschütterung und ein paar Prellungen. Zwei Tage Klinik, dann darf er wahrscheinlich wieder raus.«

Lindt hatte zwei Beamte der Schutzpolizei in das Karlsruher Städtische Klinikum beordert, um Weinbrecht rund um die Uhr zu bewachen und war jetzt sichtlich erleichtert, dass der Unfall so glimpflich ausgegangen war.

Direkt nachdem der Verletzte mit dem Rettungswagen abtransportiert worden war hatte er noch vom Wald aus über Handy angeordnet, das gesamte Umzugsgut der Weinbrechts zu beschlagnahmen. Die beiden vollen Möbellastzüge wurden zur Polizeitechnik beordert, damit die Spurensicherung alles gründlich unter die Lupe nehmen konnte. Auch die leeren Wohnräume ließ der Kommissar untersuchen.

»Die Kollegen sind dran. Zu viert laden sie die Lkws aus, die haben vielleicht eine Laune ...«

Sternberg hatte diesen Satz gerade beendet, als die Tür aufflog und ein sich bitterlich beschwerender KTU-Chef in den Raum stürzte.

»Oskar, was hast du dir denn dabei schon wieder gedacht?«, begann Ludwig Willms loszuschimpfen. »Jetzt kann meine ganze Abteilung sich im Möbelpacken üben. Vier große Fahrzeuge ausräumen, zwei Motorwagen und zwei lange Hänger, also das ist doch nun wirklich zuviel des Guten. Wir können doch nicht nur für deine Abteilung arbeiten. Es gibt ja schließlich noch mehr zu tun. Weißt du denn, wie lange wir dazu brauchen?«

»Aber Ludwig«, amüsierte sich Oskar Lindt über seinen echauffierten alten Freund Willms. »Ich wollte doch nur, dass ihr mal wieder richtig etwas zu tun bekommt. Immer nur Fingerabdrücke vergleichen, das ist doch auf die Dauer sehr langweilig. Erst die schweren Möbel fordern den ganzen Mann. Da könnt ihr auch glatt zwei Wochen Fitness-Studio sparen.«

Diese kleine Gehässigkeit gegenüber dem durchtrainierten Sportler hätte sich der Kommissar besser sparen sollen, denn die Retourkutsche kam sofort.

»Wenn ich dich so anschaue, mein lieber Freund«, tätschelte Willms den Bauch seines Kollegen, dann nehme ich dich am besten gleich mit. Zwei Tage schwitzen und du hast drei Kilo weg.«

»Zum Glück haben wir hier auch noch wichtige Vernehmungen durchzuführen.« Lindt zeigte durch die Glasscheibe auf den wartenden Anwalt Baumbach. »Da kann ich euch leider nicht beim Möbelschleppen helfen.«

»Das ist doch dieser … dieser … na, wie heißt er denn noch?« Willms versuchte sich zu erinnern.

»Baumbach, lieber Ludwig, Rechtsanwalt Baumbach, der Neffe vom alten Richter. Du weißt doch noch, die Verfügung zur Feuerbestattung. Übrigens ist die Unterschrift gefälscht und zwar von ihm da. Die Stuttgarter haben es uns vorhin bestätigt.«

»Na also, dann waren wir doch auf der richtigen Spur! Nehmt ihr ihn in U-Haft?«

»Ich habe schon noch einige Bedenken, ob sich ein Richter findet, der uns den Haftbefehl ausstellt«, warf Staatsanwalt Conradi ein. »Aber ich werde mein Möglichstes tun. Momentan behalten wir ihn auf jeden Fall noch hier.«

Der ›Kurze‹ wandte sich zum Gehen und auch der Leiter der Kriminaltechnik strebte zur Tür, blieb jedoch kurz vorher noch stehen. »Ach, Oskar, warum ich eigentlich gekommen bin. Könntest du uns deinen jungen Mitarbeiter für ein paar Stunden ausleihen? Wir haben wirklich alle Hände voll zu tun, um die ganzen Umzugskisten zu durchsuchen.«

Er wandte sich direkt an Sternberg: »Sie sind doch in Sachen EDV ganz fit, wenn ich recht weiß. Wir haben auch zwei Computer im Umzugsgut gefunden und müssten mal dringend checken, was da alles drauf ist.«

Sternberg schaute zu seinem Vorgesetzten, doch Lindt nickte und hatte nichts gegen eine abteilungsübergreifende Arbeit. »Du hast ja ohnehin schon einiges über diese Weinbrechts recherchiert. Da kannst du in der KTU grad damit weitermachen.«

Sternberg freute sich, denn solche Aufgaben übernahm er immer sehr gerne. »Was ich bisher herausgefunden habe, liegt auf ihrem Schreibtisch, Chef. Allerdings ist nichts Auffälliges dabei – leider.«

Er zuckte mit den Schultern und verschwand zusammen mit Willms in Richtung KTU.

»Also, Paul«, wandte sich Lindt dann an seinen Kollegen. »Was machen wir jetzt?«, doch diese Frage beantwortete er sich umgehend selbst. »Natürlich ins Krankenhaus fahren! Wir müssen ja endlich mal nach Weinbrecht sehen, wo wir ihn doch so gejagt haben.«

»Gut, dass dieser Langholzlaster zur rechten Zeit am rechten Ort stand. Sonst hätte der uns im Wald mit seinem

Geländewagen bestimmt abgehängt«, meinte Paul Wellmann, als sie kurze Zeit später das Klinikum ansteuerten.

Lindt nickte bloß. »Manchmal brauchen wir eben auch ein wenig Glück, sozusagen einen Zufall zur richtigen Zeit. Es war ja auch purer Zufall, dass ich im Hotel dieses Gespräch zwischen Weinbrecht und seiner Frau mitbekommen habe.«

Sein Kollege blätterte während der Fahrt im Bericht, den ihnen Jan Sternberg erstellt hatte.

»Hier steht, dass diese Frau Weinbrecht aus Ex-Jugoslawien stammt, aus Kroatien genauer gesagt.«

»Das wundert mich nicht, Paul. So einen leicht östlichen Einschlag in ihrer Aussprache habe ich beim Lauschen deutlich bemerkt.«

»Die ist uns wohl durch die Lappen gegangen.« Er zeigte auf Sternbergs Bericht: »Jan hat noch die Bestätigung vom Frankfurter Flughafen bekommen, dass sie schon gestern Abend nach Zagreb abgeflogen ist.«

»Das ist natürlich blöd, aber wir haben ja noch den Mann, den guten Harald. ›Pflegedienst Weinbrecht – Mit Herz und Verstand‹, meinte Lindt, als er auf den Parkplatz des Klinikums einbog, »jetzt wollen wir ihn doch mal fragen, warum er denn so schnell vor uns abgehauen ist.«

19

Die beiden Kriminalkommissare erreichten die Unfall-
chirurgie, wo ein uniformierter Polizist neben der letzten
Zimmertür des Ganges auf einem Stuhl saß und Wache
hielt.

»Na, gibt's was Neues?«, begrüßte ihn Lindt.

Der Schutzmann zuckte die Schultern. »Er schweigt
und schweigt und ...«

»Ist ja gut«, unterbrach ihn der Kommissar. »Wir
schauen mal rein. Ach, wo ist denn Ihr Kollege? Ich hatte
doch zwei Beamte bestellt.«

»Leider die meiste Zeit auf dem Klo. Der Kartoffelsalat
bei seinem Mittagessen war wohl nicht mehr ganz frisch.«

»Kann ja mal vorkommen«, brummte Lindt und öffnete die Tür zum Krankenzimmer.

Ein Schreck durchfuhr ihn.

Das Zimmer war leer.

»Der ist weg!« Lindt war außer sich, so dass er das
Geplätscher aus der Dusche, die vom Zimmer abgeteilt
war, nicht bemerkte.

Der Kommissar beruhigte sich erst, als ihn Paul Wellmann darauf hinwies.

»Na dann ... ich hatte schon gedacht ...«

Ein Windstoß ließ einen nicht geschlossenen Fenster-
flügel auffahren.

Schlagartig ahnte Lindt Schlimmes.

Mit drei großen Schritten erreichte er die Dusche, riss die Tür auf und … Nichts! Die Kabine war leer, nur das Wasser hatte jemand laufen lassen.

Der Kommissar hastete zum offenen Fenster und warf einen Blick nach draußen. Erster Stock, nicht so hoch, neben dem Fenster das Fallrohr der Regenrinne und darunter einige hohe Sträucher.

So eine Blamage!

Vor seinem geistigen Auge sah der Karlsruher Chef-Ermittler schon die Schlagzeilen in den ›Badischen Neuesten Nachrichten‹: ›Verdächtiger flieht trotz Bewachung aus Klinikum‹ – ›Polizei versagt – Mutmaßlicher Mörder entkommt.‹ – ›Ist unsere Stadt noch sicher?‹

»Paul, mach Meldung an die Zentrale«, forderte der Kommissar schwer schnaufend seinen Kollegen auf. »Ich kann nicht.« Lindt musste erst einmal durchatmen und ließ sich krachend auf einen der dünn gepolsterten Krankenhausstühle fallen.

Der Schutzpolizist hatte alles mitbekommen und wäre am liebsten in den Erdboden versunken und auch sein Kollege, der zwischenzeitlich von seinem siebten Toilettengang zurückgekehrt war stand ganz bedeppert in der Ecke.

Weit konnte Weinbrecht noch nicht gekommen sein, denn erst vor knapp zehn Minuten hatte er seinen beiden Bewachern gesagt, dass er jetzt unter die Dusche wollte.

»Wo sollen wir suchen, wo finden wir ihn am ehesten?« Lindt stellte diese Frage mehr an sich selbst, als an die anwesenden Kollegen.

»Er musste ja damit rechnen, dass sein Verschwinden innerhalb einer Viertelstunde entdeckt würde«, überlegte Paul Wellmann.

»Und …?«, fragend schaute Hauptkommissar Lindt zu den beiden Uniformierten. »Was hätten Sie an seiner Stelle gemacht?«

»Ja … also … ich …«, begann der eine zu stottern, aber der andere antwortete schnell: »Weg, nichts wie weg. So schnell und unauffällig wie möglich.«

Sein Kollege ergänzte: »Am besten mit der Straßenbahn. Untertauchen irgendwo in einer Menschenmenge.«

»Also auf geht's, vielleicht steht er noch an der Haltestelle!« Der Kommissar hielt das zwar nicht für wahrscheinlich, aber so konnte er die beiden wenigstens loswerden.

So schnell wie möglich entfernten sich die zwei Uniformierten.

Lindt ergänzte die von Paul Wellmann veranlasste Fahndung noch mit der Überwachung aller in Frage kommenden Stadtbahnen und des Hauptbahnhofes. Gleichzeitig wurde ein Bild Weinbrechts, das Jan Sternberg bei seiner Computerrecherche gespeichert hatte, zu den Polizeidienststellen der Umgebung gemailt.

Über Funk ging eine detaillierte Personenbeschreibung an alle Einsatzkräfte und jedes verfügbare Fahrzeug wurde in die Umgebung des Städtischen Klinikums beordert, um dort Streife zu fahren.

Die Taxizentrale informierte alle ihre Wagen im Stadtgebiet und sogar die Rettungsleitstelle gab die Meldung an die Fahrer der Krankenwagen weiter.

Die lokalen Radiosender brachten alle Viertelstunde einen Aufruf an die Bevölkerung und meldeten, dass ein unter dringendem Tatverdacht stehender Untersuchungshäftling aus dem Krankenhaus geflohen sei.

Nichts hasste Oskar Lindt so sehr, wie wenn derartige Pannen in der Öffentlichkeit bekannt wurden, aber in diesem Moment war die Polizei auf die Mithilfe aufmerksamer Bürger angewiesen.

Eine Hundertschaft der Bruchsaler Bereitschaftspolizei suchte das ganze Areal des Klinikums ab, denn zumindest theoretisch bestand ja die Möglichkeit, dass sich Weinbrecht noch in irgendeiner Besenkammer versteckt hielt, um abzuwarten, bis der Sturm sich gelegt hatte.

Die beiden Kommissare verfolgten die Jagd nach dem Flüchtigen von der mobilen Einsatzzentrale aus. Der mit modernster Funk- und Kommunikationstechnik ausgestattete Transporter wurde auf dem Klinikumsgelände stationiert und diente als Koordinationsstelle für alle an der Suche beteiligten Kräfte.

Die einzige positive Nachricht war der Anruf von Staatsanwalt Tilmann Conradi. Es war ihm tatsächlich gelungen, für den Rechtsanwalt Baumbach einen Haftbefehl zu bekommen.

›Unter Zurückstellung größerer Bedenken‹, hatte es der Richter formuliert, als er unterschrieb. Zwar sei die Beweislage ziemlich dürftig, aber zutrauen würde er es diesem Winkeladvokaten, seinen eigenen Onkel aus Geldgier vorzeitig ins Jenseits zu schicken.

Gezielt hatte Conradi einen Richter ausgewählt, für den der Name Baumbach schon sehr negativ vorbelastet war.

Vor einigen Jahren war gegen eine Gruppe von Autoschiebern verhandelt worden. Baumbach verteidigte die drei aus dem Halbweltmilieu stammenden Berufsganoven und konnte mit so vielen gekauften Entlastungszeugen aufwarten, dass nur ein Freispruch übrig blieb.

Der ›Kurze‹ vertrat in jenem Prozess die Anklage und war sich mit dem Richter einig, dass die drei sicherlich schuldig waren und die Taten begangen hatten. Nur aufgrund der Zeugenaussagen kamen sie wieder auf freien Fuß.

Das vergaßen weder Richter noch Staatsanwaltschaft und wegen akuter Flucht- und Verdunkelungsgefahr wurde der Gangsteranwalt nun erst einmal für unbestimmte Zeit festgesetzt.

Sein üblicherweise zur Schau gestelltes Dauerlächeln verging ihm angesichts des Haftbefehls schlagartig. Er wandelte seinen Charakter in Sekundenschnelle und stieß die wüstesten Drohungen aus, doch es half ihm nichts – der Transport in die JVA Bruchsal war schon bestellt.

Lindt konnte eine gewisse Genugtuung nicht verhehlen, als ihm Conradi am Telefon die Einzelheiten berichtete.

»Wäre denn eine Durchsuchung von Baumbachs Kanzlei und Wohnung auch noch denkbar?«, fragte er spontan, doch davon wollte der Staatsanwalt im Moment noch nichts wissen. Das müsse er erst ganz gründlich abklären.

»Typisch Juristen, trauen sich wieder nicht«, meinte der Kommissar, als er nach dem Telefonat seinem Kollegen die erfreulichen Neuheiten berichtete.

»Ach, Oskar«, meinte der, »sei doch zufrieden, dass der Baumbach wenigstens in U-Haft sitzt. Wir müssen uns eben anstrengen, um schlüssige Beweise vorzulegen.«

»Hast ja Recht«, brummte Lindt, während er in seinen Taschen nach Pfeife und Tabak kramte. »Als Anwalt hat er zwar genügend auf dem Kerbholz, aber wie und wann er seinem Onkel über den Jordan geholfen hat, wird er wohl kaum aufnotiert haben.«

»Falls er die Tat überhaupt begangen hat!«

»Also bitte, Paul. Bei der Indizienlage! Geld ist immer noch Motiv Nummer eins, wenn es um Verbrechen geht.«

Das Handy des Kommissars klingelte schon wieder und ›Conradi‹ stand abermals auf dem Display: »Keine Chance, die Räume des Anwalts zu durchsuchen, meint der Richter. Zu viele rechtlich geschützte Daten von Unbeteiligten könnten dabei eingesehen werden und die Wahrscheinlichkeit, Unterlagen über ein mögliches Tötungsdelikt an dem alten Baumbach zu finden, sind auch wirklich gering. Das wird sein Neffe wohl kaum aufgeschrieben haben.«

»So weit waren wir gerade auch schon«, knurrte Lindt in sein Handy, ohne die Pfeife aus dem Mund zu nehmen. »Hoffentlich fällt uns ein, wie wir ihm die Tat nachweisen können.«

»Aber Herr Lindt, Ihnen ist doch noch immer eine gute Idee gekommen, Ihre Einfälle sind ja geradezu schon Legende«, streichelte der Staatsanwalt das Ego des Kriminalisten und wünschte gleichzeitig einen schönen Abend.

»Der hat gut reden!« Die Laune des Kommissars sank zusehends und wortlos verließ er den Kommandowagen der Bereitschaftspolizei. Die Kollegen an den Computern und Funkgeräten begannen schon auffallend zu hüsteln, als sie von den Rauchschwaden aus seiner Pfeife umweht wurden.

Er rief erst einmal Carla an, um ihr von den Ereignissen des Tages zu erzählen. Die Verfolgung Weinbrechts – die Verhaftung Baumbachs – dann die Blamage im Klinikum – Weinbrecht jetzt flüchtig – aber der Anwalt wenigstens hinter Schloss und Riegel.

»Ich fürchte, es wird sehr spät heute«, meinte Lindt

abschließend und auch Carla bedauerte es: »Wenigstens konntest du an unserem verlängerten Wochenende etwas Energie tanken.«

›Schon wieder alles verflogen, die ganze Erholung‹, dachte er, doch vor seinem geistigen Auge tauchte wieder das Bild des herrlichen Steaks vom Hinterwälder Rind auf, das er im Schwarzwald genossen hatte.

Mit einem Satz erklomm er die Stufen zum Einsatzleitwagen, öffnete die Tür, winkte Paul Wellmann – »Komm, wir müssen!« und warf noch schnell seine Visitenkarte auf den Tisch. »Rufen Sie mich bitte an, falls sich was tut – Handynummer steht drauf!«

Sein Kollege konnte sich schon denken, was Lindt in solch ungewöhnliche Eile brachte. In den vielen Jahren der Zusammenarbeit kannte er seinen Vorgesetzten mittlerweile so gut, dass er draußen nur sagte: »Gute Idee, Oskar, mir knurrt auch der Magen.«

Über die Moltkestraße erreichten sie schnell den Adenauerring und bogen dann zu einer der vielen Vereinsgaststätten ab, deren Hinweisschilder an der vierspurigen Straße aufgereiht standen.

»Es muss ja nicht immer italienisch sein«, meinte Lindt, als sie auf dem fast vollständig belegten Parkplatz ausstiegen. »Der Wirt hier ist Metzger und außerdem bekommt er immer frisches Wild von den Jägern der Umgebung. Da finden wir bestimmt was zu zivilen Preisen.«

Wellmann nickte und zeigte auf die vielen geparkten Wagen: »Wenn die alle dort in der Wirtschaft sind, muss es hier wirklich gut schmecken. So was spricht sich meistens schnell herum.«

»Vielleicht sind ja auch einige beim Sport, Tennis oder Fußball, sonst wird's eng da drin.«

»Ja, früher war das mal ein großer Sportverein mit kleiner Gastwirtschaft, heute ist es wohl grad andersrum.«

Ein kleiner Ecktisch auf der geschützt gelegenen Terrasse war aber noch frei und die beiden Kommissare machten es sich gemütlich.

»Die Schonzeit scheint vorbei zu sein«, zeigte Wellmann auf das Tagesgericht ›Rehragout vom Maibock‹.

»Einverstanden«, sagte Lindt und bestellte bei der Bedienung zwei Portionen.

»Wo würdest du denn am ehesten hingehen, wenn du Weinbrecht wärst?«, begann Lindt halblaut, damit die Gäste an den Nebentischen nicht mithören konnten.

Wellmann strich sich den Schaum seines Weizenbieres vom struppigen Schnauzbart. »Außer Landes natürlich, so schnell wie möglich.«

»Aber wie? Züge und Flughäfen sind ja mittlerweile strengstens überwacht und Auto hat er keines mehr.«

»Sieht wirklich nicht gut aus, nachdem es sich unter den Baumstämmen verkeilt hatte. Schade um den schönen Geländewagen!«

»So was hatten wir auch noch nicht als Dienstwagen«, begann Lindt zu sinnieren. Wellmann kannte die Neigung seines Kollegen, öfter ein anderes Modell auszuprobieren und wusste, was nun folgen würde.

Besänftigend meinte er deshalb: »Heute hat unsere KFZ-Werkstatt leider schon geschlossen, aber vielleicht kannst du ja morgen vorbeischauen, ob sie wieder mal eine schöne Beschlagnahme reinbekommen haben.«

Zum Glück wurde gerade das Essen serviert und als Lindt die dunkle Soße des Rehragouts über die handgeschabten Spätzle goss, hatte er seine Autogedanken fast wieder vergessen.

Als leidenschaftlicher Genießer gab sich der Kommissar ganz dem leckeren Wildgericht hin, doch plötzlich stieß er aus: »Jetzt weiß ich's!«

Seinem Kollegen wäre fast ein Fleischstück im Hals stecken geblieben und auch die Leute an den beiden Nachbartischen schauten verwundert herüber.

»Was denn Oskar, was weißt du?«, fragte Paul Wellmann, aber nur halb so laut, um nicht noch mehr Aufsehen zu erregen.

Fast flüsternd antwortete Lindt: »Na der Weinbrecht! Ich kann mir jetzt gut vorstellen, wie der von hier wegkommen will! Lass dich überraschen!«

Er machte ein ganz zufriedenes Gesicht und war offensichtlich von der Richtigkeit seiner Idee so sehr überzeugt, dass er in aller Seelenruhe weiter aß.

»Allerdings wird es heute spät werden – sehr spät sogar. Es ist besser, wenn du auch mal zuhause Bescheid sagst.«

Kopfschüttelnd widmete sich Paul Wellmann wieder seinem Wildragout und meinte, es könne dann ja kaum schaden, wenn sie sich erst einmal gut gestärkt hätten.

»Du willst doch nicht etwa zu Carla heimfahren«, wunderte sich Wellmann, als sie vom Adenauerring in die Theodor-Heuss-Allee abbogen und nach Norden fuhren.

»Nein, nein, die Waldstadt ist nicht unser Ziel, wir müssen noch ein Stück weiter«, antwortete Lindt und als er die gerunzelte Stirn und den fragenden Blick seines Kollegen sah, begann er, den Plan zu erklären.

»Jetzt überleg doch mal«, begann er. »Wo haben wir diesen Weinbrecht denn heute Vormittag zuerst gesehen?«

»Er bog auf den Hof seiner Firma, seines Pflegedienstes ein«, antwortete Wellmann, um sich aber sofort zu verbessern: »Sein Betrieb ist es jetzt ja nicht mehr.«

»Genau, und was wollte er dann noch dort?«

»Na, bestimmt den Umzug überwachen. Die Lkws standen ja vor dem Haus.«

»Die waren aber schon voll beladen.«

»Stimmt, und jetzt sind sie in der KTU und die Mitarbeiter von unserem Freund Willms laden alles wieder aus.«

»Also, die Möbelwagen voll, das Haus leer – warum war er dann gekommen?«

Wellmann wurde das Frage- und Antwort-Spiel langsam zuviel und er antwortete leicht gereizt: »Ja, was weiß denn ich, vielleicht noch Abschied nehmen vom Haus, in dem er viele Jahre gewohnt hatte, ein letzter Rundgang, um zu sehen, ob auch nichts vergessen wurde …«

»Und …?«

»Was … und?«

»Ja, was denn noch, ganz zum Schluss?«

Gedehnt wiederholte Lindts Kollege die Worte: »Ganz … zum … Schluss …?« Er kam aber nicht drauf.

»Na, die Schlüssel, die musste er sicherlich noch abgeben.«

Es dämmerte ihm so langsam, worauf der Chefermittler hinauswollte. »Ach so, die Schlüssel – ja, die konnte er aber nicht abgeben, weil er vor uns abgehauen ist.«

»Also hat er sie noch.«

»Und du meinst, bevor er sich über die Grenze absetzt, kommt er noch mal schnell an seinem früheren Betrieb vorbei und gibt die Schlüssel zurück.«

Lindt schlug seine Augen gen Himmel und stöhnte. »Heute bist du aber wirklich schwer von Begriff, Paul. Was braucht der Weinbrecht denn, um abzuhauen?«

»Ein Auto, na klar.«

»Und wie kommt er zu einem Fahrzeug?«

»Stehlen natürlich, wie alle Kriminellen!«

»Vielleicht ist er aber nicht so begabt im Wagenknacken und außerdem haben heute doch fast alle Autos irgendeine Wegfahrsperre.«

»Was macht er dann?«

Um seinen Kollegen nicht noch mehr zu quälen, beantwortete der Kommissar diese Frage gleich selbst.

»Erinnerst du dich nicht mehr an unseren ersten Besuch in Weinbrechts Büro?«

»Schon …«

»Ich weiß jedenfalls noch, dass mir mehrere große Schlüsselkästen aus Metall aufgefallen sind.«

»Richtig, mindestens drei davon hingen nebeneinander an der Wand.«

»Genau, und in einem davon befinden sich ganz bestimmt auch die Autoschlüssel für diese kleinen Dienstwagen, die auf dem Hof parken.«

»Du meinst also, unser flüchtiger Weinbrecht kommt mit dem Bus hier angefahren, spaziert zu seiner alten Firma, schließt erst das Büro und dann den Schlüsselkasten auf, schnappt sich so einen kleinen Ford und dann ab über die Grenze.«

»Nicht ganz, Paul. Er wird natürlich abwarten, bis die letzte Schwester ihren Abenddienst beendet hat und es dunkel wird. Vielleicht muss er ja auch noch die Alarmanlage ausschalten, aber dann … dann wird er es genauso machen, wie du eben gesagt hast.«

»Hat er denn seine Schlüssel überhaupt noch?«

»Leider, das habe ich im Klinikum erfahren. Den Inhalt seiner Taschen hätte er erst bei uns im Gewahrsam abgeben müssen. Im Krankenhaus hat da keiner dran gedacht. Allerdings blieb seine Jacke mit Geld und Papieren im demolierten Geländewagen zurück und auch das Handy steckte zum Glück noch dort in der Freisprecheinrichtung. So konnte er wenigstens nicht telefonieren.«

»Er könnte doch gesehen werden«, entgegnete Wellmann, dem die Theorie seines Kollegen noch nicht ganz einleuchten wollte.

»Glaube ich eigentlich nicht. In seinem früheren Haus wohnt ja zurzeit niemand und rings herum stehen nur irgendwelche Gewerbebauten.«

»Muss er nicht damit rechnen, dass wir hier auf ihn lauern?«

»Wieso sollten wir? Das Haus ist leer, seine Habseligkeiten stehen bei der KTU. Eigentlich gibt es für ihn keinen logischen Grund nochmals herzukommen. Also macht es auch für uns keinen Sinn, ihn hier abzupassen. Ich könnte mir durchaus vorstellen, dass er so denkt.«

»Und wenn er unser Auto sieht? Oder willst du irgendwo im Gebüsch warten?«

»Vorsichtig wird er natürlich die Umgebung ganz genau beobachten, aber wir müssen eben schlauer sein als er!«

Wellmann zweifelte keinen Augenblick daran, dass sein Vorgesetzter auch an diesen Aspekt gedacht hatte und verzichtete auf weitere Fragen, denn Lindt war gerade dabei, den langen französischen Wagen in die Abfahrt der Tiefgarage eines Baumarktes zu lenken.

›Parken für Kunden kostenlos‹ lockte ein großes Schild.
»Wirklich ein ideales Versteck, Oskar. Schranken gibt es hier keine und der Wagen ist verschwunden.«

»Genau und jetzt geht's zu Fuß weiter. Bewegung tut gut, unser Rehragout muss doch verdaut werden.«

Nach wenigen hundert Metern erreichten die Kommissare das Büro des Pflegedienstes. Zielstrebig steuerte Lindt auf die Bürotüre zu.

»Willst du etwa …?«

»Natürlich, Paul, wir warten drin. Das wird ihn völlig überraschen.«

Eine Pflegerin mittleren Alters öffnete die Tür. Ihr Gesichtsausdruck verriet, dass sie mit Kundschaft um neun Uhr abends eigentlich nicht mehr rechnete, doch zwei Polizeiausweise taten ihre Wirkung.

»Kommen Sie wegen …«

»Genau, und es wäre uns sehr recht, wenn wir schnell nach drinnen gehen könnten, bevor uns hier noch jemand sieht.«

Lindt drängte hinein. Eigentlich war es noch viel zu hell, aber er hatte dennoch die Sorge, Weinbrecht könnte sich schon irgendwo in der Nähe versteckt halten und sie möglicherweise bemerken.

20

In knappen Worten erklärte der Kommissar den Plan. Die Schwester nickte nur, ohne etwas zu sagen. Sie hatte im Radio von der Suche nach ihrem früheren Chef gehört, aber verstehen, nein, verstehen konnte sie das alles nicht. Dass die Situation sie überforderte, war ihr deutlich anzusehen.

»Muss ich auch hier bleiben?«, fragte sie mit leichtem Zittern in der Stimme.

Lindt schüttelte den Kopf. »Nein, Sie können heimgehen, ganz normal wie immer.«

Schnell nahm sie ihre Jacke vom Garderobenhaken und ging zur Tür, drehte sich dort allerdings noch einmal um und sah die Kommissare an. »Meinen Sie wirklich, der Herr Weinbrecht hätte die Andrea ... also unsere Kollegin Andrea getötet ... umgebracht ... ermordet?«

Fast tonlos kamen ihr diese Worte über die Lippen.

»Könnten Sie sich das denn vorstellen?«, kam die Gegenfrage.

»Ich ... ich ... eigentlich nicht, er war für uns alle immer ein guter Chef ... aber ... ich weiß wirklich nicht ...«, stotterte sie.

»Wir wissen es leider auch nicht genau. Sicher ist nur, dass er heute Morgen hier auf dem Hof vor uns geflohen ist und das sicherlich nicht ohne Grund.«

Die Schwester zuckte nur mit den Schultern und verließ ziemlich schnell das Büro des Pflegedienstes.

Aus dem unbeleuchteten Raum heraus schauten ihr die beiden Kommissare durch die geschlossenen Gardinen nach. Sie überquerte den Parkplatz und ging zu einem seitlich geparkten, dunkelblauen, älteren VW-Passat.

»Aha«, Lindt verstand: »Die bunten Geschäftswagen werden zu Werbezwecken vorne an der Straße präsentiert und die Mitarbeiter müssen ihre Privatfahrzeuge unauffällig und verdeckt abstellen.«

Sie beobachteten, wie die Krankenschwester vom Platz fuhr und begannen dann, die Räumlichkeiten zu erkunden. Neben den beiden miteinander verbundenen Büros gab es noch den Besprechungsraum mit einem großen ovalen Tisch in der Mitte und einen kleinen Flur, von dem aus zwei Toiletten und ein Waschraum zugänglich waren. Am Ende des Flurs befand sich eine stabile verschlossene Tür, vermutlich der Durchgang zu den Wohnräumen.

Paul Wellmann fasste die Lage zusammen: »Wenn dein Plan aufgeht, Oskar und der Weinbrecht tatsächlich irgendwann in der Nacht hierher kommt, um sich eines dieser kleinen Autos da draußen auszuleihen, dann hat er nur zwei Möglichkeiten.

Entweder von vorne, also vom Parkplatz her durch die große Eingangstüre direkt hier ins Büro oder seitlich, über diesen kleinen Flur, von den Wohnräumen her. Dazu müsste er dann die Zwischentür aufsperren.«

Lindt ergänzte seinen Kollegen: »Und egal, aus welcher Richtung er kommt, sein Ziel ist auf jeden Fall einer dieser drei Schlüsselkästen da drüben.«

Er zeigte auf die geschlossenen Metallschränke, die nahe dem Durchgang zum hinteren Büro an der Wand festgeschraubt waren.

»Die sind aber versperrt, da steckt nirgends ein Schlüssel.«

»Hmm«, kratzte sich Lindt am Ohr. »Entweder hat jeder Mitarbeiter seinen persönlichen Schlüssel dafür, oder er ist irgendwo hier im Raum versteckt.«

»Dann müssten aber alle Angestellten den Ort kennen«, gab Wellmann zu bedenken.

»Das hätten wir eigentlich die Schwester noch fragen sollen, aber jetzt ist sie weg. Schade!«

Die beiden Kriminalisten begannen, den Raum aufmerksam zu betrachten. »Mal sehen, was unser Spürsinn hergibt.«

»Da!« Fast zeitgleich zeigten sie auf eine verzierte runde Blechdose, die auf dem Fensterbrett stand.

Wellmann drehte den Deckel ab. »Leider nur Kekse drin«, konstatierte er enttäuscht.

»Gehört wohl zu der Kaffeemaschine auf dem kleinen Aktenschrank daneben.«

»Aber Oskar, das ist doch keine einfache Kaffeemaschine! So was sollten wir mal irgendwo beschlagnahmen und in unserem Büro aufstellen. Damit kannst du alle Sorten Kaffee machen. Immer frisch gemahlen – Espresso, Capuccino, Latte macchiato und so weiter.« Er klopfte auf das chromblitzende Monstrum: »Schweizer Fabrikat, der Mercedes unter den Kaffeeautomaten.«

Lindt machte eine abwehrende Handbewegung: »Dann kommen ja noch mehr Kollegen auf ein Tässchen zu uns herein. Nein, nein, unser gutes altes Maschinchen ist richtig langlebig, kaum zwanzig Jahre alt.«

»Wenn der Jan sie nicht alle paar Monate reparieren würde, hätte bestimmt ein Kurzschluss schon mal das

Präsidium in Brand gesetzt«, entgegnete Wellmann, aber er wusste, dass sein Kollege an dem antiken Gerät hing.

»Egal, für meinen Milchkaffee reicht's und der ›Kurze‹ schwärmt immer von unserem Gebräu. Wahrscheinlich nehmen sie in der Staatsanwaltschaft nur drei Löffelchen Pulver für eine ganze Kanne, damit die Herren Juristen nicht das Herzrasen kriegen«, lästerte Lindt und machte sich an den Schubladen des Schreibtischs zu schaffen. »Alles abgeschlossen!« war sein Kommentar.

Er fühlte mit der Hand unter die Tischplatte, bückte sich und schielte hinunter: »Hier hängt auch nichts.«

Nacheinander öffneten sie alle Aktenschränke im Raum, ohne jedoch fündig zu werden. Ratlos schauten sie sich um.

»Vielleicht hinter den Gardinen, aber da gehen wir jetzt nicht dran«, meinte Lindt, denn es wurde zunehmend dunkler und er wollte nicht riskieren, dass von draußen eine Bewegung wahrgenommen werden konnte.

Sie beschlossen, nicht weiter nach dem Schlüssel, sondern nach einem geeigneten Beobachtungsplatz zu suchen.

Der Besprechungsraum schien geeignet für das Vorhaben. Sie konnten zwei Stühle so aufstellen, dass es für beide möglich war, durch einen Spalt der leicht geöffneten Tür den davor liegenden Büroraum zu überwachen.

Ob er nun durch den Haupteingang oder aus der Wohnung kommen würde, war egal. Auf dem Weg zu den Schlüsselkästen musste Weinbrecht auf jeden Fall vor dieser Tür vorbeigehen, hinter der die Kommissare lauerten.

»Den Rückweg können wir ihm problemlos abschneiden«, meinte Lindt und war immer noch fest überzeugt, dass sein Plan gelingen würde.

Paul Wellmann dämpfte seine Zuversicht etwas: »Falls er überhaupt kommt und nicht schon längst über alle Berge ist. Du weißt doch, Oskar, das Fell des Bären kann man erst verteilen, wenn man ihn hat.«

»Alter Pessimist! Pass lieber auf, dass du nicht einschläfst.«

»Dafür habe ich doch dich – musst mich halt rechtzeitig wecken«, flachste Wellmann zurück, wobei er aber genau wusste, dass eher bei seinem Chef die Augen zufallen würden, als bei ihm. Oskar Lindt war bekennender Frühaufsteher, doch nach zehn Uhr abends zerrte die Schwerkraft meistens gewaltig an seinen Augenlidern.

»Wir werden schon beide wach bleiben«, knurrte Lindt, und versuchte, die aufkommende Müdigkeit zu bekämpfen.

Die zwei Kommissare schalteten die Handys auf Vibration, damit nicht ein Klingelton zur falschen Zeit die ganze Arbeit zunichte machen würde. Beide überprüften nochmals ihre Neun-Millimeter-Dienstpistolen, Lindt fühlte noch nach dem Pfefferspray, das er im Auto vorsichtshalber eingesteckt hatte und sein Kollege checkte kurz die kleine amerikanische Stablampe, die neben den Handschellen in seinem Gürtelholster steckte.

Draußen im Büro, direkt neben der leicht geöffneten Tür, die ihnen als Deckung diente, befanden sich zwei große Lichtschalter an der Wand. Sie hatten zwar nicht ausprobiert, welche Lampen damit einzuschalten waren, aber die Position der Schalter lag griffgünstig.

»Eine Pfeife wäre jetzt nicht schlecht«, flüsterte Lindt und die Antwort kam prompt: »Wer weiß, vielleicht zieht dein Kraut diesen Weinbrecht ja an!«

Beide lachten leise und starrten dann stumm durch den schmalen Türspalt hinaus in das Büro.

Gelbliches Licht einer Straßenlampe schimmerte ganz leicht durch die Gardinen, so dass die Umrisse der größten Möbel gerade zu erkennen waren.

Die Minuten vergingen quälend langsam, aber tapfer hielten die beiden Ausschau.

»Er kommt bestimmt bald«, zischelte Lindt zu seinem Kollegen. »Je früher er ein Auto hat, umso mehr Zeit bleibt ihm, bis der fehlende Wagen am Morgen entdeckt wird.«

Wellmann nickte nur leicht. Den zweifelnden Blick konnte sein Vorgesetzter im Dunkeln zum Glück nicht sehen.

Es kam, wie er befürchtet hatte. Gegen halb zwölf senkte sich der Kopf von Hauptkommissar Lindt neben ihm mehr und mehr auf die Brust. Die Atemzüge wurden tief und langsam.

Er ließ seinen Kollegen in Ruhe. ›Lass ihn eine halbe Stunde, solange er nicht schnarcht‹, überlegte er sich. ›Danach ist er bestimmt wieder fit.‹

Ein fataler Fehler, so zu denken, denn ziemlich schnell ging es auch mit Paul Wellmann bergab. Zweimal rappelte er sich noch zusammen, als er den kommenden Schlaf bemerkte, doch dann wurde auch er machtlos und sank in tiefen Schlummer.

Die beiden Kriminalisten hörten nicht, dass sich im Schloss der Verbindungstüre zu den Wohnräumen ein Schlüssel drehte. Sie bemerkten nicht die Schritte, die langsam immer näher kamen. Sie sahen nicht den sich bewegenden Schatten, aber das Klirren von zwei aneinanderstoßenden Kaffeetassen machte sie schlagartig wach.

Mit schreckgeweiteten Augen starrten sie erst nach draußen in das Büro, dann sich gegenseitig an und dann wieder durch den Türspalt.

Sie trauten ihren Augen nicht. Eine große dunkle Gestalt machte sich an der Kaffeemaschine zu schaffen. Mit nochmaligem, dafür aber leiserem Klirren stellte er die Tassen, die er eben angestoßen hatte, wieder zurecht und beugte sich dann über den Espressoautomat. Seine Hand tastete die Rückseite des Geräts ab. Ein kleiner Gegenstand glänzte metallisch in seiner Hand, als er sich wieder umwandte. Die Kommissare hielten reflexartig die Luft an, als der Schatten sich an ihrer Tür vorbeischob.

Ein Knirschen Metall auf Metall, ein Knacken und ein ganz leichtes Quietschen gaben das Zeichen zum Zugriff.

Weinbrecht erstarrte vor Schreck und war nicht fähig, seine Hand aus dem gerade geöffneten Schlüsselschrank zurückzuziehen, als schlagartig das Licht aufflammte und der laute Ruf »Halt – Polizei!« die Stille jäh zerriss.

Noch ehe er Zeit hatte, zu begreifen, was mit ihm geschah, wurden seine Arme auf den Rücken gebogen und die stählernen Halbringe zweier Handfesseln rasteten ein.

Als er sah, wer die beiden Beamten waren und er dann Oskar Lindts völlig ruhige Stimme hörte: »Herr Weinbrecht, Sie sind vorläufig festgenommen!«, sackten ihm die Beine unter dem Körper weg.

Paul Wellmann konnte gerade noch einen Stuhl unterschieben, um den Fallenden aufzuhalten.

Ohne einen Laut von sich zu geben, aber dem Zusammenbruch nahe, saß der ehemals so stolze Firmeninhaber in seinem früheren Büro und blickte mit unsagbar verzweifeltem Gesicht auf die beiden Kommissare, die jetzt endgültig alle seine Pläne eines sorgenfreien weiteren Lebens zunichte gemacht hatten.

»Wie wäre es denn mit einem Geständnis?«, forderte ihn Lindt auf und setzte sich auf einen Stuhl direkt gegenüber. Ihre Knie berührten sich fast.

Er schaute Weinbrecht geradewegs in die Augen, doch der wich aus und senkte seinen leeren Blick.

»Oder dürfen wir es schon als Geständnis werten, dass Sie heute bereits zweimal vor uns geflohen sind?«

Keine Reaktion.

Der Kommissar fühlte, dass hier nicht der richtige Ort und auch nicht die passende Zeit war, dem Mann zum Reden zu bringen. Er kramte das Handy aus seiner Jackentasche, um eine Streife anzufordern und meinte dann nur, dem sichtlich schockierten Weinbrecht zugewandt: »Wir haben viel Zeit, wirklich sehr viel Zeit!«

»Und wir haben zwei Gefangene, bei denen wir noch überhaupt nicht sicher wissen, wer was begangen hat! Das kann ja heiter werden!«, raunte Paul Wellmann fast unhörbar in das Ohr seines Kollegen.

»Ach was«, aufmunternd klopfte ihm Lindt auf die Schulter. »Das werden wir auch noch schaffen – aber erst schlafen wir uns mal gründlich aus!«

Um neun waren beide schon wieder im Büro, denn die entscheidende Frage –›Wem kann was bewiesen werden?‹ – hatte bei Lindt einen tiefen und langen Schlaf verhindert und Wellmann ging es ähnlich. Die Ereignisse des vergangenen Tages waren trotz der langjährigen Berufserfahrung bei den Kommissaren nicht so ohne weiteres abzuhaken.

Einen Verdächtigen vorläufig festzunehmen war eine Sache – die gerichtsfeste Beweisführung aber mindestens genauso schwierig.

Die Kriminaltechniker waren vollauf mit der Durchsuchung des Weinbrecht'schen Umzugsgutes beschäftigt und auch der demolierte Geländewagen stand auf dem Gelände der KTU, um gründlich inspiziert zu werden.

»Es dauert noch«, begrüßte Ludwig Willms recht gereizt seinen Freund Oskar, als er sich telefonisch nach dem Fortgang der Spurensicherungsarbeiten erkundigte.

»Entschuldigung bitte, dass ich gewagt habe, zu fragen, aber bevor wir Weinbrecht verhören, hätte ich ganz gerne eure Ergebnisse. Vielleicht ist etwas dabei, das ihn zu einem Geständnis bringt.«

»Bis jetzt …«, klang die Stimme des KTU-Chefs aus dem Hörer, »bis jetzt kann ich dir noch keine große Hoffnung machen, Oskar. Das ›Super-Indiz‹ haben wir leider noch nicht gefunden, aber wenn wir was haben, erfährst du es als Erster.«

Lindt war halbwegs beruhigt und ging in ein angrenzendes Büro, wo Jan Sternberg zusammen mit einem weiteren Beamten immer noch daran arbeitete, die Inhalte der beiden Computer zu sichten.

»Bis jetzt gibt es nichts Auffälliges, Chef«, begrüßte ihn sein Mitarbeiter, der solche Spezialaufgaben immer sehr engagiert erledigte. »Wir haben auf dem PC dort drüben die kompletten Daten des Pflegedienstes. Der Kollege prüft vor allem die Dienstpläne, also wer von den Pflegekräften wann und bei welchen Patienten gearbeitet hat. Vielleicht gibt es in dieser Richtung etwas Verdächtiges, ungeplante Änderungen oder so.«

Lindt nickte: »Und in diesem Rechner hier?« Er zeigte auf das Gerät, an dem Jan Sternberg arbeitete.

»Auf der Festplatte sind ein paar private Dateien und dann die ganze Buchführung der Kindernothilfe. Wirklich enorm, wie viele Millionen dieser Verein in den vergangenen Jahren an Spenden gesammelt hat.«

»Zeig mal!« Lindt war neugierig geworden und setzte sich neben Sternberg.

Staunend gingen sie die Aufstellung durch. Beim Anblick der Beträge wurde ihnen fast schwindlig. Vor allem in den letzten beiden Jahren gab es neunzehn Geldeingänge im sechsstelligen Bereich und fünf Beträge überschritten gar die Millionengrenze. Eine besondere Häufung von Einnahmen war in den vergangenen drei Monaten zu verzeichnen.

Lindt erinnerte sich: fünf kleine Blutstropfen auf dem Stadtplan – fünf ältere Patienten des Pflegedienstes, die verstorben waren – fünf Nachlässe zugunsten der Kindernothilfe.

»Kannst du auch die zugehörigen Namen aufrufen? Ich möchte schon gerne wissen, von wem das viele Geld stammt.«

»Kein Problem, Chef«, antwortete Sternberg und zeigte auf seinen Monitor. »Die Namen der Spender stehen gleich in der nächsten Spalte.« Er passte das Bild an und beide begannen zu lesen.

»Wie viel Geld müssen diese Leute auch verdienen, wenn sie es sich leisten können, derartige Riesenbeträge zu spenden.«

»Von solchen Größenordnungen können wir nur träumen, Jan«, nickte Lindt. »Aber sicherlich ist es günstiger zu spenden, als von dem Geld Steuern zu bezahlen. Sieh doch nur diese bekannten Namen!«

Der Kommissar wies auf die Anzeige. »Ich kenne fast alle. Der hier zum Beispiel ist Arzt und hat eine Privatklinik für plastische Chirurgie. Und da … eins … zwei …

drei … insgesamt fünf Fabrikanten. Autozulieferer, Metall und Kunststoff, Maschinenbau und so weiter.«

Sternberg war erstaunt, wen sein Chef alles kannte, aber fast vier Jahrzehnte Dienst in Karlsruhe brachten wohl so viel Personenkenntnis mit sich.

Lindt erklärte weiter: »Da, eine Großbäckerei und gleich danach der größte Metzger unserer Stadt. Die Kindernothilfe war wirklich sehr fleißig beim Geldsammeln. Wenn ich mich recht erinnere, wurden die Spender zwar nicht öffentlich genannt, aber in den entsprechenden Kreisen, Golfclubs, Tennisvereine, bei den Sportfliegern, Seglern und so, da gingen diese Informationen immer gleich rum.«

Sternberg kapierte, was der Kommissar damit sagen wollte: »Die Beträge und Namen werden also bewusst da weitergegeben, wo viele vermögende Leute verkehren und wenn einer spendet, möchte der andere nicht zurückstehen.«

»Ziemlich wahrscheinlich, dass es so funktioniert hat. Schau mal da … kurz nach dem ersten Großmetzger spendet auch sein Konkurrent … und gleich noch etwas mehr.«

Drei namhafte Rechtsanwaltskanzleien, die nacheinander auf der Liste standen, schienen Lindts Vermutung zu bestätigen.

»Das würde auch den Anstieg der Einnahmen in den letzten beiden Jahren erklären«, überlegte der Kommissar.

»Ein Schneeballsystem quasi!« Sternberg verstand die Vermutung seines Chefs. Doch dann dachte er weiter: »In der Natur ist eine Lawine aber irgendwann so groß, dass sie alles zerstört, was ihr in die Bahn kommt.«

»Gut kombiniert«, lobte Lindt seinen Mitarbeiter. »Mit Natur hat das da zwar nichts zu tun, außer vielleicht mit der menschlichen Natur, der Gier insbesondere, aber möglicherweise ist hier ein ähnlicher Effekt eingetreten.«

»Sie meinen, der Spendenmarkt wäre langsam aber sicher abgegrast.«

»Genauso dachte ich. Wie ich unsere oberen Zehntausend einschätze, spenden die nicht gerne mehrfach für dasselbe Projekt. Das wäre ja langweilig. Man muss doch zeigen, dass man auch für andere Bereiche ein offenes Ohr hat.«

»Ja klar, Sport, Kunst, Jugendarbeit, Umweltschutz, ich verstehe schon … alles was gerade en vogue ist.«

Oskar Lindt musste leise lachen. »Du hast ganz Recht, Jan, wobei wir den Umweltschutz wohl eher ausklammern können. Die Aktivitäten dieser Verbände sind für unsere Reichen manchmal ganz schön lästig.« Er dachte dabei an die Berichte seiner Frau über das Engagement ihrer Chefin bei einem Naturschutzverband.

Sternberg überlegte weiter: »Könnte ein nachlassendes Spendenaufkommen der Grund sein, warum die Weinbrechts wegziehen wollten?«

»Durchaus möglich, wobei mir der Wegzug eher nach einer geplanten Flucht aussieht.«

»Als Indiz für die Richtigkeit dieser Vermutung hätten wir das hier.« Er zeigte auf die letzten Einträge in der Tabelle. Bei insgesamt sieben Geldeingängen war statt ›Spende‹ das Wort ›Nachlass‹ vermerkt.

»Spenden werden rückläufig, also muss auf andere Art Geld beschafft werden«, sinnierte Lindt.

Die Vorstellung, wie Weinbrecht als ein vertrauenswürdiger Krankenpfleger seine Patienten in Erbfragen möglicherweise beraten und gesteuert haben könnte, kam ihm wieder in Erinnerung.

Alle fünf Namen, die er mit den Blutspritzern auf dem Stadtplan in Verbindung gebracht hatte, waren in der Einnahmenliste des Kinderhilfswerks aufgeführt.

»Doch selbst, wenn unsere Vermutung stimmt, sehe ich da noch nirgends eine strafbare Handlung. Geldbeschaffung für einen Verein … nein, dafür begeht jemand doch keine Verbrechen.«

Der Kommissar war ratlos.

»Aber warum ist Harald Weinbrecht dann vor uns geflohen?« Er spürte, dass wesentliche Puzzleteilchen in diesem Fall noch fehlen mussten.

»Und wenn Geld in die eigenen Taschen des Ehepaares gewandert wäre?«, gab sein Mitarbeiter zu bedenken.

Lindt nickte bedächtig: »Daran habe ich natürlich schon gedacht, aber der Verein wurde doch regelmäßig von einem vereidigten Wirtschaftsprüfer unter die Lupe genommen und außerdem gab es ja diese umfangreiche Zeitung.«

Er erinnerte sich wieder an das Informationsmaterial über die Kindernothilfe. Die Bilanzen waren darin offen gelegt und über die Verwendung jedes einzelnen Euro klare Rechenschaft gegeben worden.

»Vielleicht haben die etwas getrickst, was selbst ein gewiefter Buchprüfer nicht durchschauen konnte«, gab Sternberg zu bedenken. »Allerdings habe ich da auch noch keine Idee.«

Der Kommissar stand auf. »Ich muss jetzt mal raus, um frische Luft in meinen Kopf zu bekommen. Sucht bitte weiter hier im PC. Wenn in diesem Verein etwas faul ist, haben die sicherlich irgendeinen, wenn auch noch so kleinen Fehler gemacht – und den müssen wir finden.«

Es war Lindts langjährige Erfahrung, dass selbst bei einem scheinbar perfekt inszenierten Verbrechen immer irgendwo ein Haken war. Um den zu finden, das wusste er aber genauso gut, brauchte es sehr viel Zeit. Harte, oft eintönige kriminalistische Kleinarbeit war nötig und auch ein Quäntchen Glück.

»Dir fällt bestimmt was ein, Jan«, munterte er seinen Mitarbeiter auf und verließ das Polizeipräsidium mit langen Schritten.

21

Eigentlich wollte er nur einmal um den Block gehen, aber als die große gebogene Pfeife gefüllt und in Brand gesetzt war, ging er quer bis zur Karlstraße und dann weiter in Richtung Hauptbahnhof.

Ein kleines Café hatte Tische und Stühle nach draußen gestellt. Lindt fühlte sich angezogen, nahm Platz und bestellte seinen obligatorischen Milchkaffee, während er den duftenden Rauch seines Navy-Flake-Tabaks in Richtung Straße ziehen ließ.

Er mochte eine halbe Stunde gesessen sein, rührte dabei ab und zu in seiner großen Tasse, damit der Inhalt schneller abkühlte und konnte irgendwie keinen klaren Gedanken fassen.

In seinem Kopf schwirrten alle möglichen Blitze durcheinander. Pflegedienst … Patienten … Nachlass … Kindernothilfe … Waisenhäuser … Kroatien …

Am Stichwort Kroatien blieb er hängen. Frau Weinbrecht war jetzt vermutlich schon dort, in ihrer Heimat.

Obwohl, seit über zwanzig Jahren hatte sie in Deutschland gelebt. War der Balkan für sie dann noch die eigentliche Heimat oder eher ein erinnerungsreiches Ferienziel?

Ob sie dort viele Verwandte hatte? Vielleicht waren auch Familienangehörige in den Kriegswirren umgekommen?

Der Kommissar ärgerte sich, dass die Frau sich seinem Zugriff hatte entziehen können. Falls ihr Mann tatsächlich etwas auf dem Kerbholz hatte – und davon war Lindt felsenfest überzeugt, warum hätte er sonst fliehen sollen – dann war seine Ehefrau bestimmt an der Sache beteiligt.

Gab es mit den Ländern des früheren Jugoslawien irgendwelche Auslieferungsabkommen? Keine Ahnung, musste er sich eingestehen.

Doch so weit waren seine Ermittlungen noch lange nicht. Bisher galt Branka Weinbrecht als die sehr erfolgreiche Geschäftsführerin eines höchst angesehenen Kinderhilfswerks, dessen Gelder in den Kinderheimen und Waisenhäusern des Balkanlandes überaus sinnvoll angelegt waren.

Inständig hoffte er, dass die KTU oder die Analyse der Computer wirklich handfeste Beweise ergeben würden, um wenigstens Harald Weinbrecht vor Gericht bringen zu können.

Wie würde die Anklage lauten? Flucht vor der Polizei vielleicht? Das war sicherlich keine Straftat, höchstens eine Ordnungswidrigkeit, die mit einem Bußgeld erledigt werden konnte.

Lindt wartete eigentlich schon länger darauf, dass sein Handy klingelte und irgendein einflussreicher Rechtsanwalt aus dem Spenderkreis der Kindernothilfe die sofortige Freilassung seines Klienten Weinbrecht forderte. Auch wenn der ›Kurze‹ ihm nachdrücklich versichert hatte, die Begründung für Untersuchungshaft wäre hieb- und stichfest und er brauche sich für seine Ermittlungen nicht unter Zeitdruck gesetzt fühlen. Der Kommissar kannte die weit reichenden Verflechtungen in Juristenkreisen und hatte schon Festgenommene mit wesentlich klareren Haftgründen wieder auf freien Fuß setzen müssen.

Seine Stimmung verdüsterte sich mehr und mehr. Wie schon so oft in diesen Ermittlungen hatte er das Gefühl, vor einer unüberwindlichen Wand zu stehen. Nicht vorwärts zu kommen, zerrte mächtig an seinen Nerven.

›Vielleicht werde ich doch langsam zu alt für diesen Beruf?‹ Aber er konnte sich nicht vorstellen, dass ein jüngerer Kollege schneller vorangekommen wäre. Immerhin war ihm ja sogar noch der Zufall zu Hilfe gekommen, indem er das verräterische Gespräch zwischen beiden Weinbrechts im ›Schliffkopfhotel‹ mitbekommen hatte.

›Das war schon gehöriges Glück‹, sinnierte er in seine fast leere Café-au-lait-Tasse hinein. Er freute sich darüber und ein kleines Lächeln zeigte sich auf seinem Gesicht. Die Serviererin meinte, es würde ihr gelten und lächelte zurück.

Schnell zahlte der Kommissar und setzte deutlich besser, ja fast schon gut gelaunt, seinen Weg fort, eine Duftspur von Pfeifenrauch hinter sich herziehend.

»Sieh nicht immer nur das Negative«, hatte seine Frau in den letzten Tagen öfter zu ihm gesagt.

›Vielleicht sollte ich tatsächlich einmal üben, positiver zu denken‹, ging ihm beim Weitergehen durch den Kopf und fast schon elegant umrundete er einen Hundehaufen auf dem Gehweg.

›Jede Wette, mit mieser Stimmung wäre ich bestimmt hineingetreten.‹

In sich gekehrt schritt er vorwärts und immer mehr erkannte er, wie gut er es eigentlich hatte, mit einem wirklich angenehmen Kreis von Kollegen zusammenarbeiten zu können.

Fast dreißig Jahre mit Paul Wellmann – sie waren so aufeinander eingespielt, dass häufig der eine die Gedanken des anderen schon kannte, bevor sie ausgesprochen waren.

Jan Sternberg – bereits während seiner Ausbildung war er in Lindts Kommissariat gewesen und hatte später alles daran gesetzt, wieder in dieser Ermittlungsgruppe zu arbeiten. Jung, motiviert, voller Engagement und mit glänzenden Ideen – selbstverständlich förderte ihn sein Vorgesetzter, wo er nur konnte.

Ludwig Willms, der KTU-Chef, sein alter Freund, mit dem er früher viel unternommen hatte – auch, wenn sie sich ab und zu mal etwas stichelten, gab es keinerlei Differenzen.

Nicht zu vergessen Tilmann Conradi, der kleine Staatsanwalt, ein hervorragender Jurist. Selbst Lindts Eigenmächtigkeiten brachten ihn nicht aus dem Konzept. Er blieb in solchen Fällen völlig gelassen, weil er gelernt hatte, dass der Kommissar fast immer erfolgreich war.

›Fast immer?‹ Lindt runzelte die Stirn. ›Dieses Mal nicht?‹ Er nahm sich zusammen: ›Keinesfalls aufgeben, möglicherweise ist die Lösung schon ganz nah. Vielleicht sehen wir sie nur noch nicht!‹

›Wir‹, er hatte nicht nur ›Wir‹ gesagt, wie er es immer tat, wenn er die Arbeit seiner Ermittlungsgruppe nach außen darstellte, nein, er hatte auch ›Wir‹ gedacht.

›Eigentlich gehe ich doch ganz alleine hier vor mich hin, aber dennoch denke ich als Teil unseres Teams.‹

Er fühlte, wie ihm die positiven Gedanken Schwung und Zuversicht gaben, mit seinen Mitarbeitern, die auf der gleichen Wellenlänge lagen, auch diesen Fall zu lösen.

Ein würziger Geruch drang plötzlich in seine Nase und ließ ihn in die unmittelbare Realität zurückkehren. Er wunderte sich, wie weit er in Gedanken versunken mittlerweile gekommen war und schaute sich um.

›Dalmacija‹ stand in roten Lettern auf einem weißen Leuchtschild. Er erkannte die jugoslawische Gaststätte, die bestimmt schon über zwanzig Jahre an dieser Straßenecke war. Er betrachtete die Speisekarte in dem verglasten Schaukasten neben der Eingangstreppe.

Natürlich, Jugoslawien gab es ja nicht mehr, ›Kroatische Küche‹ stand als Überschrift zu lesen. Darunter Cevapcici, Raznjici, Pola-Pola, Dubrovnic-Teller …

Schon wieder Kroatien! Vielleicht lag der Schlüssel zu seinem Fall doch in irgendeiner Art und Weise in diesem südosteuropäischen Land?

Seine Frau fand die Balkan-Küche meistens etwas zu fett und deshalb hielten sie sich kulinarisch gesehen eher an Italien und Frankreich.

Aber diese leckeren Hackfleischröllchen …

Er strich sich mit der Zunge über die Lippen … und blieb hart!

Nein, nicht schon wieder an Essen denken.

Schnell ging er weiter und eigentlich, ehrlich gesagt, hatte er zwar Appetit bekommen, doch lieber war es ihm, zusammen mit Paul oder Jan zu Mittag zu essen.

Am Stadtgarten entlang, auf der Beiertheimer Allee, nahm er große Schritte und traf gegen halb zwölf wieder im Präsidium ein.

Ohne dass Lindt etwas gesagt hätte, bemerkte Paul Wellmann sofort, dass sein Kollege an der frischen Luft neue Energie getankt hatte. Erstaunt schaute er ihn an: »Oskar, du siehst aus, als hättest du den Fall schon gelöst.«

»Noch längst nicht, Paul, aber ich bin jetzt wirklich sicher, dass wir es bald schaffen!«

»Und woher kommt dein Optimismus?«

»Keine Ahnung. Das schöne Wetter draußen bringt einen irgendwie auf positive Gedanken. Außerdem glaube ich – rein intuitiv natürlich – dass Kroatien ein wichtige Rolle in unserem Fall spielt.«

»Ja … und wie genau?« Gedehnt und nach wie vor zweifelnd reagierte Wellmann.

Zu einer Antwort kam Lindt allerdings nicht mehr, denn die Bürotür flog auf und Jan Sternberg stürmte herein.

»Chef, gut, dass Sie da sind! Kommen Sie bitte mit, ich glaube, wir haben etwas gefunden.«

Die beiden Kommissare eilten hinter ihrem jungen Kollegen über den Flur zu dem Büro, wo die Computer aus Weinbrechts Umzugsgut untersucht wurden.

Ein Beamter, den Lindt noch nicht kannte, saß vor dem Monitor des Kindernothilfe-Rechners.

Sternberg stellte ihn vor: »Das ist Carsten Lück, wir kennen uns von der Ausbildung her. Hat sich auf Computer spezialisiert und arbeitet jetzt eigentlich bei der Betrugsabteilung drüben.«

»Internetkriminalität ist mein Hauptgeschäft«, erhob er sich und gab Lindt und Wellmann die Hand. »Aber das hier ist auch höchst interessant.«

»Ich habe ihn angerufen«, erklärte Jan Sternberg, »weil mir der Gedanke kam, dass wichtige Dateien vielleicht vor dem Umzug gelöscht worden sind.«

Er zeigte eine mehrseitige Tabelle auf dem Monitor. »Die hier und noch ein paar andere konnte Carsten wieder herstellen.«

Der Spezialist erläuterte in kurzen knappen Worten: »Mit der entsprechenden Software lässt sich vieles wieder sichtbar machen, was in den virtuellen Papierkorb gewandert ist. Wenn man nicht spezielle Programme benutzt, um die Festplatte zu säubern, bleiben die meisten Daten erhalten.«

Lindt war nun sehr neugierig geworden und beugte sich vor, um genauer lesen zu können.

Sternberg zeigte mit einem Kugelschreiber auf den Schirm: »Diese Liste wurde schon fünf Jahre geführt und zeigt vermutlich die gesamten Ausgaben der ›Kindernothilfe-Südost‹. Hier finden wir alle Rechnungen für Baumaßnahmen, Innenausstattungen, Anschaffungen – eben das, was in den Waisenhäusern investiert wurde.«

»So was Ähnliches hatten wir doch vorhin auch schon mal betrachtet. Das ist doch die in der Vereinszeitung offen gelegte Buchführung.« Der Kommissar verstand nicht so recht, was sein junger Mitarbeiter meinte.

»Stimmt genau, Chef, aber diese Tabelle hat noch zwei weitere Spalten.« Er zeigte auf den Bildschirm.

Langsam konnte sich Lindt orientieren. »Es sieht so aus, als wären die Rechnungsbeträge aufgeteilt worden.«

»Richtig«, stimmt ihm Sternberg zu, »und zwar immer drei Viertel zu einem Viertel. 75 zu 25 Prozent, die Formeln sind dort hinterlegt.«

Er klickte ein Tabellenfeld an und die Berechnungsart wurde am oberen Rand des Computermonitors angezeigt.

»So weit kann ich noch folgen«, nickte Lindt. »Die Summen aller Rechnungen werden hier in zwei Teile dividiert. Ein großer und ein kleiner – aber welchen Sinn das machen sollte, kann ich mir beim besten Willen nicht vorstellen.«

»Dazu kommen wir gleich«, antwortete ihm sein Mitarbeiter. »Aber zuerst möchte ich Ihnen noch zeigen, wie viel Geld in der ganzen Zeit nach Kroatien geflossen ist.«

Die Spitze seines Kugelschreibers wies auf die Summenzeile am Ende der zehnseitigen Tabelle: »Insgesamt über 16 Millionen Euro!«

Lindt pfiff durch die Zähne und meinte nur: »Enorm, das hätte ich wirklich nicht gedacht.«

Doch Paul Wellmann, der sich bisher zurückgehalten hatte, wandte ein: »Und wo soll da ein Haken sein? Der Verein war eben sehr aktiv!« Er hatte immer noch das Gefühl, die humanitäre Einrichtung verteidigen zu müssen und wollte nicht zulassen, dass sie von seinen Kollegen in Misskredit gebracht wurde. »Bisher ist doch nur dieser Weinbrecht vor uns geflüchtet und nicht die ›Kindernothilfe-Südost‹! Die Buchführung wurde immer ganz genau von einem vereidigten Wirtschaftsprüfer kontrolliert.«

»Es geht ja noch weiter …, Moment bitte …, hier nun ein Programm für Internet-Banking. Das war nicht gelöscht, aber mit einem Passwort geschützt. Allerdings einfach zu erraten – ›Südost‹ natürlich – wir brauchten nur drei Versuche.

Eine ellenlange Liste von Buchungen war zu sehen.

»Schwarz die Einnahmen, also eingehende Gelder aus den Spenden und Erbschaften«, erklärte der computererfahrene Kollege aus dem Betrugsdezernat, »und rot die Ausgaben, die Zahlungen, die Rechnungsüberweisungen. Wir haben stichprobenartig überprüft, ob die Kontobewegungen richtig gegengebucht sind – alles in bester Ordnung. Sämtliche Posten auf diesen Kontoauszügen tauchen auch in der Buchführung wieder auf. Sehr akkurat geführt übrigens.«

Er machte eine bedeutungsschwere Pause. »So weit stimmt alles. Aber ...«

»Aber was?«, fragten Lindt und Wellmann wie aus einem Mund.

»Alle, aber auch wirklich alle Zahlungen gingen nur an eine einzige Firma, nämlich die ›Interbau‹ mit Sitz in Zagreb.«

»Wie ist denn das zu verstehen?« Lindt schaute ganz verblüfft.

Jan Sternberg schaltete sich jetzt wieder ein: »Diese ›Interbau‹ muss wohl so eine Art Generalunternehmer sein.« Er schlug eine mit gelbem Fähnchen markierte Seite in der Vereinszeitung auf und begann vorzulesen: »Interbau-Zagreb wickelt als kompetenter Partner vor Ort in unserem Auftrag mit seiner großen lokalen Erfahrung alle Geschäfte der Kindernothilfe ab.«

»Hmm ...», brummte Lindt, wie immer, wenn er noch nicht klar sehen konnte. Zwei tiefe Falten zeigten sich auf seiner Stirn. »Hmm ..., das ist aber ziemlich ungewöhnlich.«

Paul Wellmann wollte die Kindernothilfe wiederum in Schutz nehmen: »Wird wohl einfach notwendig sein. Ein Ansprechpartner vor Ort, der die Landessprache spricht, die einzelnen Firmen kennt, die günstigsten Angebote auswählen und auch entsprechend kontrollieren kann – von Deutschland aus lässt sich so etwas bestimmt gar nicht bewerkstelligen.«

Sternberg gab ihm Recht: »So weit sind wir uns einig. Diese Firma wurde ja in der Vereinszeitung offiziell vorgestellt und somit war die Öffentlichkeit jederzeit unterrichtet. Außerdem finden sich hier zu fast jeder Investition umfangreiche Bildberichte. Auch Ortsbesichtigungen durch die Vorstandschaft des Vereines gab es mehrmals im Jahr.«

»Na also«, klang Wellmann fast etwas ärgerlich, »was soll dann an der Sache nicht stimmen?«

»Ganz einfach«, ließ Jan Sternberg jetzt die Bombe platzen. »Die ›Interbau‹ wurde von Deutschland aus geführt und zwar genau mit diesem Computer!«

»Wie bitte?« Lindt war sehr irritiert. »Soll das etwa heißen …?«

»Genau, Chef. Mit ziemlich hoher Wahrscheinlichkeit besitzt dieses Unternehmen in Zagreb genau zwei Dinge: ein Bankkonto und einen Briefkasten!«

»Und du meinst, alles andere passierte von hier, von Karlsruhe aus? Können wir das beweisen?«

»Klar doch, sehen Sie bitte.«

Sternberg öffnete weitere Dateien. »Die waren alle gelöscht. Sämtliche Rechnungen, die ›Interbau‹ an die Kindernothilfe geschrieben hat, wurden auf diesem PC hier getippt.«

Eine Rechnung nach der anderen tauchte auf.

Die beiden Kommissare waren sprachlos. Auch Paul Wellmann begann zu zweifeln.

»Und das Beste zum Schluss«, hörte sich Jan Sternbergs Stimme fast triumphierend an. »Wir haben noch ein weiteres Online-Bank-Programm gefunden. Mit dem wurden die ›Interbau‹-Geschäfte in Zagreb abgewickelt.«

Er klopfte auf das Metallgehäuse des Computers: »Und zwar alles von diesem Rechner aus – über das Internet!«

Ganz trocken warf der Kollege des Betrugsdezernates ein: »Auf dem Konto hier liegen im Moment … na, wer möchte mal raten … läppische 4,15 Millionen Euro!«

»Sie können Ihren Mund ruhig wieder zumachen,

Chef«, komplettierte Sternberg den Satz des Computer-spezialisten, »diese Summe ist genau ein Viertel aller bisherigen Ausgaben der Kindernothilfe.«

»Womit wir wieder bei der ersten Tabelle wären«, nickte Lindt verstehend.

»Das ist ja wirklich ein dicker Hund!«, rang Paul Wellmann nach Luft.

»Jede Wette, dass der eingetragene Geschäftsführer der ›Interbau‹ nur ein Strohmann ist. Vielleicht ein Verwandter unserer Frau Weinbrecht«, mutmaßte er, dessen Vertrauen in humanitäre Einrichtungen gerade eben grundlegend zerstört worden war.

»Viel zu tun hatte er jedenfalls nicht«, witzelte Jan Sternberg. »Der Briefkastenschlüssel war wohl sein wichtigstes Arbeitsgerät.«

Lindt musste auch kurz lachen, aber er dachte weiter: »Sag mal, Jan, könnten wir denn an dieses Geld ran?«

»Sie meinen, wir sollen es holen? Aus Zagreb?«

Sternberg war etwas verwirrt, aber sein Kollege vom Betrugsdezernat hatte schneller kapiert: »Nein Jan, nicht im schwarzen Köfferchen, natürlich übers Internet, hier, mit diesem Bank-Programm. Das müssen wir auf jeden Fall versuchen, zurück überweisen nach Deutschland«, erwiderte er ganz elektrisiert. »Das Passwort haben wir ja schon geschafft. Jetzt brauchen wir nur noch etwas Glück, um die TAN-Liste zu finden. So unvorsichtig, wie diese Frau Weinbrecht in Sachen Datensicherheit war, hat sie die Zahlen möglicherweise auch noch auf ihrem PC gespeichert.«

Fieberhaft machte er sich gleich an die Arbeit.

»TAN-Liste? Ist das was Chinesisches? Eine Speisekarte vielleicht?« Paul Wellmann hatte den Sprung ins

Online-Banking wohl anscheinend nicht geschafft, doch Hauptkommissar Lindt zeigte sich informiert: »TAN, Paul, heißt Transaktionsnummer. Der Kontoinhaber bekommt von der Bank eine lange Liste mit Zahlenkombinationen zugeschickt, sechsstellig meistens und bei jeder Überweisung muss er eine dieser Nummern eingeben.«

»Oskar, du erstaunst mich immer wieder. Sag nur, du machst deine Bankgeschäfte auch übers Internet?«

»Ach schon lange, ist doch wirklich bequem, von zuhause aus. Aber meine TAN-Zahlen, die habe ich nur auf Papier. Niemals würde ich sie auf der Festplatte speichern – viel zu unsicher. Heutzutage kommen diese Hacker doch überall rein.«

»Stimmt genau, Herr Lindt, falls sie mich meinten mit ›Hacker‹, ich bin drin!«, frohlockte der Computerspezialist aus der Betrugsabteilung. »Die müssen ihrer Sache wirklich sehr sicher gewesen sein. So was Unvorsichtiges! Die ganze Liste gespeichert.«

»Na dann aber nichts wie los, bevor die Frau Weinbrecht in Kroatien Wind bekommt und ihr Konto leer räumt!«, forderte der Kommissar den ›Hacker‹-Kollegen auf. »Am besten auf das deutsche Konto der Kindernothilfe bei der Landesbank. Das wäre nicht so auffällig und wir könnten das Geld dort am schnellsten sicherstellen.«

Der Beamte tippte die Kontonummer aus dem Impressum der Vereinszeitung ab, gab 4 150 000 Euro ein und schickte die Überweisung mit einer der enttarnten TAN-Nummern auf die Reise nach Zagreb.

Lindt nahm den Telefonhörer in die Hand, gab aber vorher noch schnell ein paar Anweisungen: »Jan und Paul, ihr beide macht euch sofort auf den Weg rüber zur Landesbank an den Schlossplatz. Geht gleich zum Direktor und erklärt ihm alles. Vielleicht könnt ihr ja miterleben, wie die Millionen dort eintrudeln. Ich informiere ihn mal vorab am Telefon.«

22

Der Kommissar nutzte die Ruhe im Büro, um zuerst dem Leiter des Betrugsdezernats eine lobende Notiz über seinen hervorragenden Mitarbeiter zu schreiben, ohne dessen umfassende Computerkenntnisse die skandalösen Machenschaften des Ehepaars Weinbrecht nicht aufgedeckt worden wären.

Anschließend lehnte er sich in seinem großen Bürosessel zurück und legte, weil niemand zusah, die Beine auf den Schreibtisch.

Gesucht hatte er eigentlich den Mörder einer Krankenschwester – gefunden aber einen unglaublichen Fall von ... ja was eigentlich? Betrug? Unterschlagung? Veruntreuung? Lindt wusste selbst nicht ganz genau, wie die Anklage lauten würde, doch das war auch Sache des Staatsanwaltes.

Der ›Kurze‹ war noch bei einem Gerichtstermin und würde erst am späten Nachmittag zurück sein. Der Kommissar entschied, darauf zu warten, denn er wollte ›seinen‹ Staatsanwalt zuerst von den neuen Erkenntnissen informieren.

Er musste jetzt vor allem austüfteln, wie die Ermittlungen weitergehen sollten.

Kurz dachte er an den Rechtsanwalt Baumbach, der immer noch festgehalten wurde. Die Beweislage war dort so dünn, dass er diesen windigen Juristen vermutlich bald wieder freilassen musste – wenn ihm nicht noch etwas Entscheidendes einfiel …

Danach grübelte Lindt über Harald Weinbrecht nach. Dicke Rauchwolken zogen erst um seinen Kopf und dann durch die weit geöffneten Fenster nach draußen.

Wo war der Zusammenhang zwischen den veruntreuten Millionen und dem Mord an Schwester Andrea?

Dass der auf den ersten Eindruck so freundliche und vertrauenswürdige Pflegedienstchef Weinbrecht enorme kriminelle Energie hatte, war nun bewiesen.

Reichte sie aber auch, um einen Mord zu begehen? Und falls er seine Mitarbeiterin erwürgt hatte – welchen Grund, welches Motiv hätte er dafür gehabt?

Hatte die Krankenschwester etwas von den Machenschaften ihres Chefs gemerkt und deshalb sterben müssen?

Lindt fand diese Möglichkeit durchaus nahe liegend. Aber wie könnte er es anstellen, die Wahrheit ans Licht zu bringen?

Ein langes Verhör? Was käme dabei heraus? Ein Geständnis?

Der Kommissar schüttelte seinen Kopf. Nein, er fühlte, dass Weinbrecht nur das gestehen würde, was man ihm ohnehin hieb- und stichfest beweisen konnte. Vielleicht schwieg er auch ganz oder stritt alles ab.

Beweise mussten her, gerichtsfest und unwiderlegbar. So hatte Lindt bisher immer gearbeitet und auf eine solide Beweisführung gründete sich auch sein guter Ruf, den er bei Gericht und Staatsanwaltschaft hatte.

Der Stadtplan mit den Blutspritzern kam ihm in den Sinn. Darauf hatte sich doch neben den Spuren der ermordeten Andrea Helmholz auch das Fragment eines weiteren, bisher noch nicht identifizierten Fingerabdruckes befunden.

Umgehend rief der Kommissar bei der KTU an und informierte Ludwig Willms gleich noch über die ›Interbau‹-Millionen. »Das wäre schon mehr als Glück, wenn ihr dieses Geld zurückholen könntet«, war der Kommentar des KTU-Chefs.

»Was möchtest du noch? Die Fingerspur auf der Karte? Die sollen wir mit Weinbrechts Abdrücken vergleichen? Na du machst mir Spaß! Wir hatten ja noch nicht mal Zeit, bei ihm überhaupt was abzunehmen! Wir durchsuchen immer noch sein Umzugsgut, mit dem du uns hier zugeschüttet hast und an diesem demolierten Gelände-Mercedes arbeiten zwei meiner Leute auch schon seit Stunden.«

Lindt hörte sich den Wortschwall seines Freundes in aller Ruhe an und meinte dann bloß: »Ihr schafft das schon!«

Doch daraufhin wurde Willms nur noch energischer und fing an zu schimpfen: »Wir sollen uns hier die Beine ausreißen und was arbeitet der Herr Kommissar gerade? Bestimmt macht er es sich in seinem bequemen Sessel gemütlich, Milchkaffee in der Tasse, Füße auf dem Tisch und umgeben von dicken Rauchwolken!«

Lindt wollte daraufhin spontan etwas sticheln und einen Kommentar über das leicht zu erregende Nervenkostüm von Extremsportlern abgeben, doch die Vernunft siegte und schnell lenkte er ein.

»In Ordnung, Ludwig, ich sehe ja, dass ihr gerade viel zu tun habt. Ich bringe die Abdrücke persönlich vorbei, dann können wir sie vergleichen.«

Schnurstracks marschierte der Kommissar zur Tür, versorgte sich mit den Gerätschaften zur Abnahme der Fingerprints und steuerte geradewegs die Arrestzelle an, in die Weinbrecht vorerst gebracht worden war.

Sein Anwalt, erstaunlicherweise nicht gerade einer aus der ersten Garde, hatte völlig erfolglos versucht, ihn frei zu bekommen. Der zuständige Richter war hart geblieben und der Antrag wurde wegen Flucht- und Verdunkelungsgefahr rundweg abgelehnt.

Der Verhaftete schwieg und ließ sich völlig teilnahmslos von einem Streifenpolizisten, den Lindt noch schnell mitgenommen hatte, die eingefärbten Finger auf einen Erkennungsdienstbogen drucken.

Der Kommissar sagte ebenfalls kein Wort. Kein Verhör in der Zelle, nicht ohne Tonband und schon gar nicht ohne den Rechtsbeistand – Lindt wollte keinen Grund liefern, der als Verfahrensfehler hätte gelten können.

Er verlies die Zelle wieder. Unter der Tür bekam er allerdings das unbestimmte Gefühl, sich nochmals umdrehen zu müssen und richtig, er hatte förmlich gespürt, wie sich der hasserfüllte Blick des Gefangenen in seinen Rücken bohrte.

Lindt brauchte nicht viel Phantasie, um den Gesichtsausdruck zu interpretieren. Ihm war klar: Seine Mitarbeiter und er, der Kommissar, hatten durch ihre Ermittlungen alles zerstört. Was über Jahre aufgebaut worden war, ein geniales Konzept, um unbemerkt Millionen in die eigene Tasche zu schieben – alles war zusammengefallen wie ein Kartenhaus.

»Möchten Sie noch etwas sagen?«, fragte er, doch Weinbrecht blieb stumm. Er schüttelte nicht einmal den Kopf.

»Falls Sie ein Geständnis ablegen wollen, sind wir jederzeit für Sie da.«

Eine Mischung aus Trotz und Triumph flackerte in den Augen des Häftlings auf und der Kommissar verstand sofort: ›Aber das Geld kriegt ihr nicht!‹, hieß dieser Blick.

Einen Moment lang war er versucht, etwas über den Stand der Ermittlungen herauszulassen, aber diesen Überraschungseffekt wollte er sich lieber für später aufsparen. Immerhin hatte Lindt von seinen Kollegen in der Bank bisher noch keine positive Nachricht über gerettete Millionen erhalten. Womöglich war Branka Weinbrecht doch schneller gewesen?

»Daumen links stimmt überein!« Nur eine halbe Minute brauchte Ludwig Willms für den Vergleich der Fingerabdrücke.

»Sicher? Ganz sicher?« Lindt war derart verblüfft, so schnell und unspektakulär ein weiteres wichtiges Glied in seiner Beweiskette erhalten zu haben, dass er es noch gar nicht glauben konnte.

»Zu 98 Prozent, Oskar«, antwortete der Leiter der Kriminaltechnik. »Für das Gericht reicht es auf jeden Fall.«

Der Kommissar kam gar nicht dazu, diesen neuen Aspekt richtig in sein Ermittlungspuzzle einzuordnen, denn kaum hatte Willms den letzten Satz gesagt, kam einer seiner Mitarbeiter im weißen Spurensicherungsoverall hastig zur Tür herein.

Er schwenkte ein transparentes Tütchen mit einer ziemlich dunklen Substanz darin. »Aus den Radkästen des Geländewagens!«, gab er triumphierend von sich.

Weder sein Chef, noch der Kommissar verstanden, was er damit meinte.

Lindt musste wohl sehr verständnislos und begriffsstutzig geschaut haben, denn der Ermittler gab sich besondere Mühe, um ihm auf die Sprünge zu helfen.

»Erinnern Sie sich noch an den Tatort und an die Anweisungen, die wir dort von Ihnen bekommen haben?«

»Was ... was habe ich denn gesagt?« Der Kommissar forstete verzweifelt sein Gedächtnis durch auf der Suche nach Zusammenhängen.

»Das hier«, präsentierte der Beamte den kleinen Plastikbeutel und hielt ihn dabei Lindt direkt vors Gesicht, »das haben wir bei dem Geländewagen aus den Ritzen und Fugen gekratzt – vom Fahrzeugboden und aus den Radkästen!«

»Und«, fragte Ludwig Willms dazwischen, »haben Sie es schon untersucht?«

»Wurde gerade eben gemacht.«

»Dann spannen Sie uns doch nicht so lange auf die Folter, was ist es denn?«

»Schlacke! Es ist Schlacke, wie sie bei der Verbrennung von Kohle entsteht.«

»Jetzt sind wir aber auch nicht schlauer. War der Weinbrecht mit seinem Wagen denn auf einer Kohlenhalde?«

»Nein, Chef, das ist nicht Kohle, sondern Schlacke. Also die Überreste, das, was nach dem Feuer noch bleibt. Dieses Material stammt ziemlich sicher vom Rheinhafen-Kraftwerk. Dort wird aus Kohle Strom gemacht.«

Lindts Verwirrung wollte nicht weichen. »Was hat jetzt das Kraftwerk ...«

»Moment«, unterbrach ihn der Kriminaltechniker. »Diese Schlacke haben wir auch auf dem schmalen Waldweg am Tatort gefunden. Wissen Sie denn nicht mehr? Es war Ihnen doch aufgefallen, dass der Sand so dunkel ist.«

Schlagartig kam die Erinnerung zurück: »Damit hätten wir ja bewiesen, dass Weinbrecht mit seinem Wagen am Tatort war!«

Er zweifelte: »Oder es bedeutet nur, dass er irgendwo auf einem mit Schlacke befestigten Weg gefahren ist!«

Aber der Techniker konnte ihn beruhigen: »Die Zusammensetzung der Probe stimmt genau mit dem Material vom Tatort überein. Nicht nur das Schwarze, auch die Sand- und Lehmbestandteile sind vollkommen passend.«

Er konnte es noch gar nicht fassen, jetzt plötzlich zwei derart klare Indizien bekommen zu haben. »Erst der Fingerabdruck und dann das hier!«

»Damit kriegst du ihn dran, Oskar!« Ludwig Willms klopfte seinem Freund auf die Schulter.

»Wahrscheinlich …«, zögerte Lindt, aber er korrigierte sich gleich. »Nein, nicht nur eventuell, sondern ganz sicher. Das reicht bestimmt.«

»Wir suchen jetzt gerade im Innenraum des Wagens nach Faserspuren oder Hautabrieb des Opfers. Wenn wir da auch noch was finden, wird die Beweiskette absolut perfekt«, meinte der Techniker ganz enthusiastisch und wollte Richtung Tür, um seine Arbeit so schnell als möglich fortzusetzen.

»Halt«, rief ihm der Kommissar nach. »Einen kleinen Moment, eine Frage hätte ich schon noch. Wieso findet sich auf einem Waldweg denn Kraftwerksschlacke?«

»Na ganz einfach, ein Anruf bei der Forstverwaltung hat das geklärt. Ende der Achtzigerjahre wurde in diesem Bereich einige Mal Schlacke als Oberflächenmaterial aufgeschüttet, um die Wege zu befestigen. War wohl kostenlos und ist rein technisch gesehen ein ganz brauchbarer Baustoff. Allerdings hat sich die Öffentlichkeit dann mehr und mehr an dem schwarzen Dreck gestört und so wurde diese Form der Abfallbeseitigung bald wieder eingestellt.«

Kaum hatte der Techniker ausgesprochen, meldete sich das Handy des Kommissars. ›Paul‹ zeigte das Display.

Lindt sagte gar nichts, aber seine Augen wurden immer größer und glänzender. »Nicht zu glauben«, stieß er schließlich hervor – halb andächtig und halb kopfschüttelnd.

»Dass wir auch so ein Glück haben! Die Aktion mit dem Geld hat geklappt! Über vier Millionen gerettet, in Sicherheit! Vom Balkan wieder zurückentführt sozusagen.«

Er musste sich setzen, um ruhig durchatmen zu können. Nach der langen erfolglosen Zeit lagen jetzt endlich die entscheidenden Beweise vor.

»Eine mögliche DNA-Analyse, falls wir noch Hautpartikel oder Ähnliches finden, geht aber sicherlich nicht ganz so schnell«, dämpfte Kriminaltechnik-Chef Willms die Euphorie seines Kollegen etwas. »Ein paar Tage dauert das schon.«

»Nicht schlimm, Ludwig, wirklich nicht. Wir müssen ja auch noch einige Zusammenhänge und Hintergründe aufklären. Aber ihr habt wieder ganze Arbeit geleistet. Vielen Dank!«

Er drückte ihm fest die Hand und verabschiedete sich schnell.

»Ein wirklich erhebendes Gefühl«, erzählte Paul Wellmann später, als sie sich bei ihrem Stamm-Italiener trafen. »Wenn du auf dem Bildschirm des Bankers mitbekommst, wie plötzlich, nach über drei Stunden, eine kleine unscheinbare Meldung auftaucht und du lesen kannst, dass mehr als vier Millionen Euro ihren Weg zurückgefunden haben. Jan und ich, wir waren ganz gerührt.«

»Der edle Sekt in der Bank war aber auch nicht schlecht, die haben sich mit uns gefreut und ein paar Flaschen geköpft«, flachste sein Kollege Sternberg, doch Oskar Lindt, der pfeiferauchend im dritten Milchkaffee des Tages rührte, gönnte seinen Kollegen das teure Getränk: »Den hattet ihr euch wirklich verdient!«

»Motiv und Tathergang, das fehlt uns noch«, meinte der Kommissar zu seiner Frau, als er schließlich erschöpft und hungrig zuhause in der Waldstadt eingetroffen war. »Wahrscheinlich liege ich mit meiner Vermutung gar nicht so falsch.«

Fragend schaute sie ihn an.

»Na, dass die Schwester Andrea irgend etwas von den krummen Geschäften ihres Chefs mitbekommen hat und er sie deshalb beseitigen musste.«

»Ist ein Menschenleben denn vier Millionen wert?«, überlegte Carla, aber die Antwort war ihr schon während der Frage klar: »Sicherlich ist schon für viel weniger gemordet worden!«

»Ganz bestimmt«, bestätigte ihr Mann. »Dafür gibt es genügend Beispiele.«

»Aber dieser ekelhafte Anwalt, der Baumbach, was könnt ihr dem jetzt eigentlich nachweisen? Wie passt der denn in die ganze Geschichte?«

Es war ihr anzusehen, dass der spielsüchtige Jurist für sie – rein gefühlsmäßig – mindestens so kriminell wie Weinbrecht war.

»Tja«, kratzte Lindt sich wieder einmal am Ohr. »Ich hoffe nicht, dass wir den bald wieder freilassen müssen. Aus Mangel an Beweisen würde es heißen.«

»Aber für Beweise seid ihr doch zuständig. Da müsst ihr eben noch ein wenig suchen, dann findet sich bestimmt was.«

»Der Hauptbeweis ist leider in Rauch aufgegangen.« Carla verstand nicht ganz.

»Na, der alte Richter, von dem ist nur ein Häufchen Asche übrig. Da kann selbst der Ludwig und die ganze KTU nichts mehr rausfinden.«

Oskar Lindt stand auf. »Aber ...«

»Was meinst du?«

»Aber die anderen, die fünf verstorbenen Senioren, die ihr ganzes Vermögen der Kindernothilfe hinterlassen haben – die könnten wir natürlich ...«

»Du denkst doch nicht etwa an ...«

»Ob sie wirklich eines natürlichen Todes gestorben sind, wissen wir erst nach einer Untersuchung durch die Gerichtsmedizin und einsachtzig unter der Erde geht das eben nicht.«

»Also willst du exhumieren lassen?«, fragte Carla. Allein schon der Gedanke an ein geöffnetes Grab ließ sie erschaudern.

»Eigentlich hätte ich das bereits viel früher machen sollen. Wenn ich nur an diesen Stadtplan denke. Fünf Bluts-tropfen fanden sich darauf und dann noch die Fingerabdrücke einer Frau, die ermordet im Wald liegt. Tot zwischen dem frischen grünen Laub – dieses Bild werde ich auch nie vergessen.«

Lindt schüttelte den Kopf und fuhr fort: »Wir haben die Botschaft nicht verstanden. Wir sind nicht draufgekommen, was uns Schwester Andrea sagen wollte. Der Umschlag, in dem dieser Plan steckte, war ja schließlich auch von ihrer Hand beschrieben. Eindeutige Zeichen, die wir nur nicht richtig kapiert haben.«

Lindts Frau begann zu verstehen. »Sie wollte euch etwas mitteilen, allerdings ohne selbst in Erscheinung zu treten.«

»Ganz genau, so sehe ich das auch. Vielleicht ahnte sie die Zusammenhänge nur und da ihr Chef möglicherweise in die Sache verstrickt war, wollte sie keinesfalls riskieren, entlassen zu werden. Die Nachricht lautete vermutlich: ›Hier sind fünf Todesfälle, auf die ich während meiner Arbeit gestoßen bin. Ich glaube nicht an natürliche Ursachen, kann aber auch nichts Gegenteiliges beweisen.‹«

»Sie wollte also, dass ihr der Sache nachgeht.«

»Ja, aber das haben wir bisher nicht intensiv genug getan.«

»Wann willst du die Exhumierung durchführen lassen?«

Lindt griff nach dem Telefon. »Wenn der Staatsanwalt mitmacht, gleich morgen Früh. Mal sehen, was Conradi dazu meint.«

23

Den ›Kurzen‹ zu überzeugen, war nicht weiter schwierig und so begann die Aktion auf dem Hauptfriedhof schon um halb sieben Uhr in der Frühe. Dem Staatsanwalt war daran gelegen, möglichst wenig öffentliches Aufsehen zu erregen, weshalb sie sich darauf geeinigt hatten, sehr früh zu beginnen und vorerst nur zwei der fünf Gräber zu öffnen. Falls die gerichtsmedizinische Untersuchung in beiden Fällen entsprechende Ergebnisse liefern würde, sollten auch die übrigen drei Verstorbenen exhumiert werden.

Lindt und Wellmann waren vor Ort und kurz nach sieben traf auch der Staatsanwalt auf dem Friedhof ein.

Mit einem kleinen Spezialbagger hoben zwei Mitarbeiter des Friedhofsamtes die Erdschichten vorsichtig ab, bis sie auf Holz stießen. Dann war Handarbeit angesagt.

Seit den jeweiligen Bestattungen waren erst einige Monate vergangen und so ließen sich beide Särge ohne Probleme vollständig und unbeschädigt bergen. Die Pathologin konnte schon um neun Uhr mit ihrer Arbeit beginnen.

»Normalerweise«, meinte Lindt zu seinem Kollegen, »würden wir jetzt erst mal ein schönes Frühstück einnehmen, aber irgendwie …«

»Mir ist auch nicht so danach, Oskar«, kam die prompte Antwort und obwohl die Särge ja komplett und verschlossen wieder ans Tageslicht geholt worden waren, beschlich selbst die beiden langgedienten Kriminalisten ein seltsames Gefühl.

Sie beschlossen, zur Ablenkung ein wenig spazieren zu gehen und schritten schweigsam die Friedhofswege entlang.

Erst nach einer Weile merkte Lindt, dass er ganz entgegen seinen sonstigen Gewohnheiten noch gar nicht daran gedacht hatte, eine Morgenpfeife anzuzünden. Er griff in die Tasche seiner Jacke und holte das schleunigst nach.

»Darf man hier eigentlich …?«, schaute er fragend, doch sein Kollege zuckte nur mit den Schultern. »Keine Ahnung, Aschenbecher sehe ich jedenfalls nicht.«

Lindt rauchte trotzdem und es kam niemand vorbei, der ihn daran gehindert hätte.

Sie schwiegen weiter nebeneinander her. Tote wieder ans Tageslicht zu befördern, schien irgendwie doch belastend zu sein. Wahrscheinlich auch der Grund, warum sie sich bei ihren anfänglichen Ermittlungen nicht zu einer solchen Maßnahme hatten durchringen können.

»Wenn das Ganze nicht auf Schritt und Tritt etwas mit dem Tod zu tun hätte, könnte man so einen Parkspaziergang in der Frühlingssonne geradezu genießen«, unterbrach Paul Wellmann die Stille und auch Lindt konnte ähnliche Gedanken zum Besten geben: »Es muss wohl die eigene Vergänglichkeit sein, die uns hier begegnet. Im üblichen Alltagstrubel verdrängt man diese Überlegungen doch immer.«

Weiter kamen sie mit ihren philosophischen Anwandlungen aber nicht, denn beide blieben fast gleichzeitig vor einem recht frischen, höchstens ein paar Monate alten Grab stehen.

Umrandung und Stein fehlten noch und nur ein schlichtes Holzkreuz zeigte an, wer an dieser Stelle ruhte.

»Er wollte bestimmt nicht als Aschehäufchen neben dem Eichensarg seiner Frau beigesetzt werden«, war sich Lindt sicher und sein Kollege stimmte ihm zu.

»Helene Baumbach, 1923-1988 und Dr. Alfons Baumbach, Landgerichtsrat i. R. 1919-2004« las Wellmann die Beschriftung des Kreuzes laut vor.

»Wie können wir es diesem windigen Anwalt nur beweisen, dass er seinen Onkel vorzeitig ins Jenseits geschickt hat?«

Weder Wellmann noch Lindt hatten im Augenblick eine Vorstellung, wie sie es anstellen sollten und hofften inständig, auch Baumbach junior möglichst bald etwas Schwerwiegendes nachweisen zu können.

»Allerdings«, resümierte Lindt schließlich, »sieht alles danach aus, dass es sich wirklich um zwei ganz verschiedene Fälle handelt. Weinbrecht hat mit Baumbach überhaupt nichts zu tun. Ein reiner Zufall, dass wir bei den Ermittlungen auf den toten alten Richter gestoßen sind.«

In einem großen Bogen über den Hauptfriedhof kamen die beiden Kommissare schließlich wieder zum Ausgang. Auf dem Parkplatz schloss Oskar Lindt zwar seinen Dienstwagen auf, stieg aber noch nicht ein.

Er lehnte sich an den Citroën und grübelte vor sich hin: »Dieser Baumbach ... was könnten wir nur ...«, sagte er, ohne den Satz zu beenden.

»Volles Programm«, schlug sein Kollege vor. »Wie wäre es, wenn wir das Haus des alten Richters mal gründlich unter die Lupe nehmen?«

»Du meinst wohl ›nehmen lassen‹, von der Spurensicherung nämlich. Na, der Ludwig wird sich freuen, wenn wir ihm schon wieder einen Großauftrag bescheren. Aber eigentlich hast du Recht. Wenn es überhaupt noch Spuren gibt, dann dort.«

Sie besprachen kurz, dass Wellmann den Durchsuchungsbeschluss besorgen und die Einweisung vor Ort übernehmen sollte. Lindt dagegen verspürte wieder mal den Wunsch, für ein paar Stunden alleine zu sein.

Er nahm die Tasche mit dem Laptop vom Rücksitz des Wagens, gab seinem Kollegen die Schlüssel und machte sich zu Fuß auf den Weg.

Obwohl er für seinen Spaziergang eigentlich kein bestimmtes Ziel vor Augen hatte, zog es ihn irgendwie in Richtung Schloss. Den Adenauerring überquerte er auf einer Fußgängerbrücke, dann durch das Universitätsgelände und nach einer guten halben Stunde hatte er das östliche Eingangstor des Schlossgartens erreicht.

Er erinnerte sich an den Traum unter der alten Eiche und fast automatisch suchte er diesen Ort wieder auf.

Die Sonne hatte den Boden schon erwärmt und so nahm er im Gras zwischen den dicken Wurzeln Platz und lehnte sich an den mächtigen Stamm. Einschlafen wollte er heute nicht und deshalb klappte er den Laptop auf, um eine Zusammenfassung des momentanen Ermittlungsstandes einzutippen.

Er begann mit Weinbrecht, weil die Ermittlungen hier schon am weitesten gediehen waren.

Zehn Minuten schrieb er ohne Pause, dann hielt er ein. Hinter ›Gerichtsmedizin: Ergebnisse der Exhumierungen‹ und ›Kriminaltechnik: Geländewagen-Faserspuren und DNA-Material‹ machte er jeweils ein rot hinterlegtes Fragezeichen. Ebenso bei ›Grüner Fußabdruck auf Balkon‹.

Die Resultate mussten noch abgewartet werden.

Wesentlich schwerer tat er sich mit Baumbach. Er listete nach und nach alle Indizien auf, die bis jetzt gesichert worden waren.

Dann stellte er sich vor, wie es wäre, in einem Mordprozess gegen Baumbach jun. als zuständiger Ermittler vor Gericht zu stehen – komisch, gerade davon hatte er an dieser Stelle, unter der mächtigen alten Eiche hier, doch schon einmal geträumt.

Diesmal war er allerdings hellwach und malte sich die Vorgehensweise des gewieften Juristen aus. Sicherlich bekäme er Unterstützung durch einen Verteidiger gleichen Schlages.

Stück für Stück würden sie wie zwei Geier am Aas seine Aussage zerpflücken und anschließend in der Luft zerreißen. Ein passendes Bild, fand Lindt und stellte sich zwei lange nackte Hälse mit hässlichen Raubvogelköpfen und riesigen Hakenschnäbeln vor, die sich über ihn hermachten und mit stetig steigendem Genuss auf ihm herumhackten.

Ein bewusst inszeniertes Spektakel, das in der breiten Öffentlichkeit viel Aufsehen erregen und letztendlich auch dem Ansehen von Kripo und Staatsanwaltschaft enormen Schaden zufügen könnte.

Ein Mord an dem alten Richter?

Niemals!

Natürliche Todesursache!

War doch von gleich zwei unabhängigen Ärzten bescheinigt worden.

Sein Hausarzt hatte ihn lange genug aufgefordert, blutverdünnende Medikamente einzunehmen, aber er wollte ja nicht hören.

Es kam, wie es kommen musste! Glücklicherweise war der alte Mann ohne langes Leiden ganz friedlich eingeschlafen.

Welches Motiv hätte der Angeklagte haben sollen?

Habgier?

Absolut unrealistisch!

Er war zwar finanziell zu der fraglichen Zeit nicht gerade auf Rosen gebettet gewesen, aber vielen anderen Rechtsanwälten mit kleinen Praxen geht es ähnlich. Jede Menge Arbeit, doch leider nichts Lukratives dabei.

Spielsucht?

Ausgeschlossen!

Ein viel zu hartes Wort für ein harmloses Freizeitvergnügen. Hunderttausende entspannen sich auf diese Art und Weise, ohne dass es gleich vor Gericht breitgetreten wird.

Lindt, der in seinen langen Dienstjahren oftmals bei Prozessen ausgesagt hatte, konnte sich den Verlauf der Verhandlung lebhaft vorstellen.

Auch für die offensichtlich gefälschte Verfügung über die Feuerbestattung würde dem Angeklagten sicherlich eine passende Erklärung einfallen.

Vielleicht hätte er sie ja nur zufällig auf dem Schreibtisch seines Onkels gefunden und den Formfehler der vergessenen Unterschrift beseitigen wollen. Irgendeine derartige Ausrede hätte dieser aalglatte Anwalt sicher parat.

Zu guter Letzt konnte sich der Kommissar sogar noch vorstellen, dass die Verteidigung den ganzen Prozess als gezielte Rufschädigung darstellen könnte, um das öffentliche Ansehen und die Reputation eines für die Justiz unbequemen Anwaltes in den Schmutz zu ziehen.

Falls es so weit kommen sollte, wäre das Gerichtsverfahren dann eine einzige Werbeveranstaltung für das Anwaltsbüro Baumbach. Nicht umsonst zeigte sich der Jurist in der Untersuchungshaft so umgänglich und geduldig. Bei einem Freispruch würden die Klienten aus der Karlsruher Halbwelt ihm, der seinen Kopf selbst so erfolgreich aus der Schlinge einer Mordanklage gezogen hätte, geradezu die Bürotür einrennen.

Das Eis, auf dem der Kommissar sich bewegte, war dünn, sehr dünn und er wusste es. Zwar gehörte es zum Verantwortungsbereich der Staatsanwaltschaft, über eine Anklageerhebung zu entscheiden, aber die Kripo saß auf jeden Fall mit im Boot.

Oskar Lindt mochte sich nicht gerne auf einem sinkenden Schiff befinden. Ein gewagtes Spiel mit unsicherem Ausgang hatte er immer schon gehasst.

Falls die Spurensicherung im Haus des alten Richters nichts Verwertbares finden würde und davon ging er mittlerweile fast schon aus, müsste der Anwalt demnächst wieder freigelassen werden.

Der Gedanke an ein mögliches Scheitern machte ihm als leitendem Ermittler schwer zu schaffen.

Er versuchte sich zu beruhigen.

Sicherlich konnte er zusammen mit seinem Team im Fall Weinbrecht bald einen großen Erfolg verbuchen …

Außerdem war die Öffentlichkeit bisher über die Ermittlungen gegen Baumbach junior noch gar nicht informiert …

Aber dennoch!

Innerlich war Lindt felsenfest davon überzeugt, dass er mit seinen Vermutungen Recht hatte. Der alte Richter war keines natürlichen Todes gestorben, aber anhand eines Häufchens Asche und eines gefälschten Schriftstücks ließ sich das leider nicht beweisen!

Grimmig verkrampfte er seine Fäuste und murmelte halblaut vor sich hin: »Baumbach, irgendwie kriegen wir dich noch!«

Der Kommissar lehnte sich zurück und schloss die Augen. Das Bild von einem Fisch im Wasser ging ihm durch den Kopf. Er hatte ihn zwar ergreifen können und hielt ihn momentan in der Hand, aber er würde seine Beute nicht in den Kescher bekommen. Zu glitschig war die schuppige Haut und für den Angelhaken war dieser Jurist einfach zu schlau. Schwupp und er war ihm entglitten.

Schnell schlug Lindt die Augen wieder auf.

Musste er sich mit dem Gedanken an eine Niederlage abfinden? Oft war ihm das noch nicht passiert und gerade diesen Winkeladvokaten hätte er allzu gerne hinter Gittern gesehen, doch wenn die Kriminaltechnik bei ihrer Arbeit nicht doch noch etwas Verwertbares entdeckte, blieb ihm nichts anderes übrig, als der ziemlich bitteren Realität ins Auge zu blicken.

Er klappte seinen Laptop zu, steckte ihn in die Aktenmappe, erhob sich ganz steif und schüttelte die Jacke aus.

›Du kannst nicht immer nur gewinnen‹, versuchte er sich einzureden, aber dennoch fühlte er sich ziemlich mies – es war ihm richtiggehend körperlich schlecht.

Ungewöhnlich langsam setzte er sich in Bewegung. Hängende Schultern und gesenkter Kopf – vermutlich war ihm der drohende Misserfolg auf den ersten Blick anzusehen.

Wie in Trance ging er am Schloss vorbei in Richtung Innenstadt. Auf der Kaiserstraße kamen die Düfte einer Imbissbude in seine Nase, doch selbst, was ihn üblicherweise fast magisch angezogen hätte, ließ ihn nun kalt. Auch um die Buchhandlungen, denen er sonst immer einen kurzen Besuch abstattete, um sich über die all monatlich neu erschienenen Taschenbücher zu informieren, machte er heute einen Bogen.

Eine Viertelstunde später stieg er im Präsidium die Treppen hoch und war froh, niemandem zu begegnen, mit dem er hätte sprechen müssen. Auch das Zimmer der Ermittlungsgruppe war zum Glück leer – Wellmann und Sternberg waren also noch unterwegs. Schnell ging er weiter in sein eigenes Büro und ließ sich in den bequemen lederbezogenen Schreibtischsessel fallen.

Lindt fühlte sich immer noch nicht besser. Kleine Schweißperlen standen ihm auf der Stirn. Mit einem großen Stofftaschentuch – er hasste die Papiertücher – fuhr er sich darüber und trocknete auch sein Genick.

Ja, er fühlte es ganz deutlich dort hinten.

Es war Baumbach, er saß ihm im Nacken und lächelte, so wie er es fast immer tat.

Lächelte überlegen, herablassend, geradezu höhnisch. Der Kommissar spürte direkt einen Schmerz.

Mit der flachen Hand schlug er zu … und traf natürlich nur sich selbst.

Der herablassende Blick des Anwalts hatte sich in Lindts Kopf festgesetzt.

›Es gibt ihn doch – den perfekten Mord!‹, schien er auszudrücken.

›Es gibt ihn doch – einen, der schlauer ist, als der bekannte, erfahrene, altgediente, erfolgreiche Hauptkommissar Oskar Lindt!‹

›Es gibt ihn doch – einen, der sich ins Fäustchen lacht und dem man nichts nachweisen kann!‹

Wutentbrannt schlug Lindt mit der vollen Wucht seiner flachen Hand auf die Tischplatte, um das vor Arroganz strotzende Bild des zwielichtigen Juristen zu vertreiben.

Im selben Moment flog die Tür auf und Paul Wellmann, der auf dem Gang den Schlag gehört hatte, starrte mit schreckgeweiteten Augen auf seinen Kollegen.

»Oskar, was … was war das?«

»Ich habe ihm eine gescheuert!«

Wellmann schaute sich um, konnte aber in dem kleinen Raum niemand anderen erkennen.

»Wen … wen meinst du?«

»Na, Baumbach natürlich, er hat sich über mich lustig gemacht, aber jetzt habe ich ihn vertrieben, diesen A…!«

»Fühlst du dich nicht gut, Oskar?« Zaghaft trat er näher. »Hier drin ist doch außer dir keiner.«

Lindt drehte sich zum Fenster und knurrte nur noch halblaut. »Sag ich doch, dem hab ich eine reingehauen, dann war er weg!«

Fünf Sekunden später wandte er sich wieder um. »Habt ihr was gefunden, dort im Haus vom alten Richter?«

»Leider nicht, wir haben alles auf den Kopf …«

Sein Vorgesetzter unterbrach ihn. »Siehst du, genau deswegen hat er sich über uns amüsiert. Regelrecht ausgelacht! Dann müssen wir ihn jetzt wohl freilassen.« Er sank in seinem Sessel zusammen.

»Das macht gerade die Oberstaatsanwältin für uns. Ich soll es dir sagen.«

»Wie hat denn die ›Eiserne Lea‹ schon wieder von der Aktion Wind bekommen. Manchmal denke ich, sie riecht geradezu, wenn bei uns der Erfolg ausbleibt.«

»Sie kam wohl eben zum richtigen Zeitpunkt beim ›Kurzen‹ ins Zimmer, als die Spurensicherung dort angerufen hat.«

»Ist mir jetzt auch egal«, knurrte Lindt. »Bin froh, wenn ich sie nicht sehe und auch, dass ich diesen Baumbach nicht selbst freilassen muss.«

»Wo der dich doch gerade noch so frech angegrinst hat«, spöttelte Paul Wellmann.

»Sei bloß froh, dass du hier nicht die Ermittlungen leitest. Mir stinkt das Ganze jedenfalls fürchterlich!«

Der Kommissar drehte sich in seinem Stuhl wieder in Richtung Fenster. Er musste sich geschlagen geben – und dann auch noch diese fürchterliche Oberstaatsanwältin mit ihrer blechernen Stimme.

»Hat wohl keine Lust, mit mir zu kommunizieren, die ›Eiserne‹!« Schnell hatte sich Lindt wieder umgewandt.

»Müssen wir uns eben damit abfinden. Weg ist er! Und ich sag dir, Paul, der war es trotzdem! Der hat seinen Onkel auf dem Gewissen!«

»Niederlagen gehören halt auch zu unserem Geschäft.« Jan Sternberg, der zwischenzeitlich auch gekommen war, versuchte, seinen Vorgesetzten etwas aufzumuntern. »Außerdem habe ich erst kürzlich gelesen, dass es gerade in Deutschland vermutlich noch ganz viele unentdeckte Mordfälle gibt. Es wird einfach zu wenig obduziert. In Skandinavien oder Österreich bemüht man die Pathologie viel öfter und siehe da – manch ein Herzinfarkt entpuppt sich plötzlich doch als Totschlag.«

Lindt nickte nur stumm. Der Fisch war ihm entglitten!

»Oskar, du musst auf andere Gedanken kommen«, versuchte es Paul Wellmann. »Denken wir lieber an unseren Erfolg bei Weinbrecht.«

»Ach, hat sich die Gerichtsmedizin denn schon gemeldet?«

Seine beiden Kollegen zuckten mit den Schultern. Auch sie hatten noch nichts gehört.

»Also, dann müssen wir halt mal vorbeischauen. Es ist zwar schon bald Feierabend, aber wer von euch kommt trotzdem mit?«

Ein paar Sekunden vergingen und Oskar Lindt war sofort klar, wie die Antworten auf seine Frage ausfallen würden.

»Ach, schade, das passt mir jetzt aber gar nicht«, druckste Wellmann herum, »ich wollte nachher noch das Fahrrad von meinem Enkel …«

»Schon recht, Paul. Und du Jan, hast bestimmt auch schon was Wichtiges vor.«

»Woher wissen Sie das, Chef? Ich habe meiner Frau versprochen, heute mal pünktlich …«

Der Kommissar grinste, denn die Besuche in der Pathologie waren bei seinem Team nicht besonders beliebt.

»Kann ich gut verstehen, dass ihr dringend weg müsst. Allein schon der Geruch von mehreren Monaten im Eichensarg …«

Die Gesichter seiner beiden Kollegen sprachen Bände und schnell kehrten sie an ihre Schreibtische zurück, um sich für die letzte halbe Stunde des Arbeitstages in die Lektüre spannender Verwaltungsvorschriften zu vertiefen.

24

Vorsichtig öffnete der Kommissar die schwere Tür und betrat den Sektionssaal. Das kalte Licht der Leuchtstoffröhren ließ die weißen Laken auf den beiden Körpern bläulich frostig erscheinen. Die Untersuchungen mussten vorbei sein, denn die Leichname auf den fahrbaren Edelstahltischen waren wieder vollständig abgedeckt und schienen auf ihren Abtransport zu warten.

Der stechende Geruch nach Desinfektionsmittel stand streng im Raum und überdeckte alles, was an Tod und Verwesung hätte in die Nase des Kommissars steigen können.

In einem durch Glasscheiben abgetrennten Nebenraum erkannte Lindt die in sterilgrün gekleidete Ärztin vor zwei großen Bildschirmen sitzend.

»Gut, dass Sie kommen«, erhob sie sich, als Lindt an die offen stehende Tür klopfte und eintrat. Mit leicht ratlosem Gesichtsausdruck bot sie ihm einen Stuhl an.

»Die Todesursache ist in beiden Fällen mit hoher Wahrscheinlichkeit identisch.«

Der Puls des Kommissars ging schneller. »Sie meinen, wir haben den Beweis, dass Weinbrecht …?«

»Nicht unbedingt, aber möglich wäre es schon«, drückte sie sich recht vage aus.

»Also bitte, raus mit der Sprache!«

»Das Ganze ist nicht so einfach, Herr Lindt«, fuhr die Pathologin zögernd fort. »Sehen Sie bitte hier …«

Sie wies auf den linken Bildschirm. »Bei dem alten Herrn den wir untersucht haben, zeigten unsere Messgeräte einen Blutzuckerwert von zweiunddreißig an.«

Dann deutete sie mit ihrem Stift auf den rechten Monitor. »Und bei der Frau nur fünfundzwanzig. Das bedeutet bei beiden eine sehr schwere Hypoglykämie.«

Der Kommissar hatte den medizinischen Fachbegriff zwar schon gehört, konnte ihn aber momentan nicht sicher zuordnen.

Sie verstand seinen fragenden Gesichtsausdruck richtig und beeilte sich, zu erklären: »Unterzucker! Der Gehalt an Glucose, an Zucker im Blut ist viel zu niedrig.«

»So wie bei Diabetikern, die ihr Medikament nicht bekommen?« Lindt erinnerte sich wieder daran, was sie über die Arbeit des Pflegedienstes herausgefunden hatten.

»Nein, nein«, widersprach die Ärztin. »Gerade im Gegenteil! Wer an Diabetes leidet und kein Insulin bekommt, hat zuviel Zucker im Blut, manchmal einen Wert von bis zu drei- oder vierhundert. Bei diesen Leuten mangelt es an körpereigenem Insulin, um die Glucose abzubauen und sozusagen in ›Treibstoff‹ umzuwandeln.«

»Und wie entsteht dann diese Hypo …?« Das medizinische Vokabular ging ihm nicht so leicht über die Lippen.

»Hy – po – gly – kä – mie«, wiederholte sie gedehnt. »Ja, entweder durch große körperliche Anstrengung, wenn der Körper viel Energie benötigt oder …«

Die Gerichtsmedizinerin schwieg bedeutungsschwer.

»Ja was denn nun?«

»… oder wenn eine zu hohe Dosis Insulin gegeben wurde.«

»Eine tödliche Dosis?«

Sie nickte stumm und Hauptkommissar Lindt begann zu verstehen.

Bedächtig kratzte er sich am rechten Ohr. »Ich glaube, dass ich vor Jahren schon einmal etwas über die Verwendung dieses Medikaments als Mordwerkzeug gelesen habe. Wie war das denn noch gleich …? Ja, ja, langsam entsinne ich mich wieder – der Todesengel im Altersheim – genau!«

Aus einem Wandregal griff die Ärztin ein großformatiges forensisches Fachbuch, blätterte kurz im Inhaltsverzeichnis und fand mehrere Seitenangaben zum Begriff ›Insulin‹.

»Hier, bitte!« Sie schlug eine der angegebenen Seiten auf, orientierte sich schnell und schob das Werk dann zu Lindt über den Tisch. »Fälle gibt es wirklich genug. Wie Sie richtig sagten, meistens im Bereich medizinischer Assistenzberufe. Krankenhäuser, Altersheime …, Pfleger und Krankenschwestern, die meinten, die Leidenszeit ihrer Patienten abkürzen zu müssen.«

Der Kommissar sprang erfreut auf: »Na, dann ist doch alles klar. Pflegedienstleiter Weinbrecht, der ohnehin Insulin spritzen muss, gibt einfach eine Überdosis und tötet so die alten Leute! Das Motiv liegt auch auf der Hand! Natürlich, um schneller an die in Aussicht gestellten Vermächtnisse zu kommen. Dann haben wir ihn ja! Fall aufgeklärt! Urteil lebenslänglich!«

»Halt, halt!«, dämpfte die Ärztin die aufkeimende Euphorie des Kriminalisten. »Ganz so einfach ist das leider nicht.«

»Wieso denn? Mit Ihren teuren Apparaten lässt sich dieser Stoff doch bestimmt ganz präzise nachweisen.«

»Genau da liegt das Problem. Insulin wird nämlich spätestens nach vier Stunden im menschlichen Körper rückstandsfrei abgebaut.«

Der Kommissar ließ sich wieder auf den hölzernen Laborstuhl fallen.

»Also … kein Beweis?«, stieß er hervor.

Sie schüttelte den Kopf. »Den Stoff selbst konnten wir in beiden Leichnamen nicht feststellen. Tut mir Leid. Es gibt zwar eine gewisse Wahrscheinlichkeit, dass die Unterzuckerung durch eine Überdosis Insulin verursacht worden ist, aber ob Sie damit auch ein Gericht überzeugen können …?«

Lindt wusste nicht, was er antworten sollte. Er versuchte wiederum gegen die beginnende Verzweiflung anzukämpfen. Nach der Pleite mit dem Anwalt Baumbach drohte nun noch eine weitere Niederlage. Mutlosigkeit machte sich in ihm breit.

Er suchte nach einem Strohhalm: »Aber vielleicht gibt es eine Einstichstelle. Der Weinbrecht muss doch eine Spritze benutzt haben.«

Er hatte seinen Satz noch nicht einmal ganz beendet, da war ihm selbst schon klar, welchen Unsinn er gerade von sich gegeben hatte: »Natürlich, Hunderte von Einstichen müssen Sie ja gefunden haben, wenn die Patienten täglich mehrere Spritzen bekamen.«

Der Kriminalist wollte noch nicht aufgeben und zeigte auf das gerichtsmedizinische Standardwerk: »Und da, in Ihrem Buch, wie hat man es den Tätern in diesen Fällen nachgewiesen?«

Die Antwort war ernüchternd: »Sie wurden alle irgendwann erwischt. Nachdem eine offensichtliche Häufung von merkwürdigen Todesfällen aufgetreten war, hat meistens jemand Verdacht geschöpft und aufgepasst.«

Reflexartig griff der Kommissar in seine Jackentasche und versuchte krampfhaft, sich dort an der metallenen Tabaksdose festzuhalten. Irgendwie musste dieser Weinbrecht doch zu packen sein. Ohne es zu wollen, drückte Lindt noch stärker zu und mit einem deutlich hörbaren ›Plopp‹ öffnete sich der Deckel.

Er unterdrückte einen Kraftausdruck, aber zu spät. Das hastige Nachfassen half nichts mehr. Die Presstabakplatten des ›Navy Flake‹ lagen nun lose und zerkrümelt in der rechten Tasche seiner Jacke.

»Geht denn jetzt auch alles schief?«, schnaubte er zwar leise, aber doch so grimmig, dass die Ärztin konsterniert zurückwich.

Beide schwiegen fast zwei Minuten, dann hatte sich Lindt entschieden, wie er weiter vorgehen wollte und durchbrach die Stille: »Man weiß ja vorher nie, wie ein Gericht entscheidet, aber falls die drei noch nicht exhumierten Seniorinnen auch an Unterzuckerung verstorben sind, würde das unseren Verdacht doch sicherlich stützen. Ich fürchte, Frau Doktor, wir müssen Ihnen morgen nochmals eine Lieferung zukommen lassen. Das ist vermutlich die einzige Chance, die wir haben.«

Die Begeisterung war der Pathologin am Gesicht abzulesen, denn die Arbeit an Körpern in bereits fortgeschrittenem Verwesungszustand gehörte nicht gerade zu ihren Lieblingstätigkeiten.

»Ist vielleicht doch ein Geständnis zu erwarten, wenn Sie diesen Weinbrecht mit meinen Untersuchungsergebnissen konfrontieren?«, fragte sie vorsichtig. »Sie könnten ja so tun, als wäre das Insulin nachgewiesen worden.«

Lindt überlegte kurz: »Ob er auf einen solchen Bluff hereinfällt? Hmm ... Kann ich mir eigentlich nur schlecht vorstellen. Auf mich hat er bis jetzt einen fachlich sehr kompetenten Eindruck gemacht. Vermutlich hat er seine Taten ganz genau geplant. Nein, nein, ich glaube, er würde mir geradewegs ins Gesicht lachen und das kann ich jetzt am allerwenigsten brauchen.«

Die Ungewissheit, was die weiteren drei Exhumierungen bringen würden, bescherte dem Kommissar eine sehr unruhige Nacht. Er fand kaum Schlaf und wälzte sich von einer Seite auf die andere. Carla wachte mehrfach auf und beschwerte sich, aber endlich kam er doch zur Ruhe.

Am nächsten Morgen war er wie tags zuvor wieder früh auf dem Friedhof und folgte dem Leichenwagen mit dem ersten ausgegrabenen Sarg direkt in die Pathologie.

Er wollte unmittelbar dabei sein, wenn die Untersuchung durchgeführt wurde.

Während der erste Leichnam noch vorbereitet wurde, trafen auch die letzten beiden Toten ein. Sie waren auf dem Rüppurrer Friedhof wieder ausgegraben worden.

Lindt war derartig auf die Arbeit der Pathologin fixiert, dass er den Verwesungsgeruch, der sich trotz voll aufgedrehter Lüftungsanlage im Raum verbreitete, erst gar nicht realisierte.

Erst als sie aus allen drei Körpern genügend taugliches Probenmaterial zusammen hatte und sich zu den Analysegeräten wandte, stach ihm der Gestank mit voller Wucht in die Nase. Unwillkürlich musste er husten und presste sich ein Taschentuch vors Gesicht.

»Kommen Sie doch hier herein«, winkte ihn die Ärztin in den verglasten Nebenraum, wo sie begann, die mühsam herauspräparierten kleinen Blutklumpen zu bearbeiten. »Drei auf einmal riechen schon sehr streng und wenn sie dann noch einige Monate alt sind … Das macht auch mir zu schaffen.«

Es dauerte kaum zwanzig Minuten, da wurde die Vermutung bestätigt. »Todesursache einwandfrei Unterzuckerung!«, formulierte die Gerichtsmedizinerin kurz und knapp das Ergebnis. »BZ-Werte zwischen zweiundzwanzig und vierunddreißig!«

Nur langsam fiel die Anspannung von Oskar Lindt ab und während er zum Präsidium zurückfuhr, wurde er sich immer sicherer, mit diesen Ergebnissen auch die große Strafkammer des Landgerichts überzeugen zu können.

»Da kann kein Richter mehr von Zufall sprechen«, fasste er kurze Zeit später im Büro für seine beiden Mitarbeiter die Untersuchungsergebnisse zusammen. »Fünf mal Tod durch Unterzucker, fünf Patienten, bei denen Weinbrecht täglich mehrmals Insulin gespritzt und fünf Vermächtnisse, die er über den humanitären Umweg der Kindernothilfe in seine eigene Tasche umgeleitet hat! Das reicht für lebenslänglich!«

»Jetzt fehlt uns nur noch der Beweis bei Nummer sechs«, spielte Paul Wellmann auf den Mord an Schwester Andrea an.

»Die Untersuchungsergebnisse von Weinbrechts Wagen sollen spätestens bis zum Nachmittag eintreffen. Die KTU hat vor zwei Stunden angerufen.«

Es dauerte aber nur noch so lange, wie der Kommissar brauchte, um sich seine erste heutige Pfeife zu stopfen und anzuzünden, da kam auch schon Ludwig Willms zur Bürotüre herein.

»Wichtige Ergebnisse«, begrüßte der Chef der Kriminaltechnik etwas theatralisch seine Kollegen, »überbringe ich immer persönlich.«

»Red' nicht so geschwollen, lass hören!«, forderte ihn Lindt auf.

»Also ...«, machte Willms nochmals eine bewusst inszenierte Pause, »... bei der Untersuchung von Weinbrechts Geländewagen haben wir im Kofferraum eindeutig Spuren von Andrea Helmholz gefunden. Hautabrieb und Baumwollfasern ihrer Kleidung! Die Ergebnisse des DNA-Vergleichstests und der Faseranalyse haben mir die Labortechniker gerade eben gebracht. Auch einen passenden Schuh für den grünen Abdruck auf dem Balkon haben wir im Umzugsgut von Weinbrecht gefunden.«

Für einen Moment herrschte völlige Stille im Raum. Dann wandte sich Lindt zu Paul Wellmann und sagte nur ganz trocken: »Da hast du sie, die Beweise bei Nummer sechs!«

Schnell griff der Kommissar zum Telefon, um auch Staatsanwalt Conradi von der Auflösung des Falles zu unterrichten und für den Nachmittag vereinbarten sie ein gemeinsames Verhör von Harald Weinbrecht.

Der allerdings schwieg hartnäckig.

Er blieb stumm, als ihn Oskar Lindt mit den Ergebnissen der Gerichtsmedizin konfrontierte. »Fünf mal Mord aus Habgier mit Hilfe einer Überdosis Insulin!«

Er sagte nichts, als der Kommissar durch den unzweifelhaft identifizierten Schuhabdruck bewies, dass Weinbrecht über den Balkon in die Wohnung seiner Mitarbeiterin eingedrungen sein musste.

Er verzog keine Miene, als der Staatsanwalt ihm die Laborergebnisse aus der Untersuchung seines Wagens vorhielt. »Sie haben die Leiche der ermordeten Andrea Helmholz eindeutig im Kofferraum Ihres Autos in den Wald gefahren!«

Weinbrecht schwieg weiter. Ebenso in den nächsten Tagen, als er immer und immer wieder verhört wurde.

Er sagte auch nichts, als die Große Strafkammer des Karlsruher Landgerichts ihn aufgrund der erdrückenden Indizienlage schließlich wegen sechsfachem Mord aus Habgier zu einer lebenslangen Haftstrafe verurteilte.

Der Betrug mit den Geldern der ›Kindernothilfe Südost‹ wurde ihm und seiner in ihrem Heimatland untergetauchten Frau ebenfalls nachgewiesen, konnte das Strafmaß allerdings nicht mehr erhöhen.

»Dann hat er über den Stadtplan mit den fünf Markierungen wohl auch nichts gesagt«, wollte Carla Lindt am Abend nach dem Gerichtsurteil von ihrem Oskar wissen.

»Nein«, schüttelte der Kommissar seinen Kopf, der während den Ermittlungen des Falles wieder ein wenig grauer geworden war.

»Nein, auch darüber hat er nichts gesagt, aber dank der DNA-Analyse dieser Blutpunkte konnte noch einiges aufgeklärt werden. Erst spritzt er den Patienten eine Überdosis Insulin, um sie unauffällig vom Leben zum Tod zu befördern. Dann nimmt dieser abartige Mensch von seinen Opfern mit der dünnen Nadel einer Insulinspritze einen kleinen Blutstropfen ab und markiert damit die Lage der Wohnungen auf dem Plan. Warum er das tat? Keine Ahnung – vielleicht eine Art Trophäe, als

Erinnerung sozusagen. Vermutlich ist ihm diese Karte irgendwie aus der Tasche gerutscht, seine langjährige Mitarbeiterin hat sie gefunden und Verdacht geschöpft. Leider muss er recht schnell bemerkt haben, wer den Stadtplan hatte ...«

ENDE

Kriminalhauptkommissar Oskar Lindt ermittelt:

SPANNUNG

GMEINER

WWW.GMEINER-VERLAG.DE
Wir machen's spannend

Claire Edwards
Kampf gegen die Alb
Kriminalroman
288 Seiten, 12,5 x 20,5 cm,
Broschur
ISBN 978-3-8392-0881-6

In einem Survivalcamp am Rande der Schwäbischen
Alb treffen unterschiedliche Menschen aufeinander,
darunter ein trauernder Witwer, ein skeptischer
Oberarzt und drei Influencerinnen. Unter der Leitung des ehemaligen Soldaten Toni Fassbinder sollen
sie lernen, im Wald zu überleben. Doch als eine der
Teilnehmerinnen ermordet aufgefunden wird, wird
das Abenteuer zum Albtraum.

Für Kommissar Sepp Dreithaler sind alle Teilneh-
menden verdächtigt – auch Fassbinder. Wer hatte ein
Motiv? Was geschah wirklich im Wald?

GMEINER SPANNUNG

WWW.GMEINER-VERLAG.DE
Wir machen's spannend